清宮十三朝演義

權謀盡現風雲變

江山易主情難絕，後宮深閨夢已碎

宮廷之中，每一絲情感波瀾皆是歷史的腳步聲

朝政風雲，帝王的一念之間，定下百年基業的興衰成敗

從乾隆到溥儀，跨越王朝的變遷，見證清宮幽暗角落的祕密

權力鬥爭、家國情仇，揭開帷幕，朝代更迭的背後是人心

繁華落幕，宮牆內外，恩怨情仇織就帝國盛衰的史詩——

許嘯天 著

目錄

目錄

安德海好貨取禍　鄭親王貪色遭殃

卻說恭王接了丁寶禎一道密摺，知道安總管私自出京，在山東地方十分騷擾。他看了這奏章，不覺又憤怒，又歡喜。憤怒的是安德海膽大妄為，歡喜的是安德海惡貫滿盈，如今趁此機會，可以殺了安德海，重振朝綱。恭王進宮去的時候，已把殺安德海的諭旨擬就，連丁寶禎的奏摺一齊上呈慈安太后觀看。慈安太后看了大駭，說道：「這奴才如此妄為，還當了得！他如今連俺家的祖訓也不顧，俺也顧不得西太后的情面了，總是國法家法要緊。」說著，立刻在那諭旨上用了印，恭親王拿著就走。

這時西太后正由太監李蓮英傳了一班戲子來，在長春宮裡聽戲。西太后於戲曲一道是很有心得的，如今傳的又是內城的著名角兒，早把個西太后聽出了神，所以恭親王在暗地裡進行殺安德海的事體，西太后那邊一點風聲也沒有。那丁寶禎上了密摺以後，不多幾天，便接到內廷密旨了。丁寶禎看時，見那諭旨上寫道：

據丁寶禎奏太監在外招搖煽惑一折，德州知州趙新，稟稱七月間有安姓太監，乘坐太平船二隻，聲勢炫赫，自稱奉旨差遣，置辦龍衣。船上有日形三足烏旗一面，船旁有龍鳳旗幟，帶有男女多人，並有女樂，品竹調絲，兩岸觀者如堵。又稱本月二十一日，系該太監生辰，中設龍衣，男女羅拜。該州正在訪拿間，船已揚帆南下。該撫已飭東昌濟寧各府州，飭屬跟蹤追捕等語。覽奏深堪駭異！該太監擅自遠出，並有種種不法情事；再不從嚴懲辦，何以肅宮禁而儆效尤？著馬新貼、張之萬、丁日昌、丁寶禎迅速遴派幹員，於所屬地方，將六品藍翎安姓太監，嚴密查拿；令隨從人等，指證確實，毋庸審訊，即行就地正法，不准任其狡飾。如該太監聞風折回直境，即著曾國藩一體嚴拿正法；倘有疏縱，唯該督撫是問。其隨從人等，有跡近匪類者，並著嚴拿，分別懲辦，毋庸再行請旨。將此由六百里各密諭知之。欽此。

安德海伏法以後十天工夫，慈安太后又命恭親王擬第二道諭旨。上面寫道：

本月初三日，丁寶禎奏據德州知州趙新稟稱，有安姓太監，乘坐大船，捏稱欽差，置辦龍衣；船旁插有龍風旗幟，攜帶男女多人，沿途招搖煽惑，居民驚駭等情。當經諭令直隸山東江蘇各督撫，派員查拿，即行正法。茲據丁寶禎奏，已於泰安縣地方，將該犯安德海拿獲遵旨正法；其隨從人等，本日已諭令丁寶禎分別嚴行懲辦。我朝家法相承，整飭宦寺，有犯必懲，綱紀至嚴；每遇有在外招搖生事者，無不立治其罪。乃該太監安德海竟敢如此膽大妄為，種種不法，實屬罪有應得。經此次嚴懲後，各太監自當益加儆懼。仍著總管內務大臣嚴飭總管太監等，嗣後務將所管太監嚴加約束，俾各勤慎當差。如有不安本分，出外滋事者，除將本犯照例治罪外，定將該管太監一併懲辦。並通諭直省各督撫，嚴飭所屬，遇有太監冒稱奉差等事，無論已未犯法，立即鎖拿奏明懲治，毋稍寬縱。

西太后見了這兩道諭旨以後，才知道那安德海已經正法，她不覺又傷心，又憤怒，又慚愧，便也不顧太后的體面，氣憤憤的直趕東宮去。那慈安太后正在宮中午睡，聽說西太后來了，還不知什麼事體，忙起來迎接。那慈禧太后進來的時候，身後跟著許多宮女太監，聲勢洶洶。慈禧太后待到走進慈安太后的寢室，也不向慈安行禮，氣憤憤地在椅子上一坐；那臉兒氣得鐵也似青，只是不做聲。倒是慈安太后笑吟吟的上去問道：「怎麼氣得這個樣子？」那慈禧太后見問，便放聲大哭，又撞著頭，又頓著腳，多少宮女上去拉勸都勸不住。把個慈安太后嚇怔了，一句話也說不出來。慈禧太后哭到傷心的時候，便搶到慈安跟前，僕的跪倒；一頭撞在慈安太后的懷裡揉搓著。一面哭喊著道：「太后原是正宮出身，俺是婢子出身。如今婢子犯了法，求正宮太后賜我死了罷！」弄得慈安太后好似丈二金身，摸不到自己的頭腦；只得忍著氣，拿好話勸她起來。

慈禧太后止住了哭，才正顏厲色的質問慈安太后。說：「殺安德海的事體，為什麼不和俺商量？先帝在日，俺還不曾封后，還常常叫俺商議朝政來；如今做了皇太后，這殺安德海的事體，為什麼不和俺商量，卻和六爺去商量？這不但六爺眼中沒有俺這個皇太后，且在太后眼中，也明明是瞧俺不起。如今我不求別的，只求太后賜俺一死，免得俺在皇上跟前丟臉。老實說一句話，那安德海是俺打發他到山東去的；如今殺了安德海，明明是剝俺的臉皮，叫俺在宮中如何做得人呢？」說著又大哭起來。

慈安太后是一個幽嫻貞靜的女子，如何見過這陣仗兒，早氣得手腳索索的抖，說不出一句話來；掙扎了半天，才掙扎出一句：「俺從此以後不問朝政了，諸事聽憑聖母太后管理去。本來皇上是聖母皇太后的皇上，俺只求老死在宮中，吃一口太平飯兒，便也心滿意足了。」慈安太后說著，也不覺流下眼淚來。

兩宮正鬧得不得開交的時候，忽然說萬歲爺來了。這時同治皇帝也有十二歲了，身材長得很高大，穿著輕衣小帽，十分清秀。他走進屋子來，向兩宮行過禮，便問皇太后為什麼生氣。慈安太后便告訴他殺安德海的事體。原來同治皇帝年幼，素來不問朝政，終日裡在皇宮裡遊玩著，一切事體都由兩位太后主政。所以殺安德海的事體同治皇帝並不知道，如今聽慈安太后說了，才哈哈大笑道：「這個王八羔子狗奴才！殺得好！」慈禧太后聽皇帝罵人，把臉也變了顏色，忙站起身來回宮去。這同治皇帝也不理會，帶了諳達太監們到內苑遊玩去了。

你道這同治皇帝為什麼這樣切齒痛恨安德海？原來安德海在宮中掌權日久，那三四千太監，趨附他的也有，怨恨他的也有。安德海人又長得漂亮，專在西太后跟前伺候；西太后這時年紀也只二十七八歲，正在盛年的時候，又愛和太監說笑。便有許多人說安德海並不是真太監，是外邊人混進宮來，行從前呂不韋和嫪毒的計策。同治皇帝年紀雖小，人卻十分乖覺；聽了旁人的言語，心中本已十分恨這安德海了。後來安德海得了慈禧太后的歡心，越發不把別人放在眼裡，他連皇帝也侮辱起來了。

有一天，安德海正和一班太監們站在太后寢宮的廊下說閒話，遠遠地見皇帝走來；那太監們個個垂下手，上去請過安。唯有那安德海不獨不上去請安，他連手也不垂下。那皇帝便大怒，便喝叫：「拉去！用家法！」那安德海才害怕起來，忙跪下來碰響頭求饒。慈禧太后在屋裡聽得了，便把皇帝喚去了，反狠狠地將皇帝訓斥了一場；說安德海是先皇手裡得用的奴才，便有小過失，也須先請太后的示，才能動家法。幾句把個小皇帝氣得在背地裡拿小刀砍著他玩弄的泥人的腦袋。伺候皇上的太監，問皇上是什麼意思？那皇上惡狠狠地說道：「是殺小安子。」如今聽說安德海被慈安太后傳旨正法，皇上心中如何不喜。

講到這位同治皇帝，因自小生長在圓明園和熱河行宮的，那兩處地方的宮禁，卻沒有大內的一般森嚴，離街市又近，自幼兒便有太監們抱他到市上去遊玩。後來長大起來，那市井一切遊玩，和街道上熱鬧的情形，他都看在眼裡。如今進得京來，自己又做了皇帝，殿陛森嚴，宮庭寂寞，把個活潑的小皇帝關得心中十分煩悶。便有一班小太監伴著皇上，想出種種遊玩的法子來，哄著皇上。什麼踢氣球，踢毽子，游水，跑冰，弄船，唱戲各種遊戲都玩著。玩到高興的時候，皇上也夾在裡面玩。那恭親王的兒子載澄，也和同治皇帝同年伴歲，同治皇帝在圓明園在熱河，都是載澄和他做伴玩耍的。如今兩人多年不見了，同治皇帝把他傳進宮去，兩人依舊在一塊兒玩耍。那載澄又是一個淘氣的小孩子，在京城各處地方遊玩，又學得許多淘氣的遊玩法兒，他兩人都拿小太監做玩物。

後來，同治皇帝又想出一個「摜交」的法子來。那「摜交」的玩法兒，要身材瘦小，腰肢靈活，先拿一張板凳，叫小太監站在板凳上面，那上身向後彎轉去，手尖兒接著自己的腳後跟，肚子挺起，一個身體好似一個蔑圈兒，再把兩條腿摔過去接著手尖兒。這樣子摜著，愈摜得快愈好。摜到七八十個，那板凳面上的地位一絲也不許移動。那班小太監初練的時候，不免腰肢生硬，被皇上用兩手在他肚子上硬按下去，立時吐出血來死的也有，把腰骨按斷的也有，從板凳上摔下來磕破腦袋立刻死去的也有。一天裡面總要弄死幾個小太監來，任你太后如何勸說，他總是不聽。後來這摜交的事體，宮裡的小太監人人會了，一時把這法子流傳到外面去，頓時京城裡面各戲園裡都學習起來。同治皇帝年紀到了十四歲，智識漸漸的開了，再加上載澄在一旁提調著。便慢慢的找宮女玩兒去了，一時被他糟蹋的宮女，也不知道有多少。後來還是慈安太后暗地裡留心看出來，便對慈禧太后說，要給皇帝提親事了。

這時慈禧太后自從和慈安爭鬧以後，便老實不客氣，凡事獨斷獨行。每天垂簾聽政的時候，遇有大臣們奏對，慈禧也不和慈安商量，也不待慈安開口，便自管自下諭旨。慈安看看沒趣，從此著著退讓，連臨朝也不臨了。恭親王雖是忠心於慈安的，但見慈安沒有膽量，自己又要保全性命，只得轉過方向來，竭力去聯繫崔總管李太監，託崔李兩人替他在慈禧太后前說好話。那慈禧太后初時知道安德海的事體是恭親王主謀的，便把恭親王恨入骨髓，常常想借別的事體革去他的職。後來還是榮祿勸住，說六爺不但是皇家近支，且是先朝顧命之臣。再者先皇有密詔在他們手裡，怕逼他們狠了，他們索興拿出密詔來，於太后臉上不大好看。慈禧聽榮祿的話果然不錯，便只得暫時罷手。那榮祿卻在暗地里拉攏恭親王，他知道恭親王是一朝顧命，無論如何總是排擠不開的，還不如籠絡他，叫他幫西太后的忙。這時恭親王正在勢孤的時候，見有人來招呼他，他樂得順水推船，倒在慈禧太后的這一面，處處謹慎小心，聽慈禧太后的命令。

這慈禧太后添了一個大臣幫助，卻也把她從前的仇恨一筆勾消。只可憐把慈安太后撇在宮裡，冷冷清清的也沒有一個心腹可以商量得的。但是在慈禧太后心中，還認做咸豐帝的密詔在慈安手中，還懼憚三分，不敢立刻下毒手。實則那張咸豐帝的密詔，早已不在慈安太后手中了，也不在恭王手中，卻在醇王福晉的手中。當李蓮英見了遺詔，去告訴西太后，西太后忙託人去求著醇王福晉。醇王福晉聽了，立刻套車趕進宮去。走進屋子，恰巧咸豐帝斷了氣，醇王福晉趁眾人不曾到來的時候，忙在皇帝身邊搜得密詔，藏在衣袋裡。她滿擬拿去給慈禧太后看的，又怕從此多事，便拿去藏在自己家裡，哄著慈禧太后，只說不曾拿到。這一來免得兩宮多生意見，二來也叫慈禧太后心裡有幾分恐懼，不敢過於欺侮慈安，這原是很好的法子。到同治皇帝成年的時候，慈安和慈禧為了皇帝大婚的事體，雙方又各起爭執。

原來同治帝年紀漸漸長大起來，於男女之間的事體，也有些一知半解；再加上同治帝在宮中隨處亂闖，宮女們也不避忌；那太監們閒空下來，攢三聚五地也歡喜講些風流故事。

這一天正是大熱天。午後，太后正息著宴，那班太監圍坐在穹門口納涼，各人信口開河地說些閒話。內中有一個太監，便說起肅順殺頭的事體說：「肅順臨到砍頭的時候，還拿十分齷齪的話罵著西太后。劊子手拿刀口擱在他嘴裡，舌頭也割破，牙齒也磕落，他滿嘴流著血，還是罵不絕口呢。」另一個太監接著講了肅順父親的一樁風流案件。肅順的父親，便是鄭親王烏爾棍布；肅順是姨太太生的，那姨太太是回族家裡的女兒，原是個好人家。

有一天，鄭親王下朝來，車子過褂背衚衕口，見一個絕色的女孩兒，心裡不覺大動。回到王府裡，時時刻刻想著這女孩兒，便喚一個心腹包衣姓趙的去打聽，打算買她來做小老婆。那姓趙的去了一打聽，知道那女孩兒的父親是回族，家裡雖很窮苦，但那女孩兒已說了婆家了。姓趙的也無法可想，照直的去回覆鄭王爺。誰知這鄭王爺和那女孩兒，前世宛似有一劫的，他卻非把這女孩兒娶來做小老婆不可，限那姓趙的三個月時間，務必要把那女孩兒弄到；便是花十萬八萬的銀子，也是願意的。那姓趙的在急切中，想出一條計策來。恰巧那褂背衚衕裡有一座空屋子，那姓趙的去租下來住著，和那女孩兒的父親做朋友，做得十分知己，常常拿銀錢去幫助他。那女孩兒的父母十分感激姓趙的。看看期限快到了，一時卻也想不出下手的方法。

這時候，鄭王忽然接到管步軍統領衙門的差使，到任第三天，解到了一批盜犯，那姓趙的忽然想得了計策，拿錢去打通強盜，叫他咬定那女孩兒的父親，說是他們的窩家。又故意埋贓在他父親家裡，把那女孩兒的父親捉來，和強盜一塊兒殺了頭。姓趙的又出面拿出銀子來，替他家埋葬，又拿錢去周恤他母女兩人；另外又叫人假造了他父親在日的借票，到這女孩兒家裡去逼討得十分緊急。姓趙的又替他還債，把她母女兩人感激得什麼似的。那姓趙的又在暗地裡指使他地方上的青皮，闖到那女孩兒家裡去，調戲那女孩兒；故意鬧得給她婆婆家知道，說他那未過門的媳婦是不貞節的。她婆婆家知道了大怒，便退了那女孩兒的婚事。

那母女又是怨苦，又是窮困，便來和這姓趙的商議。姓趙的替他想法子，把她女孩兒去說給鄭親王做姨太太，又賞了她母親三千銀子。她母女兩人到了這山窮水盡的時候，也無可奈何，只得把這絕世美人，斷送在王府裡。誰知這女孩兒一進了王府，第二年養出一個男孩兒來，便是肅順。不多幾年，那鄭王便害惡瘡死了。那瘡名叫落頭疽，在頸子四周爛成一圈，直到頭落下來才死。京城裡的劊子手，能把砍下來的腦袋，依舊縫在頸子上的；那鄭親王的屍身，也喚那劊子手縫上了頭才收殮。最奇怪的，那姓趙的同時也害落頭疽死了。

那太監講完了這樁故事，忽然穹門背後轉出一個同治皇上來，把那班太監嚇了一大跳，忙上去請安。皇上倒也不理會，便找著那講故事的太監，問他道：「那鄭親王千方百計地要了那女孩兒來何用？什麼叫做小老婆？」那班太監聽皇上問這個話，他們要笑又不敢笑，要說又不好說得。內中有幾個壞的，便在背地裡指導皇上如何如何玩弄女人。那皇帝聽了，覺得十分新奇。從此他見了宮女，便拉住了試驗，一時裡被皇帝糟蹋的宮女不計其數。那宮女吃了虧，也無從告訴。

消息慢慢的傳到慈安太后耳中，便去和慈禧太后商量，要給同治帝大婚。慈禧太后卻也有這個意思，便立刻傳諭禮部工部及內務府，預備一切。皇宮裡的規矩，皇帝大婚以前，先要選八個年紀稍長的宮女進御，名叫伺帳、司寢、司儀、司門。同治帝便選八個平日自己所心愛的宮女去，一一進御。又請皇上選定答應幾人、常在幾人、貴人幾人、嬪幾人、妃幾人、貴妃幾人、皇貴妃幾人。一一都挑選停妥，然後再挑選皇后。

當時慈禧的意思，要選侍郎鳳秀的女兒做皇后；慈安太后的意思，卻喜歡承恩公崇綺的女兒做皇后。兩宮為了這選後的事體，又大大的爭執起來了。在慈安的意思，說崇綺的女兒面貌又美麗，舉動又端莊。今年恰好十九歲，雖比皇上年紀大幾歲，但也很懂得規矩，正可以做得皇后。像鳳秀的女兒，年紀只十四歲，怕不能十分懂得人情事體；面貌既不十分美，舉動又是十分輕佻，怕不能母儀天下。這幾句話觸惱了慈禧太后，說慈安有意削她的臉，便大鬧起來。慈安太后這時早已被慈禧的威力壓倒了，見慈禧太后對她咆哮，氣得她一句話也說不出來；到後來慈安太后想出一個主意來，說：「俺兩人也不用爭執，這是皇上的事體，俺們不如請皇上來，聽皇上自己挑選罷。」

慈禧太后心想皇上是自己的兒子，沒有不聽俺的說話的。當下便把皇上去請進來，說出這兩位格格來，請皇上自己挑選；這兩位格格，平日進宮來遊玩，皇上也曾見過。當下他便選中了崇綺的女兒，稱為孝哲皇后；又封鳳秀的女兒做慧妃。這是皇上的主意，慈禧太后便也不好說什麼。一時裡，皇宮裡面便十分熱鬧起來了。大婚的這一天，開了大清門，把個皇后從這門裡抬了進來；那慧妃卻於早一日進宮，伺候著皇后皇帝。皇后告過天地，行過大禮，拜過宗廟，見過兩位太后以後，同治帝便坐大殿，受百官的朝賀。那座大殿蓋造得十分氣概，殿下面鋪著白石階級，共有二十層，兩旁白石圍欄，階的盡頭，四壁長廊。廊下支著朱漆柱子，窗槅雕刻得極其精細。這時廊下站立了許多文武百官，都候著分班朝賀。望去殿上開著二十日扇長門，門上本槅都雕出壽字來；殿裡面都拿金磚鋪地，磚上塗著黑漆，十分光滑。大臣們都上來爬在地下磕頭。皇帝坐在寶座上，那寶座是黑色的，是拿橡木做成的；座上嵌著各色的玉石。這大殿後面便是皇帝的寢宮，共有二十四間；留著三間，是給慧妃住的。皇帝和皇后的宮雖十分接近，但前後不相連的。皇宮和後宮都有一條長廊，通著慈禧太后的寢宮，為便於帝后往太后處請安起見。這原是慈禧太后的主意，吩咐這樣造的。

同治帝自從娶了孝哲后以後，見皇后眉目明媚，舉動端莊，見了皇帝，溫婉而不輕佻，心中便十分寵愛。他夫妻兩人，常在宮中廝守著。皇后又是熟讀唐詩的，皇帝隨口讀出一句來，皇后便都接下去背誦如流，皇帝越發喜歡她。皇后在宮中，和皇帝說笑著；廊下守候的宮女太監們，從不曾聽得皇后的笑聲的。只有那慧妃，卻是十分輕佻。有時皇帝到慧妃房裡去，慧妃接著便做出百般妖媚來，在廊下守候的宮女太監們，只聽得屋子裡一陣一陣不斷的笑聲。後來給皇后知道了，便傳諭吩咐慧妃，叫她放穩重些。那慧妃仗著是西太后挑中的人，也不把皇后放在心裡，依舊是謔浪嘯傲，調笑無忌；背地還在西太后跟前說皇后的壞話。那孝哲皇后，原是西太后不中意的，聽了慧妃的話，越發沒有好嘴臉待皇后了。每日皇后到西太后宮中去請安，西太后總是正顏厲色地對她說道：「皇上年紀輕，國家大事要緊，莫常留他在宮裡玩耍。」

孝哲后聽了西太后的排揎，真是一肚皮冤氣沒處訴。虧得東太后卻十分喜歡她，常常把她傳進宮去，安慰她幾句。給慈禧太后知道了，心中越發忿怒，常常對皇帝說：「慧妃十分賢明，便該常常親近她；皇后年紀輕，不懂得什麼規矩，皇帝不該迷戀中宮，致荒了朝廷的正事。」這幾句話，常常對皇帝說著，說得皇帝心煩起來，便也不敢常到皇后宮裡去了。西太后又派了人在暗地裡偵探著皇帝的行動，見同治帝到孝哲后宮裡去了，第二天慈禧太后見了，必要嘮叨一大套；把個同治帝氣得從此不到皇后宮裡去了，也不到慧妃宮裡去，便終年獨宿在乾清宮裡。每到無聊的時候，便傳從前摔跤的小太監來，做著各種遊玩事體來消遣。

同治帝自從大婚以後，便換了一種性格。從前的玩耍，他看了一概沒有意味，任你小太監如何哄著玩兒，皇上終是悶悶不樂。後來由崔總管弄了一班小戲子進宮來演唱，起初皇上看了十分歡喜；後來看了一出《遊龍戲鳳》，把皇上的一片春心又勾引起來。便悄悄地問小太監：「京城裡可有玩耍女人的地方？」那小太監都要討皇上的好，便說這裡宣武門外某家姑娘如何美貌，某家少奶奶又如何乾淨。皇上聽了，便賞了小太監許多瓜子金，叫他們瞞著人悄悄地陪著皇上到各處去玩耍。這皇帝玩出味來了，便終日在外面不肯回宮去。崔總管便是知道，也不敢多說。皇上每日請過太后的安，坐過朝以後，便溜出宮門遊玩去了。皇帝在外面，自己稱江西陳拔貢，皇帝除玩姑娘以外，凡是茶坊酒肆，他都要去軋鬧熱。

有一天，左都御史毛文達和滿堂官昶熙，在宣武門外春燕樓酒店裡吃酒談笑，忽然一眼見東壁廂一個漂亮少年坐著，身後站著一個小書僮。再細看時，那少年不是別人，正是當今皇上。他打扮做公子哥兒模樣，自由自在的一手擎著酒杯在那裡飲酒。皇帝也瞧見他兩人了，便向他們點頭微笑。慌得毛文達、昶熙兩人總也不自在，酒也不敢喝，急急跑下樓去，悄悄地去告訴了步軍統領。那統領聽了，嚇了一大跳，忙調齊兵馬，親自帶著，要去保護皇上。被毛文達攔住了，說統領這一去，鬧得人人知道；聖駕倘有不測，你我如何擔得起這個干係？再者統領這一聲張，弄得皇上不能自由自在地遊玩，反叫皇上著惱；你我得不到保駕功勞，反要受聖上的申斥。這又何苦來？

那統領聽了毛文達的話，卻也有些躊躇起來。便問道：「依大人的意思怎麼才能兩全呢？」毛文達思索了半天，才得了一個主意。便吩咐統領在衙門裡挑選了二十個勇健兵丁，穿了平常人衣服，到春燕樓去暗地裡保護著皇帝；倘然皇上到別處去遊玩，也只須在前後暗暗地跟著保護著，卻不可令皇上知道。那統領官聽了，便依了他的意思，點派了二十名勇士出去。要知後事如何，且聽下回分解。

十年富貴奴凌主　一曲昆簧帝識臣

卻說步軍統領密派著二十個勇健軍人，暗暗地保護著皇上。那皇上一到外面，大街小巷，沒有一處不要去遊玩。後來他走到琉璃廠一家紙鋪子裡去買玉版箋，看成了貨物，共要十二兩銀子。同治帝從懷中掏出一把瓜子金來付給店夥，誰知那店夥是不認識瓜子金的，他卻不要。那小太監不問他要不要，拿著紙便走。店夥見他要白拿貨，發起急來，托地從櫃臺裡面跳出身體來，伸手一把在小大監衣襟上扭住；另有一夥計從裡面走出來，把皇上當胸扭住。口口聲聲嚷說：「誆騙貨物的賊！送他到衙門裡去。」那時店裡掌櫃的也走出來，問著皇帝道：「你是什麼人？」那皇帝說道：「俺是江西的拔貢姓陳的便是。」

正在不得開交的時候，忽然走進十多個雄糾糾的武士來，把兩個夥計的辮子揪住說：「隨俺到衙門裡去！」那店夥計便大嚷起來，說道：「世界反了！你不抓白撞賊，倒要抓俺做買賣的人？」那武士聽夥計罵皇帝「白撞賊」，便揚起手來，正要打下去，還是皇上來解勸，說：「叫夥計拿了紙，跟隨俺到家裡去拿錢去。」進了城，又走了不少路，一抬頭忽然見高高的午朝門矗在面前。店夥計看那主僕兩人搖搖擺擺地走進午門去，頓時害怕起來，忙把手中的紙丟在地上，慌慌張張地逃去。同治帝看了不覺大笑，吩咐小太監去把紙拾起來，拿進宮去。第二天依舊命小太監拿了銀子，到紙鋪子裡去如數給錢，慌得那紙鋪子裡的掌櫃不住的向小太監作揖打躬。小太監也不去睬他，逕自回宮來。過了幾天，同治帝獨召毛文達進宮去，提起春燕樓吃酒的事，皇帝還說他多事，有那多武士跟隨著，行動反多不便。文達又磕頭勸諫說：皇上萬乘之軀，不可冒此大險。同治帝如何肯聽，依舊偷偷的在外面遊玩。

有一天，出了後宰門，走過湖南會館，忽然對小太監說道：「曾國藩住在裡面，待聯看他去。」走進會館，找到曾國藩院子裡一問，曾國藩出外去了。見對面有一間屋子，房門開著，同治帝便也直闖進去。屋子裡是一個湖南舉人姓鬱的，這時正爬在炕上吃飯，見一個少年昂頭直入，也不招呼人，便在書桌前坐下。見書案上攤著一本文章稿子，那少年便提起筆來，隨手亂塗，到末後寫著「不妙」兩字。那鬱舉人正要上去攔住，這少年丟下筆，哈哈大笑著去了。鬱舉人看了十分詫異，問自己的僕人時，說：這是來拜望曾大人的客人，因為曾大人出外未回，所以他信步到老爺屋子裡來的。鬱舉人聽了，也猜不出是什麼樣人。待到晚上曾國藩回來了，鬱舉人跑去問他，又拿塗改過的文章給曾國藩看，曾國藩也猜想不出是什麼人。

第二天曾國藩被召進宮去，奏對完了，同治帝笑問：「昨天怎麼不在會館裡？」曾國藩聽了十分詫異，忙磕著頭說：「臣昨天應恭王爺的召，在王爺府中陪飲。」同治帝又笑說：「你那對門住著的湖南舉人，好大模大樣的。」曾國藩聽了，知道皇上昨天又私自出宮來過了，便嚇得一句話也不敢對答。回到會館裡，把這情形告訴了鬱舉人，才知道昨天來塗改文章的，便是當今皇上。嚇得那鬱舉人會試也不會，收拾行李，一溜煙的逃出京去了。從此京裡大小官員都不敢在外面行走，只怕遇到了當今皇上，得了什麼罪名。但是同治帝越發遊玩得得了意，依舊每日帶了小太監在外面亂闖。

又有一天，崇文門外土地寺裡有一個廟祝，正在打掃佛堂；外面下著大雨，忽然有一個少年抱著頭匆匆地進來，後面跟著一個童兒。看他主僕兩人身上都被雨淋溼了。這廟祝是熱心人，忙把他主僕兩人邀到後面屋子裡去，特意生著火盆，替他們拿衣服烤乾，煎著茶給他們吃。那少年一面喝著茶，一面問道：「這廟裡沒有和尚嗎？」那廟祝說道：「這裡只有師徒兩個，和尚如今出外打齋飯去了。」少年又問廟祝今年多少年紀，在這廟中幾年了，從前在什麼地方。那廟祝見問，便把手中的掃帚撐著，說道：「我如今三十六歲了。來到這廟裡已有四個年頭了。當初原在西關頭陳大人家裡做奴才的。俺是陳大人家自幼兒買去做書僮的，足足服侍了陳大人二十個年頭。四年前偶不小心，打破了一個古瓶，陳大人把奴才打了一頓，攆出門來，是俺無處可奔，因一向認識土地廟裡的大師父，便投奔他來，當一個廟祝。廟裡香火十分冷清，俺在這裡也十分窮苦。」

那少年又問：「在陳家當了二十年書僮，陳大人可曾替你娶過媳婦，又可曾給你幾個工錢？」廟祝說：「俺在他家二十年工夫，也不曾看見過一個大錢，娶媳婦的事，更不必說起。」這少年聽了，臉上有些動怒的樣子，便問：「如今你那陳大人在什麼地方？」廟祝說道：「早在三年前到廣東當海關道去了。」少年又問：「俺全國的海關缺分，什麼地方最好？」那廟祝說道：「這自然要數廣東的海關是第一個好缺了。」少年問他：「你也想去做一做海關道嗎？」那廟祝笑說道：「大爺敢是和俺開玩笑呢！想俺不過做一個廟祝罷了，飯菜也不得飽，布衣也不得暖，哪裡敢存這個妄想！」少年聽了，接著說道：「你既這樣說，俺便送你到一個菜飯飽、布衣暖的去處去。」說著，叫拿紙筆來。這少年便一揮而就，從懷裡掏出一個小印來，蓋上印，把字條兒交給廟祝說：「你明天拿去見步軍統領，自有好處。」廟祝接了字條兒，心中將信將疑。這時天上雨也住了，他主僕兩人的衣衫也烤乾了，少年便告辭出去。

那廟祝把字條兒藏著，到了第二天，果然拿著去見步軍統領。這時做步軍統領的，便是醇賢親王。他開啟字條兒一看，認識是皇上的手諭，忙得他連忙擺設香案，開著正門出來，把這廟祝接了進去。三跪九叩首，行過全禮。把個廟祝弄得摸不到頭腦，只得聽他擺布去。過了幾天，那統領便替他更換衣衫，打發兩個差官，帶著一角文書，送他到廣東，見他那舊主人陳大人去。陳大人見了公文，忙把海關道的印信交與廟祝，自已退出衙門。從此那廟祝做了海關道，他感激皇上的恩典，把歷任的積弊都查了出來；叫衙門裡的師爺，替他上了一本。吏部派人查復，把從前做過粵海關道的官員，都一齊革了職。這廟祝在任上四年，也不貪贓，也不舞弊；但也多了十六七萬家財，便做起富翁來了。後來同治帝知道了，便點頭稱讚道：「朕識拔的人，到底不錯。」

同治帝在外面遊蕩慣了，一天不出宮門心中便悶悶不樂。皇上最掛念的，是後門外的一個涼粉擔兒。皇上每帶著小太監在後門外走過，總要就擔頭去吃一碗。但吃了總不給錢的，在同治帝心中，也永不知有吃了零碎食兒要給錢的一回事；那賣涼粉的見他品貌英秀，舉動豪華，認做王家的公子哥兒，也不敢向他要錢。

這樣一天一天的吃著，差不多吃了四五十碗了。有一天皇上又站在擔兒邊吃涼粉，恰巧旁邊也有三五個人站著吃涼粉，他們吃完了，便個個掏出錢來給那賣涼粉的。皇帝看了十分詫異，便問賣涼粉的：「你要錢幹什麼？」那賣涼粉的聽了大笑，說道：「真是公子哥兒！俺不要錢，家裡三五口人哪能活呢？」皇帝又說道：「你既這樣，為什麼不要銀子，卻要錢呢？」那賣涼粉的又笑道：「這涼粉是賤東西，哪裡說得上銀子；一兩銀子要買幾擔呢，怎麼可以賣得人家的銀子呢？」皇帝又問道：「你既要賣錢，為什麼不向俺要錢？」那賣涼粉的知道他是貴家公子，便有意說著好聽的話兒道：「爺們肯賞光，已是榮耀了，哪裡還敢向爺們要錢呢？」皇帝聽了十分歡喜。說道：「俺吃你的涼粉也多了，今天俺想賞你；可是袋子裡沒有錢，俺便寫一張銀帖給你，你明天拿帖去取錢，可以嗎？」

賣涼粉的聽說有銀子到手，如何不願？便去一家小酒鋪子裡借過一副紙筆來。皇帝在紙上寫道：「廣儲司付銀五百兩。」又打上小印，寫畢把筆一擲走了。賣涼粉的是不認識字的，拿著這銀帖去給酒店掌櫃的看。那掌櫃的看了嚇了一跳，說道：「你今天遇到的是當今萬歲爺了。」那賣涼粉的不信，說：「哪有這個事？」那掌櫃的說道：「這上面明明寫著『廣儲司』，這廣儲司在皇上宮裡，是皇家的庫房，看你怎麼收去？」那賣涼粉的聽了，才害怕起來，把那張銀帖拿去藏在枕箱下面壓著，終是不敢到宮裡去拿銀子。他打算倘然再遇見萬歲爺，便把這張銀帖還他。後來他老婆知道了，日日夜夜在耳絮聒，逼他去領取銀子。那賣涼粉的沒奈何，只得硬著頭皮闖進宮門去。手裡拿著銀帖，東碰西撞的問人；好不容易，果然給他找到了廣儲司，把這張銀帖呈上去。那司官問他：「這張帖子打哪裡來的？」那賣涼粉的只得老老實實的說道：「有一位爺欠了小的涼粉錢，拿這帖子賞小的。小的原不敢要，那爺說不妨事的，吩咐小的來領銀子。老爺們說給領便領，說不給領時，小的也不要了。」

司官聽他說得有來歷，又看他是一個老實人，便吩咐他候著；一面拿著銀帖去轉稟堂官，堂官不敢怠慢，進宮去奏明慈禧太后。慈禧太后便吩咐把皇上請來。停了一會，那同治帝進來，慈禧太后便拿這銀帖給他看；同治帝便認這是朕賞給後門外賣涼粉的。慈禧太后見皇帝認了，便吩咐堂官叫照數給那賣涼粉的，俺們不要失信於小百姓。那堂官領了旨，便退出去，拿了五百兩銀子，付給賣涼粉的。那賣涼粉的捧著銀子歡天喜地的去了。

銀帖的事已了，慈禧太后便對同治帝說道：「皇帝天天在外邊胡鬧，也失了皇家的體統，以後須特別自己檢點，莫給御史家知道了，又要在我們跟前多說話。」這時恭親王恰巧有事進宮來，慈禧太后便對恭親王說道：「六爺是皇叔了，皇上天天在外面胡鬧，六爺也得勸諫勸諫才是。」同治帝聽太后嘮叨了半天，心中十分不自在了，便退出來回到乾清宮去。誰知接著又是恭親王進宮來請見，這時皇帝十分睏倦，躺在東便殿的安樂椅上。恭親王進來，便跪下向皇帝磕頭。說道：「方才太后的懿旨，皇上總該也聽得了。皇上天天出宮去遊玩，太后總說是俺們做臣子的不好，不知道在皇上跟前勸諫；皇上快改過了罷，一來也免得叫皇太后在深宮掛念，二來也免得臣受著太后的訓責。皇上是萬乘之軀，是當特別保重，不可輕易出宮；從前白龍餘且行刺先皇的事體，皇上也該有些知道。皇上私行出宮，又沒人在左右保護，一旦出了什麼亂子，不但叫兩宮太后擔著驚恐，且也使臣等負罪終身；便算是太平無事，這祖訓也須遵守。歷來皇上，從沒有私自出宮的。」

說起祖訓，同治帝不覺有些惱怒起來。便從安樂椅上坐起身來，說：「六爺是熟讀祖訓的，如今朕身上還有什麼事是違背祖訓的嗎？」這時皇上身上穿著黑色繡白蝴蝶的袍褂。恭親王便指著皇上的身上道：「皇上穿這身衣服，也是違背了祖宗的遺制了。」同治帝聽了，微笑著說道：「朕這件衣服，和載澄哥兒穿的是一樣格式的；那載澄哥兒是六爺的親生兒子，如今六爺怎麼不管教兒子去，反來勸諫朕躬。六爺且起去，朕還有後命。」恭王見皇上臉上露著怒容，便又磕了幾個頭起來，退出宮去。這恭王才轉背，那同治帝便氣沖沖地走進書房去，寫了一道諭旨，用黃封套封住；又傳諭出去，喚大學士文祥進宮來。那文祥和恭王的交情很好的，他進宮門的時候，正值恭王出宮門；兩人見了面，便談起方才勸諫皇上的事體，恭王還說：「皇上聽了不十分樂意，相國進去，見了皇上，也須幫助著勸諫勸諫。」文祥聽了便點點頭進去了。

同治帝坐在書房裡傳見，文祥進去磕過頭站了起來，同治帝遞給他一個黃紙封兒。說道：「朕有一道旨意在裡面，不許私自拆看，快拿到軍機處給各大臣王公看了；看過了，快快照辦。」文祥把聖旨接在手裡，偷眼看皇上滿面怒容。文祥心知有些不妙，忙跪下來求皇上明諭。同治帝看文祥求得厲害，便說道：「對你說了也不妨，這裡面有一道諭旨，是殺恭親王的。」文祥聽了，磕頭越發磕得厲害，口口聲聲說：「看在六王爺是顧命大臣，又是皇叔父份上，饒他一死罷！」同治帝見文祥纏繞不休，便一甩手，站起身來，踱進寢宮去了。文祥無可奈何，只得捧著諭旨去見慈禧太后，哭訴皇帝要殺恭親王的事體，求皇太后快救六王爺一條性命。文祥說著，連連磕著頭。太后便吩咐把諭旨留下，咱自能向皇上說話的。文祥退出宮去，把這件事告訴給同僚知道；大家聽了，都替恭王捏著一把汗。隔了幾天，果然不見這道諭旨下來。原來這時慈禧太后權柄很大，便是皇上見了，也有幾分忌憚。但從此心中便厭惡恭王，恭王卻不怕死，依舊是剛正立朝。見皇上有不守祖訓的地方，還是苦口勸諫。誰知勸諫的由他勸諫，皇上游玩的依舊要遊玩。

北京地方，有一家著名的飯莊，招牌名叫「宣德樓」。有一天，王景崎太史，和戶部侍郎於德耀兩人正在樓上對酌。那兩人都愛唱的，王太史愛唱二簧，於侍郎又善唱崑曲，飯莊又有現成的琴索，他們酒吃到高興時候，便輪流著高唱起來。起初，於侍郎拉著胡琴，王太史唱了一折京調。後來王太史吹著笛子，於侍郎唱了一闋崑曲。唱了一出，又是一出。他兩人越唱越高興了，引得那班吃酒的人都擠在門簾外靜聽；正聽得出神的時候，忽然見一個少年掀簾直入，也不打招呼，一坐便坐在王太史對面，呆呆地聽著。王太史也正唱得起勁，不曾去問得他的名姓；聽王太史唱完了一出，那少年便向於侍郎兜頭一揖，說求大爺再賞一出崑曲聽聽。於侍郎見這少年英姿颯爽，說話又十分客氣，便不好意思推卻，便為他再唱了一折「舟會」。

正唱得動聽的時候，忽然樓下一陣車馬聲，十分熱鬧，一齊到宣德樓下停住。四五十個騎兵擁著一輛紅色輪子的車子，車子裡面走出一個老人來，大家認得是恭親王。那班吃酒的人見王爺來了，一齊避開。那恭親王走上了樓，一直走進王太史的房裡。見了那少年，便低低的在他耳邊說了許多話，起初那少年搖著頭不依，後來恭王再三說了，這少年只得垂頭喪氣的下樓去。恭王把那少年扶上車子，自己跨著轅兒，一簇雲似的擁著去了。到這時，王太史才知道那少年便是當今萬歲爺；那於侍郎受過皇上一揖的，把個於侍郎嚇得只是怔怔的，只防有什麼禍水。他們豈無心吃酒了，便個個回家去。

第二天，忽然朝旨下來，把王景崎、於德耀兩人都升了官。於德耀心想為唱曲子升了官，說出去名氣不好聽，便告老回家去了。獨有這王景崎年紀還輕，當時他官直升到吏部侍郎，在宏德殿行走，天天和皇帝見面。這王景崎是北京地方有名的嫖客，凡是北京地面上的小班茶室下處以及私門子，他無不熟悉。皇帝得了他的教導，便越發在外面胡行亂走，他們又最愛闖私門子，只因私門子地方幽祕，不容易為人發覺。王景崎認識的有一個章三奶奶，年紀又輕，相貌又好；她住在西城的餑餑房，皇上和王景崎兩人常常光臨。那章三奶奶是姑娘而兼炕主的，她手下養著許多姑娘，皇上輪流玩著，十分快樂。

但是皇上因太后在宮中常常要查問，不便在外面久留，匆匆上炕，總是唱一出的多，看天明的少；可憐皇帝來往西城，既是十分辛苦，在路上冒著風寒雨露，身體不免受損。又因貪多縱慾，兼收並蓄，不免染了血毒。不多幾天，皇帝病了，病得十分厲害。慈禧太后看了萬分焦急，一面傳御醫診脈下藥，一面傳慧妃在皇上身旁，早夜伺候。這時皇上滿身發燒，熱得人事不知，一任太后和慧妃兩人擺布去。後來看看病勢日漸清減，身上的熱也慢慢的退了，誰知皇帝又渾身發出一身痘來。只因同治帝在外面眠花宿柳，不免染有血毒，那痘的來勢甚猛，滿身都是，皇帝又昏沉過去。

皇帝床前，只有慧妃一個看守著，孝哲后已許久不和皇帝見面了。如今皇帝害病，宮裡的宮女太監們，都是慈禧太后和慧妃的心腹，把這消息瞞得鐵桶相似，慈安太后和孝哲皇后宮裡，卻一無所聞。慈禧太后看看皇帝的病狀不妙，便日夜和恭親王一班大臣商量立嗣的事體。要知後事如何，且聽下回分解。

李鴻藻榻前奉詔　嘉順後宮中絕食

卻說同治帝病到危急的時候，慈禧太后便和幾個自己親信的大臣商量立嗣的事體。連日在太后宮中開祕密會議，一切都已議妥，只候皇上大事出來，便可依計行事。誰知三五天后，皇帝的危險期已過，那痘瘡也慢慢的結起痂來，熱也退了，人也清醒了，只向著人索飲食。皇上一切飲食，都是慧妃一個人調理著。皇帝是不喜歡慧妃的，雖在神氣清醒的時候，也不和慧妃說笑一句。覷著慧妃不在跟前的時候，同治帝便招著手，把小太監喚到跟前來，解下自己小衣上的金印來，叫他悄悄的拿去，把皇后請來。這時候正是清早，慧妃覷空回宮梳洗去了。孝哲皇后得趁沒人的時候，悄悄的走來看望皇帝。他兩人已許久不見了，孝哲皇后看看皇帝枯瘦如柴，皇帝看看皇后也消瘦得多了，大家不覺拉著手哭泣起來了。哭了半天，孝哲皇后先住了哭，又勸皇帝也住了哭；兩人說起兩地相思的苦，皇帝又說起那慧妃如何可厭。

說起慧妃，便說起從前選后的故事來。原來當時慈禧太后頗想選慧妃做皇后，慈安太后卻已看中了孝哲皇后。兩宮太后爭執不休，便請同治帝自己決定。那同治帝在兩宮太后跟前，又不敢說誰好誰不好。這時有一個宮女，正送上茶來；同治帝忽得了一個主意，便把茶水潑在地上，叫孝哲后和慧妃兩人在溼地上走去。那慧妃怕茶水弄髒了衣角，忙把那袍福兒提起來走去；獨有孝哲后，卻大大方方的走去。同治帝說孝哲能不失體統，便決定立孝哲后做了皇后。因皇帝提起從前選后的事體，那孝哲后有意逗著皇帝，叫他開心，便說道：「臣妾常在東太后那裡聽得陛下幼時的聰明，那時陛下年紀只八歲，天天在南書房念書；陛下常不愛念書，師傅便跪下勸諫，陛下只是不聽。師傅沒有法子，只得對著陛下掉眼淚；陛下看師傅哭了，便拿《論語》上『君子不器』一句，把手按住那『器』字下面的兩個口，去問著師傅。師傅讀成君子不哭，那師傅也撐不住笑起來了。」

孝哲后說到這裡，同治帝嘆了一口氣說道：「這都是小時候的淘氣事體，說它怎的！如今再沒有那種聰明了！」說著伸出手來撫著皇后的臂膀，說道：「你在宮裡冷清嗎？西太后待你怎麼樣？」孝哲后一聽得提起西太后，那兩掛珠淚便忍不住撲簌簌的落下來，落在皇帝的手背上。皇帝看了十分不忍，便伸手把皇后摟在懷裡。皇后霍地立起身來，說臣妾要回去了。皇帝不捨得她去，只是喚皇后坐下。皇后搖著頭，說道：「只怕阿媽知道了，要責罰我呢。」皇帝說道：「阿媽還未起身，不妨事的。」

此時慧妃回宮去梳洗完事，正走向皇帝宮來；聽得屋子裡有人唧唧噥噥說話的聲音，問太監時，說正宮在裡面。慧妃也不敢進去，急轉身走到慈禧太后宮裡，說：「皇上大病才有轉機，見了皇后，怕又要糟蹋了身子，再發起病來，可不是玩的。」慈禧太后聽了慧妃的話，不覺大怒，說：「這妖狐，硬是要迷死皇帝嗎？」說著，氣憤憤地趕到乾清宮去，一腳踏進寢宮。那孝哲后正伏在床沿上，低低的說著話。慈禧太后看了一眼，一縷無名火直衝頂門，她也顧不得什麼皇后不皇后，臉面不臉面，便上去一把揪住皇后的頭髮，在兩面粉腮兒上一連打了十幾個嘴巴。口口聲聲的罵道：「騷狐！你敢是打聽得皇上的病有些轉機，又來迷死他嗎？」打得皇后雲鬢蓬鬆，嬌啼宛轉。慈禧太后還氣憤憤的喝令宮女拿大棍來，急得同治帝只在枕上磕頭求饒。

那滿屋子的宮女太監也一齊跪下來磕著頭，齊聲喊著：「老佛爺！」那孝哲后也跪下地來，一面磕著頭，一面說道：「老佛爺姑念俺是大清門進來的，賞俺一點面子罷。」一句話觸動了太后的心病，她明知道皇后在那裡譏笑她自己不是從大清門進來的；又因清宮的祖制，皇后從大清門進來的，只能廢黜，不能辱打。這一氣把個太后氣得一言不發，一轉身，便回宮去了。

同治帝見勢不妙，忙傳旨召軍機大臣侍郎李鴻藻進宮。那李鴻藻正在軍機處，還不曾退值，聽得皇上宣召，忙跟著太監進宮去。走到寢宮門外，便站住不敢進去。小太監替他進去通報了，同治帝吩咐掛簾，把李鴻藻喚進屋子去。皇后站在皇帝床前，正在那裡抹眼淚；見李鴻藻進來，急欲避去。皇帝拉著皇后的袖子，說道：「你也不用迴避。李師傅是先帝老臣，你是門生媳婦，朕如今有緊要話須和師傅說，你也可以聽得。如今你先去見過師傅罷，將來全仗師傅照應呢！」說著不覺也掉下眼淚來。

孝哲皇后正要過來拜見李鴻藻，慌得李鴻藻忙脫下帽子，爬在地下碰頭。同治帝說道：「師傅快起來，現在不是講禮節的時候呢！」說著叫小太監上去把李鴻藻扶起，又在皇帝榻前安設一張椅子，喚李鴻藻坐下。皇帝伸出手來，握住李鴻藻的手，只說得一句：「朕的病怕不能好了！」皇帝皇后和李鴻藻三個人，六掛眼淚一齊淌下來；尤其是皇后，哭得嗚咽難禁。皇上接下去說道：「朕既沒有生得太子，那西太后又和皇后不對勁兒；朕死後別的沒有什麼不放心，獨怕她要吃虧呢。」這時皇后正哭得和淚人兒一般，聽了皇帝的說話，越發撐不住悲悲切切的哭起來。皇帝一手搭在皇后的肩上，說道：「現在不是哭泣的時候，俺們商量大事要緊。朕倘有不測，第一要緊的，便是立嗣皇帝，你心裡愛立誰做嗣皇帝，快對師傅說定了，朕可以和師傅商量寫遺詔的事體。」孝哲皇后聽皇帝說到這裡，忙抹乾了眼淚，跪奏道：「國賴長君，臣妾不願居太后的虛名，誤國家的大事。」同治帝聽了微笑著點頭，說道：「皇后很懂得道理，朕無憂了。」便和李鴻藻低低的商量了半天，決定立貝勒載澍為嗣皇帝。

同治帝嘴裡說著，李鴻藻爬在榻前寫著遺詔。那遺詔很長，上面說的都是預防西太后的話，說得十分嚴厲。寫完了，皇帝拿去細細看過，說道：「很好。」便在遺詔上用著印，交給李鴻藻藏好。李鴻藻一時無處可藏，孝哲皇后便親自替他拆開袍袖來，藏在袍袖的夾層裡，又替他密密縫好。同治帝說道：「師傅且回家去休息，明天或還要命師傅見一面兒呢。」

李鴻藻磕著頭，退出乾清宮來。正要走過穹門去，忽聽得身後有人低低喚師傅的名字，李鴻藻是心虛的，聽了不覺嚇了一大跳！急回頭看時，原來不是別人，正是惇親王奕誴。李鴻藻一見了，他心知大事不好了，忙上前去請安問好。惇親王冷冷的說道：「師傅在皇宮中耽擱多時，敢是做顧命大臣來？師傅辛苦了，俺和師傅到太后宮中去休息休息談談心。」說著也不由分說，上去一把拉住李鴻藻的袖子便走。李鴻藻心中嚇得亂跳，那兩條腿不得不跟著；走到皇太后宮裡一看，那恭親王奕訢，醇親王奕譞，孚郡王奕譓，惠郡王奕詳，一班王爺都在那裡。虧得李鴻藻乖覺，當時他見了恭親王，便上去請安，說道：「原來六爺也在宮中，俺方才得了皇上的密詔，正沒得主意；打算出宮找六爺商量去。」恭王聽了問道：「什麼密詔？」李鴻藻不慌不忙便拆開袍袖，把那同治帝的遺詔拿了出來。滿屋子王爺們看時，嚇得大家臉上變了顏色。

這時慈禧太后正從裡屋子裡走出來，恭親王不敢隱瞞，便把那詔書呈上去。慈禧太后一邊看時，一邊氣得兩隻手索索的發抖。看完了，氣憤極了，把那詔書扯得粉碎，丟在地上，怒目看著李鴻藻。嚇得李鴻藻忙跪下地去，連連磕著頭，磕得頭上淌出血來，又不住的說：「臣該死，求老佛爺賜臣一死。」那兩旁的大臣也一齊跪下，替他求著情。隔了半晌，才聽得皇太后罵一聲：「起去！」李鴻藻又磕了幾個響頭，謝過恩退去。隨後私地裡連夜送了五萬兩銀子來給崔總管和李太監，求他們兩人在太后跟前替自己說說好話。西太后俟李鴻藻出去以後，便和諸位王爺開了一個御前會議，索興把慈安太后也請了來。慈禧太后第一個開口，一邊淌著眼淚，說道：「皇帝的病，看來是救不轉的了。但是嗣皇帝不曾立定，是俺一樁大心事。大家幫著俺想想到底立誰做嗣皇帝好？」慈安太后聽了，接著說道：「國賴長君，溥倫和載澍，年紀都長成了，可以立做嗣皇帝。」慈禧太后聽了，不覺陡的變了顏色，厲聲說道：「你也說立長君，他也說立長君。立了長君俺們兩個老婆子還過日子嗎？」幾句話，把個慈安太后嚇得忙閉著嘴，從此不敢開口。

停了一會，慈禧太后說道：「俺家薄字輩，沒有可以立作嗣君的。依我的意思，醇王爺的大兒子載湉，今年四歲了，和皇帝的血統很近，俺意思，想立他做嗣皇帝。載湉的母親，原是俺的妹妹；如今俺們立他的兒子做了嗣皇帝，大家也得個照應。」當時醇親王站在一旁，聽了也不敢說什麼。慈禧太后又回過頭去對慈安太后說道：「姊姊的意思怎麼樣？」慈安太后只得連聲說「好！」慈禧太后便接著對大家說道：「你們聽得了麼？東太后的懿旨，要立醇親王奕譞的兒子載湉做嗣皇帝：六爺快擬詔書！」

當時恭親王便寫下兩宮太后的懿詔，立載湉為嗣皇帝。詔書中大略說道：皇上龍馭上賓，未有儲貳；不得已以醇親王奕譞之子載湉，承繼文宗，入承大統，俟生有皇子，即承繼大行皇帝為嗣。當時各王爺都在詔書上籤了字，才散出宮來。這裡慈禧太后待眾人去了以後，便又悄悄的去把慧妃喚進宮來，吩咐一番。可憐這裡正在召將飛符，那邊同治帝還一點不知道。誰知那慈禧太后早已傳下諭旨，吩咐斷了皇帝的醫藥飲食。

同治帝躺在床上，一天也不見送湯藥送茶粥的來，肚子裡又饑又渴，忙喚小太監要去。那小太監去了半天，空著手回來說：「太后吩咐，叫不給俺宮中醫藥飲食。」同治帝聽了不覺嚇了一大跳。再叫小太監去打聽時，才知道那遺詔的事體發作了。如今權柄都在慧妃手裡，皇上為要得飲食，需求慧妃去。這時皇帝的身體已健朗了許多，也行動得了；聽了小太監的話，忙叫去請皇后到來。待到孝哲皇后到時，同治帝求她用印傳下懿旨去。孝哲皇后聽說皇帝要到慧妃宮中去，她如何肯依；只是勸皇帝安心靜養，不可勞動。無奈同治帝只是求著，甚至向皇后長跪不起。孝哲后看皇帝求得可憐，只得答應了，蓋上皇后的鈐記。皇帝拿了，到慧妃宮中去住了一夜，五更時候回乾清宮來。不到半個時辰，宮中太監都嚷著說：「皇上殯天了！」

慈禧太后第一個進宮來，吩咐太監們替皇帝沐浴穿戴，把屍身陳設在寢宮裡。諸事停妥，才悄悄的把恭親王去喚來。恭王進宮去，天色還是白茫茫的，一個太監在前面領著路，推開一重一重宮門進去，那太監隨手把宮門關上。走過幾十重門，才到同治帝的寢宮裡。只見那皇帝的屍身，直挺挺的擱在御床上。慈禧太后手中擎著一個燭臺，站在一旁。恭親王上去請過安，慈禧太后對恭王說道：「大事已到如此地步，六爺怎麼辦？」恭王便磕著頭說道：「臣無有不奉詔的。」慈禧太后聽了，點點頭道：「六爺肯奉詔，大事便有辦法了。」當下便立刻把醇親王、孚郡王、惠郡王和幾位親信的大臣，召進宮來，議定後事。

這時，慈安太后雖也在座，只因自己手下連一個親信的人也沒有了，只得聽慈禧太后做主去。慈安太后走到同治帝的屍身邊，見他骨瘦如柴，頭頂上的辮髮也脫盡了，不覺流下淚來。一眼見死人枕下露出一本書角兒來，慈安太后伸手去拿來一看，早不覺把個太后羞得滿面通紅。忙把這本書兒丟在地上。慈禧太后見了，連問：「什麼東西？」小太監前去拾起來送給慈禧太后一看，原來是一本春畫兒。書面上還注著一行小楷字：「臣弘德殿行走翰林院侍講王慶祺進呈御覽。」慈禧太后看了便罵一句：「好個王八蛋！」把那本春畫兒收去了。這時恭親王早到醇王府去，把個嗣皇帝抱進宮來。慈禧太后上去抱來一看，那嗣皇帝早已熟睡在懷裡。到天色大明，才發出上諭去，宣告帝崩；又發下懿旨去，立醇親王奕譞的兒子載湉為皇帝，改年號稱光緒。那醇親王見把自己的親生兒子抱進宮去，心中萬分難捨，憂鬱不樂，便害起病來。便上了一本奏疏，辭去職分。兩宮皇太后看了醇親王的奏本，知道因他兒子做了嗣皇帝，例應規避，准他開去各差，以親王世襲罔替。這裡光緒帝年紀太小，進宮來只有保母伺候著；所有國家大事，一概由兩宮太后垂簾聽斷。

此番同治帝死後，慈禧太后不給他立子，卻立了一個同治帝的弟弟。雖說詔書上有嗣皇帝生有皇子即承繼大行皇帝為嗣的話，但外面卻沸沸揚揚，傳出許多謠言來。有人說這光緒皇帝原是慈禧太后的私生子，寄養在醇親王家裡的。只因為慈禧太后最愛吃湯臥果，每天清早起來，便由內務府備銀二十四兩，買四個湯臥果吃著。這湯臥果，是前門外金華飯店承辦的。這金華飯店有一個夥計姓史的，年紀很輕，最愛遊玩；他因聽得太監李蓮英說起宮中如何好玩，他常常對李蓮英說，要跟他到宮裡去遊玩。李蓮英見他做人玲瓏知趣，也便常常帶他到宮中遊玩去。

有一天，正在景和門前隨著李蓮英走著，忽然迎面西太后走來，一見了那姓史的，便問：「這是什麼人？」嚇得他兩人忙趴在地下去磕頭，奏明自己的來歷。那西太后見那姓史的長得白淨可愛，便吩咐留他在宮中，伺候太后。這時候咸豐帝早已死了，忽然皇太后懷孕，生下孩兒來了，一面悄悄的把這孩子送去醇親王府中養著，一面又把那姓史的殺死在宮中，免得他多嘴。但太后常常把這個孩子掛在心頭，每總想趁機會弄進宮來。恰巧同治帝死了，慈禧太后便極主張把光緒立為嗣皇帝。如今果然如了她的心願。把個幼帝留在自己身邊。

如今慈禧太后的權威越發大了，慧妃也慢慢地掌起權來，卻不把孝哲皇后放在眼裡。這孝哲皇后自從同治帝死了，雖上尊號稱「嘉順皇后」，但她一人寂寞淒涼，住在深宮裡，也沒有一個人來看她。慈安太后雖偶然來看她一面，兩旁都有宮女監視著，也不能說一句話。宮中的人見慈禧太后不喜歡孝哲皇后，也跟著打落水狗，漸漸的有些飲食不周起來。孝哲后看了這種情形，知道自己得罪了皇太后，將來總要吃苦；她屢次想服毒自盡，只怕害了自己的父母。原來清宮中的規矩，凡是后妃在宮中服毒死的，她母家的人都犯死罪；所以做后妃的，在宮中無論如何吃苦，總不敢自尋短見去害她的孃家人。孝哲皇后正在沒法子的時候，她父親崇綺尚書忽然打發人送一盤饅頭進宮來，孝哲后便在盤子後面底裡寫了「這卻怎好」四個字，打發來人拿出宮去。崇綺見了，知道女兒的心事，便在紙條兒上寫了一句：「明哲莫如皇后」，叫人送進宮去。孝哲皇后看了，頓然明白起來；便從此立定主意，斷絕飲食。到第八天上，可憐把一位年紀輕輕的皇后，活活的餓死了。

這消息報到慈禧太后宮中，慈禧太后只說得一句：知道了。倒是慈安太后得了這個消息，親自趕到皇后宮中來，撫屍痛哭一場；自己去見慈禧太后，商量好好的傳送皇后。慈禧太后礙於東太后的面子，便下了一道懿旨，著內務府料理皇后的喪事；欽天監挑選定了日期，隨同同治帝的靈櫬，送往陵寢去安葬。這裡李鴻藻想起帝后生前託付密詔的情形，便爬在帝后的靈櫬前痛哭了一場。欲知後事如何，且聽下回分解。

爭大統吳可讀屍諫　露春色慈安后滅奸

卻說當初同治帝才死下來的時候，兩宮太后召集王大臣商議立嗣的事體；孝哲皇后也在座。她見慈禧太后不肯立載澍為嗣皇帝，急得她坐立不安。一眼看見李鴻藻正從外面走來，孝哲后滿臉淌著眼淚，對李鴻藻說道：「今天這件事體，別人可以勿問；李大臣是先帝的師傅，應當幫俺一個忙。我如今為了這件大事，給師傅磕頭罷！」說著真個磕下頭去。嚇得李鴻藻急急退避，宮女上前去把皇后扶起。在皇后心想，李師傅受了先帝的密詔，總應該說一句公道話。誰知李鴻藻早已為那詔的事體敗露了，被慈禧太后的威嚴壓住，到底也不敢說一句話。如今李鴻藻拜著帝后的陵寢，想起從前的情形來，忍不住放聲痛哭。

這一哭，便有人去報與慈禧太后知道。第二天懿旨下來，開去李鴻藻「弘德殿行走」的差使；那徐桐、翁同龢、廣壽一班大臣，平日都是和李鴻藻十分知己的，到這時也便自己知趣，下折乞休。懿旨下來，許他們各開去差使。御史陳彝借別的事體，上書參劾翰林院侍講王慶祺和總管太監張得喜，說他們心術卑鄙，朋比為奸。慈禧太后看了奏摺，想起那同治帝枕下的春畫，便立刻下諭把王慶祺革職，又把張得喜充軍到黑龍江。

這時還有兩個忠臣，為同治帝立后的事體，和皇太后爭執的。因從前太后懿旨上，有「俟嗣皇帝生有皇子，即承繼大行皇帝為嗣」一句話；只怕太后失信，便又上奏摺。那內閣侍讀學士廣安，要求太后把立嗣的話，頒立鐵券。他奏摺上說道：

> 大行皇帝沖齡御極，蒙兩宮太后垂簾勵治，十有三載；天下底定，海內臣民，方將享太平之福。詎意大行皇帝皇嗣未舉，一旦龍馭上賓，凡食毛踐土者，莫不籲天呼地。幸賴兩宮皇太后坤維正位，擇繼咸宜，以我皇上承繼文宗顯皇帝為子，並欽奉懿旨，俟嗣皇帝生有皇子，即承繼大行皇帝為嗣。仰見兩宮皇太后宸衷經營，承家原為承國；聖算悠遠，立子即是立孫。不唯大行皇帝得有皇子，即大行皇帝統緒，亦得相承勿替。計之萬全，無過於此。請下王公大學士六部九卿會議，頒立鐵券，用作奕世良謀。

慈禧太后看了這個奏章，知道那廣安不相信自己，便不覺大怒，非但不肯依他的話頒立鐵券，還把他傳旨申斥了一番。接著一個吏部主事吳可讀，他見皇太后不准廣安的奏摺，深怕那同治帝斷了後代，也想接著上一個奏摺，只怕人微言輕，皇太后不見得肯依他的意思。便立意拼了一死，用屍諫的法子請皇太后立刻下詔，為同治帝立后。這時候帝、后的靈櫬正送到惠陵去安葬，吳可讀便向吏部長官討得一個襄禮的差使，隨至陵寢。待陵工已畢，他回京來的時候，路過薊州城，住在馬伸橋三義廟裡；便寫下遺疏，服毒自盡。這時正是閏三月初五的半夜時候。第二天，吏部長官得了這個消息，便派人去收拾他的屍首。一面又把他的遺疏代奏上去。他奏摺裡自稱罪臣，說得懇切動人。皇太后看了他的奏摺，便發交王大臣大學士六部九卿詹科道會同議奏。他們會議的結果，說他未能深知朝廷家法，毋庸置議。吳可讀白白的送去一條性命，他所得的只有照五品官議恤的一道諭旨。從此也沒有人再敢提起為同治帝立嗣的事體了。

慈禧太后自從立了光緒帝以後，明欺著皇帝年幼，東太后懦弱，便把大權獨攬，好在滿朝大臣都是慈禧太后的私黨，每日垂簾坐朝，只有慈禧太后的說話，卻不容慈安太后說一句話的。便是慈安太后說話，也沒有人去聽她的。慈安太后一肚子氣憤，從此常常推說身體不快，不坐朝了，只讓慈禧太后一個人坐朝。那班大臣們要討皇太后的好，在朝堂上，公然送起孝敬來：有孝敬珠寶的，有孝敬古董的，也有孝敬脂粉的。慈禧太后都一一笑受。有幾個乖巧的，便打通了崔、李兩個總管，直接送銀錢到宮裡去，太后得了，越發歡喜。這時李蓮英越發得了西太后的信用，便升他做了總管。李蓮英知道太后是愛聽戲的，便和同伴的太監們學了幾齣戲，在宮裡瞞著東太后扮唱給西太后看。西太后看了果然十分歡喜。但那班太監所學的戲不多，且太監的嗓子終是不十分圓潤，唱了幾天，看看西太后有些厭倦起來了。

又是李蓮英想出主意來，奏明西太后，去把京城裡一班有名的戲子請進宮來，一一演唱。慈禧太后說道：「宮中唱戲，不符祖宗的家法，怕給東太后知道了，多說閒話，怎麼是好？」李蓮英聽了把肩膀聳聳，說道：「這怕什麼？老佛爺便是祖宗，祖宗的家法，別人改不得，獨有老佛爺改得；俺們大清朝的天下，全靠老佛爺一人撐住。列祖列宗在天上，也感激老佛爺的。如今老佛爺要聽幾齣戲，還怕有誰說閒話？」西太后聽了他的話，不覺笑起來，說道：『小猴崽子好一張利嘴。你既這樣說，俺們便去喚幾個進來，不用大鑼大鼓的，悄悄地唱幾句聽聽，解解悶兒也好。』李蓮英又奏道：「奴才的意思，俺們也不用瞞人，索興去把東太后和諸位皇爺請來，大鑼大鼓的唱一天。」慈禧太后起初還怕不好意思，經不得李蓮英在一旁一再慫恿，慈禧太后便答應了。當下分派各太監，一面去請東太后和各位王爺；一面到京城名茶園裡去挑選幾個有名的戲子進內廷供奉去。

慈安太后聽說慈禧要傳戲子進宮來唱戲，不覺嘆了一口氣。又聽說請自己一塊兒聽戲去，她便一口謝絕；卻怕招怪，只得推說身體不爽，那邊孚郡王、恭親王、醇親王、孚郡王、惠郡王等一班親貴大臣，聽說皇太后傳喚，又不敢不去。到了宮裡，直挺挺地站著，陪著西太后看戲。這一天什麼程長庚、趕三兒、楊月樓、俞菊一班在京城裡鼎鼎有名的戲子都到了，都拿出他的拿手好戲來，竭力搬演著。正演得十分熱鬧，臺下的人屏息靜氣的聽著。這時臺上正演著《翠屏山》，講的是海屠黎和尚私通潘氏的故事。忽然見醇親王高擎著兩臂，大聲喝起好來，把臺下聽戲的人都嚇了一跳。慈禧太后雖不好說什麼，但也向五王爺臉上看著。醇親王好似不覺得一般，依舊喝他的好。恭親王在旁忍不住了，忙上去悄悄的拉著他的袖子，在他耳旁低低的說道：「這裡是內廷，不可如此放肆。」醇親王聽了，故意大聲說道：「這裡真是宮裡嗎？我還認做是戲園裡呢！俺先皇的家法，宮中不許唱戲。況且像《翠屏山》這種戲，更不是在宮裡可以唱的。俺看了認做自己是在前門外的戲園子裡聽戲，所以一時忘了形。」說著忙到慈禧太后跟前去磕頭謝罪。慈禧太后心知親王明明在那裡諷諫自己，只得傳命把《翠屏山》這齣戲停演。

從此以後形成習慣，皇太后每到空閒下來，便傳戲子進宮去唱戲。那班戲子裡面，慈糖太后最賞識的是唱須生的程長庚，和那小花臉趕三兒。西太后每聽戲，必要召諸位王爺陪聽。內中醇親王是一個極方正的人，他雖常常陪著西太后聽戲，但心中卻十分不願意。這一天卻巧趕三唱《思志誠》一齣戲，趕三是扮著窯子裡的鴇母的，有嫖客來了，他便提高了嗓子喊道：「老五、老六、老七、出來見客呀！」北京地方二等窯子妓女，都拿排行代名字喊著；這時適值醇王恭王惇王三人在臺下陪著看戲，醇王排行第五、恭王第六，惇王第七。趕三故意喊著這三人的名字，逗著玩兒的。那恭王惇王卻不敢說什麼，獨有醇王怒不可忍，喝一聲：「狂奴敢如此無禮！」便喚侍衛們去把趕三從臺上揪下來，當著皇太后的面重重地打了四十板。從此以後醇親王常常推說身體不好，不肯陪太后看戲了。那太后也不去宣召他們作陪，樂得自由自在，一個人看著戲。後來慢慢的挑選那中意的戲子喚下臺來，親自問話。自己飲酒的時候，又賞戲子在一旁陪飲，說說笑笑，十分脫略。日子久了，兩面慢慢的親近起來，太后索興把自己歡喜的幾個戲子留在宮裡，不放出去。這件事體，宮裡的太監們都知道，只瞞著東太后一個人。

過了幾天慈禧太后忽然害起病來了，每天連坐朝也沒有精神，打發太監來通報慈安太后，請東太后垂簾聽政。東太后原不願意聽政，但看看西太后又病了，朝廷的事體實是沒有人管，慈安太后只得暫時坐幾天朝。東太后是一位忠厚人，她雖坐著朝，諸事卻聽恭王等議決。看看慈禧太后的病，過了一個多月還不曾好，天天傳御醫診脈下藥，又說不出個什麼病症來。

這時朝堂上很出了幾件大事。主要一件，便是法國人謀吞越南的事體。那時雲貴總督劉長佑上了一本奏章，他大略說：「越南為滇蜀之唇齒，國外之藩籬；法國垂涎越南已久，開市西貢，據其要害。同治十一年，復通賊將黃崇英，窺取越南東京，思渡洪江以侵諒山；又欲割越南廣西邊界地六百里為駐兵之所。臣前任廣西巡撫，招用劉永福，以挫法將沙酋之鋒；故法人寢謀，不敢遽吞越南者將逾一紀。然法人終在必得越南，入秋以來，增加越南水師；越南四境，均有法人行跡。柬埔人感法恩德，願以六百萬口獻地歸附，越南危如累卵，勢必不支。同治十三年，法軍僅鳴炮示威，西三省已入於法，今復奪其東京，即不圖滅富春，已無能自立。法人志吞全越，既得之後，必請立領事於蒙自等處，以攫礦山金錫之利；系法覆越南，回眾必導之南寇，逞其反噬之志。」

慈安太后看了這一番說話，心中甚是焦急；一時也沒有可以商量的人，便下諭北洋大臣李鴻章，籌商辦法，又命沿海沿江沿邊各督撫密為防備。但看那慈禧太后的病，依舊是不好。慈安太后便用皇帝的名義下詔至各省，宣召名醫進京去。這時只有無錫一個名醫名叫薛福辰的，暗暗打聽出西太后的病情來，便行宮去請脈，只下了一劑藥便痊癒了。據他出來說皇太后犯的不是什麼病，竟是血崩失調的病。聽了他說話的，卻十分詫異。

後來慈安太后打聽得慈禧太后大安了，有一天在午睡起來以後，也不帶一個宮女，悄悄的走到慈禧太后宮裡，意思想去探望探望西太后，順便和她商量商量國事的。直走到寢宮廊下，也不見一個人；待走到外套間，只有一個宮女盤腿兒坐在門簾底下。那宮女見了慈安太后，臉上不覺露出驚慌的神色來；正要聲張時，慈安太后搖著手，叫她莫作聲。自己掀開門簾進去，見室中的繡帷，一齊放下，帷子裡面露出低低的笑聲來。慈安太后輕輕咳嗽了一聲，只聽得西太后在裡面喘著聲兒問：「是誰？」慈安太后應道：「是我。」接著上去揭起繡帷來一看，只見慈禧太后正從被裡坐起來，兩面腮兒紅紅的。慈安太后忙走上去按住她，說：「妹妹臉兒燒得紅紅的，快莫起來。」說著只見床後面一個人影子一晃，露出一條辮子來。慈安太后看了，也禁不住臉上羞得通紅，低下頭去，半晌說不出話來。停了一會，慈安太后改了滿面怒容，喝一聲：「滾出來！」床背後那個男子藏身不住了，只得出來，爬在地下不住地向慈安太后磕頭。慈安太后問他是什麼人，那男子自己供說是姓金，一向在京城裡唱戲的；自從六日前蒙西太后宣召進宮來供奉著，不叫放出去。那姓金的說到這裡，慈安太后便喝聲：「住嘴！」不許他說下去了。一面傳侍衛官進宮來，把這姓金的拉出去砍下頭來。

慈禧太后見事已敗露，心中又是忿恨，又是羞慚；眼見那姓金的生生被侍衛官拉出去取了首級，又是說不出的傷心。只因礙著慈安太后的面前，一肚子的氣惱，無處發洩得，只是坐在一旁落淚。慈安太后知道慈禧太后一時下不得臺，便自己先下臺，上去裝著笑容，拉住慈禧太后的手，說道：「妹妹不用把這事放在心上，俺絕不把這件事聲張出去；妹子年紀輕，原也難怪你守不住這個寂寞的。只是這班唱戲的是下流小人，現在得寵的時候，仗著太后的勢力在外面妄作妄為。稍不如意，便要心懷怨恨，在背地裡造作謠言，破壞發你我的名氣。你我如今做了太后，如何經得起他們的糟蹋。因此俺勸妹妹，這班無知小人，還是少招惹些。」說著便命宮女端上酒菜來，兩人對酌，慈安太后又親自替慈禧太后把盞。

慈禧太后不料慈安太后如此溫存體貼，心下也不好意思再擺嘴臉了，便也回敬了慈安太后一杯酒。兩人說說笑笑的，慈安太后又說：「先帝在日，待妹妹何等恩愛，便是和俺也相敬如賓的；俺如今年紀老了，在世的日子也不多了，妹妹年事正盛，也須好好保養，留得乾淨身體，將來魂歸天上，仍得侍奉先帝；便是俺和妹妹相處了二十多年，幸得同心協力，處理朝政，內主宮庭，後來也不曾有一句半句話衝突過。便是先帝臨死的時候，曾留下詔，吩咐俺和恭親王防備妹妹專政弄權，敗壞國事；俺如今看妹妹也很好，處理國事，聰明勝過俺十倍，從此妹妹小心謹慎，將來俺死去見了先王，也可以交代得過了。」說著不覺掉下眼淚來。

慈禧太后被慈安太后一句冷的一句熱的說著，心中萬分難受，那臉上止不住起了一陣陣紅暈，到末了不由得向慈安太后下了一個跪。口稱：「姊姊的教訓，真是肺腑之言，做妹妹的感激萬分，以後便當特別謹慎是了。」慈安太后忙把慈禧太后扶起，嘴裡但說得：「吾妹如此，真是大清之幸！」說著也告別回宮去了。在慈安的意思，以為慈禧經過這一番勸戒以後，總可以革面洗心，同心一德了，她卻不知道慈禧因為慈安敗露了她的隱私，越發把個慈安恨入骨髓。

慈安轉身以後，慈禧一肚子氣無可發洩，便把那管門宮女打得半死半活；又把寢宮裡的古董瓷器打得粉碎。虧得李蓮英上來勸解，一陣子說笑，解了西太后的怒氣。從此以後，慈禧太后便天天和李蓮英商量擺布東太后的法子，那東太后卻睡在鼓裡。恰巧光緒六年、七年這兩年之間，有兩件事體大觸西太后的怒。因此東太后的勢力愈孤，危險也愈甚。

第一件是光緒六年，東陵致祭的事件。慈安太后自從勸戒慈禧太后以後，便和恭親王商量，想趁此殺殺慈禧的威風，從此也可以收服慈禧的野心。這一年春天，兩宮同赴東陵主祭，待到跪拜的時候，慈禧要將拜墊和慈安並設著，慈安卻不肯，命人把慈禧的拜墊稍移下一步；慈禧也不肯，一定要和慈安並肩拜著。兩位太后各不相讓，當著許多大臣面前爭論起來。慈安太后自從那天把慈禧的陰私敗露以後，從此便瞧不起慈禧。當時便大聲對恭王說道：「西太后在咸豐皇上的時候，只封了一個懿妃；她得升太后，還是在先帝殯天以後。今日祭先帝，在先帝跟前，只知有一位太后，卻不知有兩太后；既是一後一妃。在祭祀的時候，照例妃子的位置應當在旁邊稍稍下去一步。中央卻擺著兩幅拜墊，右面一座拜墊是自己的，左面一座拜墊，還須留下給已死的中宮娘娘。那已死的中宮娘娘雖比先帝先死，但她終是先帝的正后，俺們到如今也不能抹殺她的。」

慈禧太后聽了慈安太后的一番說話，十分羞慚，又十分生氣。她拿定主意，不肯退讓。她說：「俺和東太后並坐垂簾，母儀天下，也不是今朝第一天，從來也不見東太后有個爭執；如今為祭祖先帝陵寢，重複叫我做起妃嬪來，東宮太后說的話，實實不在情理之中。如東太后一定要爭這個過節兒，那俺便情願今天死在先帝陵前，到地下當著先帝跟前，和東太后對質去。」說罷慈禧太后便嚎啕大哭起來。這原是慈禧太后的潑辣話，慈安太后到底是一個忠厚人，見了慈禧太后這副形狀，早弄得沒有主意了。

要知後事如何，且聽下回分解。

李蓮英擅寵專權　慈安后遭妒惹禍

卻說慈安太后要照后與妃的禮節，叫慈禧太后跪在後面拜見先帝陵寢。慈禧太后執意不肯，反而啼啼哭哭，吵鬧起來；口口聲聲說東太后欺凌她，說什麼明知道俺兒子死了，沒有出頭日子了，當著眾大臣的跟前，要硬按下我的頭來。慈安太后看她哭吵得厲害，反沒有了主意。後來各位親王大臣調停，仍舊依了慈禧太后的意思，和慈安太后並肩兒跪拜著。從此以後，慈禧心中越發把個慈安怨恨得厲害。說她不該在祖宗陵寢的地方，當著眾大臣的面前，削她的臉面，既不雅觀，又褻瀆了太后的尊嚴。西太后也知道恭親王也預聞這件事體的，便時時刻刻想革恭親王的職；常常把醇親王喚進宮去，和他商量，又和李蓮英商量。

這時候李蓮英早已升做總管，那崔總管已退位回家去了。李蓮英常常拿銀錢去賙濟他，崔總管說小李還有點良心。李蓮英在宮中權柄很大，不但是一班宮女太監見他害怕，便是那班王公大臣，見他得了慈禧太后的寵愛，誰敢不趨奉他。李蓮英這人面目雖不十分俊美，但他天生成一副媚骨，笑一笑，說一句話兒，總是十分和軟。他又打扮得十分瀟灑，走起路來，翩翩顧影，太后看了，十分愛他。他又生成一張利嘴，終日在太后跟前或是唱著小調兒，或是說幾句笑話，總引得太后笑逐顏開。他便見了大臣們，也是詼諧百出，那班大臣，見了他都和他好，便是那方正不過的恭親王，見了他那種嬉皮笑臉的樣子，也是沒法奈何地。西太后最愛畫像，或是照相，把那京城裡照相的，喚進宮去。太后在北海船頭上扮一個觀音大士，命李蓮英扮一個韋馱菩薩，站在一旁，拍一張照；有時太后扮一個西王母，李蓮英便扮一個東方曼倩，學著偷桃的樣兒，拍一張照；有時太后改了男裝，扮一個太原公子，李蓮英扮一個李衛公，拍一張照。太后和李蓮英扮著一出一出的戲文，拍的照片很多。便有許多太監，把這種照片偷出去賣錢。

這照片也給東太后看見了，卻大不以為然；也曾勸過西太后，說做了太后的，十分尊嚴了，不該有這樣兒戲的照片。無奈西太后非但不聽話，反特別和李蓮英親熱；太后自己躺在榻上，卻喚李蓮英睡在榻下，留他談些家常事體。李蓮英又最會在女人身上用功夫，他體貼女人的心性，說出話來，句句叫婦女們聽了歡喜。慈禧太后又告訴他自己從前在孃家的情形。她說：「母親是不喜歡我的，父親死後，十分窮苦，虧得自己打定主意，趁挑秀女的時候，選進宮來，得了先帝的寵幸，生了一個皇子，俺的地位越發牢固了。但是以後又交了壞運，咸豐末年的時候，文宗皇帝害病很厲害，外國兵又打進城來了，燒了圓明園，俺跟隨先帝逃到熱河避難去。這時候俺年紀還輕，文宗的病勢又十分不好，皇帝年紀還小；那東宮的侄子，是一個壞人，謀奪大位，勢甚危急。是俺抱了皇子，到先帝的床前，問：『大事怎樣辦理？』先帝病勢十分昏沉，一時答不出來。俺又對先帝說：『兒子在此。』先帝才睜大眼睛，看了一眼，說道：『自然是他接位。』這句話說了，便殯天去了。俺見大事已定，便也放了心。那時見死了先帝，心裡雖十分悲傷，但以為還有兒子可以依靠。誰知道穆宗到了十九歲，便也殯天去了。從此以後，我的境遇一天壞似一天，滿肚子的願望都斷了。那東太后又是和俺不對的，皇帝年紀又小，身體也單薄；看來他也只知道親熱東太后，不知道親熱我，真正叫人灰心！」西太后說到這裡，不覺連連的嘆氣。李蓮英竭力的勸戒，又接著說了一個笑話。

西太后轉憂為喜，又說起她小時的話來。她說：「俺做妃子的時候，因想念母親想得厲害，承蒙文宗的特恩，賜俺回家省親一次。先幾日，派安總管到家中去傳話，說貴妃某日回家省親，某時進門，某時見駕，某時省親，某時更衣，某時開宴，某時休息，某時回宮，都有一定時候，寫在黃榜上，發在家中大堂上張貼。我母親得了這個消息，便一面預備接駕的戲酒，一面去邀請親戚到家裡來陪宴。到了日子，俺坐了一頂黃轎，四十名小太監簇擁著，另有宮女太監們拿著傘扇巾盆許多東西，二千名御林軍保護著，排著隊到了家裡。遠望家門口掛著綵燈，上面罩著五色漫天帳，地下鋪著黃毯，直通內宅。所有家裡的男丁，都在大門外跪接；所有女眷，都在內宅門外跪接。到了內廳下轎升座，除俺母親和長輩的女客以外，都一班一班的來跪見；便是俺母親和長輩的女客，也都穿著朝衣上來請安站班，接著便有那班男客都遞進手摺來請安。俺換去了大衣，再進母親房去行省親的禮。俺母親原是不喜歡我的，如今多年不見面，俺母女兩人見了面，便撐不住掉下眼淚來。看看家裡房子也造蓋得很高大，妹子和兄弟都富貴了，也便放了心。

「停了一會，戲酒開場，一班女眷簇擁著俺到內廳上去坐席吃酒。我這桌，只有母親陪坐在下面。我原是愛看戲的，那時隔著一重簾子，簾子外面坐著男客，是俺嫌氣悶，吩咐把簾子捲起，這才由俺爽爽快快的看了一天戲。待到回宮來，已是上燈時候了。先帝聽得俺回來了，便特地走進俺房來問俺：『今天你母女見面心中可快樂嗎？』俺回奏說：『臣妾家中，受皇上雨露深恩；今日骨肉團圓，非常快樂！』先帝聽了俺的話，隔了幾天，又傳諭宣俺母親進宮來，讓俺母女見面。先帝錯會了俺的意，認做俺在宮中記念母親，所以常常賜俺母女見面；先帝怎麼知道俺在家裡，俺和母親是不對的。那時俺母親只歡喜俺妹妹，常常罵我賠錢貨，俺的省親，原是要在俺母親跟前誇耀誇耀，並沒有一點骨肉之情的。如今皇帝把俺母親傳進宮來，又給我母女見面了，俺便也要趁此在母親眼前擺擺架子。

「照規矩，后妃的母親進宮來，見了她女兒，是要行大禮的；做女兒的也不敢受，見她母親拜時，做后妃的便側身避開。俺那天要藉此殺殺從前的水氣，便直挺挺的坐著受俺母親的拜，也不叫起來。後來還是宮女去把俺母親扶起來，看俺母親臉上，已有氣憤憤的樣子。俺假做不看見，和她有一搭沒一搭的說著。俺母親原想與俺商量，把兄弟的官兒往上升。每見母親開口，俺便說：如今家裡也夠了，比我未進宮來以前，苦得衣食不全，卻好得萬倍了。我看俺弟兄福分也淺，做了這個官也可以心滿意足了，再升他的官兒，怕他也受不住。母親聽了這個話，已氣得受不住了，便要站起來告辭，是俺留著吩咐宮女賞飯，我母女兩人一塊兒吃著。

「吃完了飯，宮女拿一隻大漆盤上來，盤中滿盛著插鬢的花朵。俺原是最愛花的，又最愛那大紅的洋牡丹。當下俺挑選了一朵碗口似大的大紅洋牡丹，宮女替俺戴著；俺又挑選了一朵萬壽菊兒，親自替俺母親插在鬢邊。俺知道母親是不愛花的，自從俺父親死過以後，花朵兒絕不上頭了。那天我們母女見面高興，便替她多戴些，把盤裡的花兒通通給母親戴上，蓬蓬鬆鬆的一頭，我看了笑得前俯後仰。誰知我母親卻十分惱怒，當時推託說：丈夫已死，自己是個側身，不便再插戴花朵了。把那頭上的花朵通通拔了下來，急急告辭出宮去。從此以後，憑俺再三宣召，她總推託著不肯進宮來；直到死時，俺母女再也不曾見得一面兒。」慈禧對李蓮英說了這番話，可見對李蓮英是何等的信賴和寵愛。

且說這年祭東陵的時候，兩位太后又大傷了和氣，為的是兩人拜陵的時候爭名位。慈安太后看看慈禧的權力一天大似一天，她的舉動也一天驕狂一天，便要借這名位的事體壓倒了慈禧，免得將來再在宮中弄權，因此，在祭東陵的前幾天，便和恭親王祕密說妥。到了祭陵的時候，慈安太后便傳諭王大臣會議兩太后行禮的先後；恭親王早受了東太后的意旨，便奏稱請慈安太后先行禮，隨後再是慈禧太后行禮。慈禧太后聽了不服，便說同是一樣太后，又同理著朝政，為什麼謁陵獨有先後之分？極力主張兩太后不分先後，並肩行著禮。慈安太后聽了又不以為然，便對著大臣們侃侃的說道：「在目下論起來，俺和西太后同是太后，原不分什麼大小；但如今在先帝陵前，卻必得分個大小，若不分大小，是欺先帝了。西宮在咸豐帝生前，不過是一個妃嬪之位；待到升做太后，已是在咸豐帝殯天之後。對咸豐帝卻依舊是一位妃嬪，位次應該設在右面旁邊，比俺的地位略低一級，便是俺自己也只能在右面的邊位，那左面的正位，還須留給已死的中宮。中宮雖比先帝早薨，但總是先帝的正後，俺們也越不過這個禮兒去的。」

東太后的這幾句話說得光明正大，誰也不能批駁。但叫慈禧太后當著這大眾的面前，如何坍得下這個臺？何況西宮自從在先帝跟前做妃子直到現在，向來都是尊貴驕縱慣的，如何肯嚥下這口氣去。但是要批駁東宮的說話，卻又說不出什麼道理來。只說：「自己母儀天下已久，不能再以妃嬪之位來羞辱我。」說著，便對著東陵掩面大哭起來。慈安太后雖說是辦事嚴正，但又是心軟不過的人；見慈禧太后哭，早已弄得沒有主意了。又經著許多大臣的勸解，說兩宮同肩國家大任，必須要和衷共濟，才得保國家太平。到後來到底依了慈禧太后的主意，兩位太后並肩行著禮。慈禧太后因慈安太后當著大眾削她的臉面，從此以後又把這東宮恨入切骨。李蓮英又打探得那天的事體是慈安太后和恭親王事前商量好的，從此西太后心中時刻想弄去恭親王，除了眼中之釘。因為李蓮英能替西太后探聽事兒，西太后越發寵愛李蓮英起來。這時，宮裡有一個太監，綽號叫「陰劉」的，見李蓮英的權勢漸漸地爬到自己上面去了，便十分不服氣。這陰劉原是姓劉，只因他的生性陰沉深刻，舉動遲緩，人人便取他的綽號稱他陰劉。這陰劉在李蓮英未進宮以前，原是很有勢力的，當一名總管，宮裡的宮女太監都見了他害怕，也很得西太后的寵用。後來李蓮英進宮來，西太后才把寵愛陰劉的心慢慢的移到李蓮英身上去了。這李蓮英是何等乖巧的人，他見自己得了勢，便竭力擠軋那陰劉，言裡語裡，常常在西太后跟前說陰劉的壞話。但是講到資格總是陰劉的資格深，宮裡有許多規矩故事，李蓮英不知道的，不得不去問陰劉。因此陰劉有時也蒙西太后傳去問話，陰劉在奏對的時候，也說著李蓮英的壞話，因此他兩人的冤仇越結越深。他們瞞著太后，在背地裡也曾打過架來；李蓮英年輕力大，陰劉被他打敗了，受傷很重，因此見不得太后，只得請假回去養傷。

在這個當兒，李蓮英在太后跟前又竭力說陰劉的壞話。太后這時正寵用李蓮英，便也聽信了他的說話，心中漸漸地厭惡陰劉了。陰劉銷假進宮來，也知道自己的勢力漸漸的敵不住李蓮英了。有人替他們兩人打圓場講和；李蓮英也怕陰劉在太后跟前說出打架的事體來，便也假意和陰劉言歸於好，但在背地裡說陰劉的壞話越發說得厲害。把個西太后也說動了氣，立刻把陰劉傳來當面訓斥了一番。陰劉知道是李蓮英鬧的鬼，心中萬分氣憤，他一時也不及細想，竟直奏說李蓮英招權納賄聲名狼籍，還有許多齷齪的話，竟把太后的名氣也拖累進去了。太后聽了，止不住勃然大怒起來，說他有意譭謗宮廷，便要立刻發交侍衛去正法。嚇得陰劉連連磕頭求饒，說道：「奴才罪該萬死，只求佛爺可憐奴才伺候了三十年，當初也承蒙佛爺稱奴才是個忠順的孩子；這裡面不無犬馬之勞，還求佛爺開恩，賜奴才一個全屍，奴才便死也甘心的！」接著兩旁的宮女太監也都替他跪求著。太后的怒氣雖稍稍平了下去，但心中忽然轉了一個念頭，喝令：拉下去下屋子裡去鎖起來。兩旁的太監得了懿旨，便上來把陰劉拉了下去，關在宮門外的小屋子裡。

太后退進寢宮去，倚在榻上，李蓮英在一旁跪著替太后捶著腿兒。太后笑對著李蓮英說道：「這老劉兒這樣可惡，俺便給他一個奇怪的死法。」李蓮英便請問如何是奇怪死法？西太后便吩咐宮女去拿出一串鑰匙來，太后便在裡面找出一個鑰匙來，交給李蓮英拿去；吩咐到景仁宮東偏殿裡開了第四座大櫥，拿出一瓶藥粉來。眾宮女看時，見那藥粉兒是粉紅色的；太后又吩咐把藥粉倒出少許，和開水沖在杯子裡，滿沖一杯，太后吩咐把這杯水拿去賞給陰劉喝下。陰劉知道太后賜他死了，便一面淌著眼淚，一面把水吃下，叩頭謝過恩，別的太監扶他睡在榻上，依舊把門鎖上，到太后跟前復旨去。

這裡妃嬪宮女們服侍太后吃過飯，照例太后要去打中覺的。太后進臥房的時候，吩咐眾妃嬪卻莫走開，待俺起來，便帶你們去看一樣怪東西。眾妃嬪聽了都莫名其妙；但太后吩咐的，又不得不候著，大家靜悄悄的在外屋子裡坐著守著。隔了一個多時辰，聽得裡面喊：「老佛爺起身了！」外面廊下站著的太監也接著喊道：「老佛爺起身了！」李蓮英帶著兩名小太監急忙進去。西太后生性是愛好天然的，便是午睡醒來，也要重勻脂粉，更換衣服。李蓮英直伺候著西太后出房來，眾妃嬪上前去迎接著。西太后笑對著眾人說道：「俺們看怪東西去。」前面許多太監，後面許多宮女，簇擁著到那下屋裡。李蓮英上去開了門進去，太后在椅子上坐下，指著榻上叫眾人看：只見榻上一個小孩子縮做一堆，面向裡睡著。太后吩咐去把榻上的人轉過身來，原來那人已死了。再看死人臉上時，滿面皺紋，皮肉已縮成乾兒了。太后指著說道：「這便是老劉兒。他吃了景仁宮裡的毒藥死後，縮成這小孩兒樣子。」

眾妃嬪看了這奇怪的樣子，聽了太后的話，早嚇得魂膽飄搖。又聽太后接著說道：「景仁宮裡歷代祖傳下來有許多猛烈的毒藥。有吃下去屍身化作灰的，有吃下去屍身化作血水的，也有吃下去化作一股氣兒的；凡有犯罪的宮女太監們，皇上皇太后都得拿這毒藥賞他吃下。如今老劉兒求著給他全屍，俺便賞他吃這毒藥，名叫『返老還童』。」西太后說著，也不禁哈哈的笑了，吩咐李蓮英把老劉兒的屍身送回他家去。李蓮英上去把陰劉的屍身一提，好似提一個小孩似的拿出宮去，裝在盒子裡，指著屍身說道：「老劉，老劉，你也有今天嗎？」說著，吩咐小太監搬去。

李蓮英自從西太后毒死了陰劉以後，越發得了意兒；西太后也越發拿他寵用起來。只要是李總管說的話，皇太后無有不依，一班宮女、太監們無有不怕。因此李蓮英眼中也沒有忌憚的人了。有一天，正值西太后午睡，李蓮英偷空兒出來，在殿廊下和小太監踢著球兒玩耍；正當踢得高興的時候，一球飛去，在廊下柱子上一碰，那球兒直滾過東走廊去。瞥眼見那慈安太后帶著兩個宮女、一個太監從東走廊上走來，那球兒恰恰滾在慈安太后的腳下。李蓮英站在正面廊下，雖也看見，他知道慈安太后是到慈禧太后宮裡去的，繞過第二個穹門出去；是不走殿廊下過的，李蓮英便假裝不看見，竟站在廊下和小太監說著、笑著。

慈安太后是素性嚴正的人，她見有人在殿廊下踢球，已經是心裡不自在了；又瞥眼見那李蓮英站在殿廊下也不上來磕頭，只是旁若無人的說笑著。慈安太后近日也聞得李蓮英專權恃寵的事體，平日暗地裡留心他那種諂媚西太后的樣子，心中原是厭惡他的；只因礙著慈禧太后的面子，不好說得。如今見他竟在殿廊下踢球，已是犯了大不敬的罪，又見了自己不上來磕頭，卻假作不曾看見，站在廊下嬉笑自若，不覺勃然大怒，立刻命太監去把李蓮英傳來。那李蓮英也不害怕，只是慢慢吞吞地走上前去，直挺挺地站著。慈安太后看了愈加生氣，喝令他跪下。一個太監去搬了一把椅子來，請東太后坐下；東太后手指著李蓮英，痛痛地訓斥了一番。說：「你這王八羔了，仗著誰的勢力這樣放肆？這殿上是你踢球玩耍的地方嗎？再者，你見俺走來，膽敢大模大樣的裝做不看見，宮廷裡面也沒有一個禮兒了。自從先帝昇天以後，主子年紀小，俺也看在西太后面上，不來查考你們，盡放著你們這班王八羔子在宮裡造反了。打量你們背著我做的事體，俺不知道嗎？你們可是活得不耐煩了，越發弄得無法無天了。打量俺管不到你們，所以不把俺放在你們眼裡麼？打甍兒說一句話，俺是受過先帝遺詔的，這宮裡不論誰，俺都有權處治他。」

慈安太后愈說愈氣，說到十分憤怒的時候，便喝令快傳侍衛，把這王八羔子拉去砍了。要知李蓮英的性命如何，且聽下回分解。

榮祿初入宮禁地　懿妃死償恩情債

卻說慈安太后訓斥李蓮英的時候，已有許多太監遠遠地在廊下站著，一聽說太后傳侍衛要砍李蓮英的腦袋，慌得許多太監都上去爬在地下磕頭，替李蓮英求饒。那李蓮英也不住的磕著頭，一面求著道：「佛爺看西宮太后的面上，饒了奴才一條狗命罷！」慈安太后生性仁慈，一見大家求著，她的心便軟了下去；又聽李蓮英說看在西宮太后的面上，便也想到倘然真的殺了李蓮英，在慈禧太后面上須是不好看。想到這裡，便不覺把一股氣慢慢的按捺下去了。但那侍衛已傳了進來向太后磕過頭，站在一邊。那太監們見侍衛進來了，越發替李蓮英求得厲害。隔了半晌，慈安太后便諭，把李蓮英拉出去，打二百板子。那李蓮英聽了，忙向太后磕頭謝恩。侍衛上來，把李蓮英拉著出去了。慈安太后餘怒未息，回過頭去，對眾太監說道：「二百年的祖宗規矩，壞在這王八羔子手裡！俺若再不管，便對不住列祖列宗。」說著便氣憤憤的帶了宮女們趕到慈禧太后宮裡。

慈禧正午睡起來，勻著脂粉，卻不見李蓮英來服侍，心中十分詫異。正要傳喚去，忽聽宮女傳東宮太后來了。慈禧太后忙站起來迎接時，那慈安太后已進房來了，看她氣憤憤的在椅子上一坐，一開口便說道：「李蓮英不過是一個太監罷了，便算他有才情，能服侍主子，也須顧全祖宗的規矩，萬不能聽他胡鬧去；再者他雖說是妹子的奴才，和俺的奴才有什麼分別？如今這奴才眼睛裡只知有妹妹，不知有俺。他見了俺尚且不知道規矩，那名位比俺低的皇后妃嬪們，他見了越發要肆無忌憚了。他在宮裡放肆慣了，出去對著大臣們，更是驕橫，成什麼體統？俺也嘗聽得外邊人稱李蓮英為九千歲的。妹妹，你想，一個太監聲勢大到這個樣子，將來鬧出和魏忠賢一般的事體來，俺們還有什麼臉面去見列祖列宗？」慈安太后愈說愈氣。

慈禧太后聽她說話，如似句句在那裡譏笑自己，不覺也生起氣來，便冷冷的說道：「李蓮英也不過一個奴才罷了。姊姊倘然看他不入眼，要攆便攆他，要殺他便殺他，俺也絕不包庇他。聽姊姊的口氣，好似怨俺拿他寵用壞了，這是姊姊錯會了意了。至於外面的謠言，那是聽不得的。」慈安太后聽了，又說道：「奴才是妹妹的奴才，旁人也管不得這許多，妹妹既歡喜他，也何必俺多嘴。但是妹妹的名氣，吃一個奴才糟蹋了，也是可惜的。」慈禧太后聽東太后的話越說越厲害了，便也忍不住氣，把衣袖兒一甩，轉過臉兒去，不說話了。慈安太后也便氣憤憤的站起身來便走，也不向西太后告辭。

從此以後，東太后和西太后意見愈鬧愈深，兩位太后有許多日子不見面了，西太后便常常宣詔內務府大臣榮祿進宮會，和他商量抵制東太后的計策。榮祿拍著胸脯，說道：「太后便請放心，奴才已在外面聯繫了許多大臣，都願效忠太后；若東太后有懿旨下來，俺們都不奉詔。」西太后聽了，心中甚是歡喜，連稱好忠臣。從此以後，榮祿更是無事也常常進宮來和太后閒談。榮祿十分乖巧，凡是太后跟前的宮女太監們，他都暗暗送金銀，要他們在太后跟前稱讚自己。內中有一個李蓮英，和榮祿更是相投；兩人換帖，結拜了弟兄。李蓮英對榮祿說：「宮裡有一位懿妃，她是同治皇上的妃子，長得好鋒利的嘴兒，終日伺候著太后，極得太后的歡心，你不可不用一番手段去聯繫她。」榮祿說：「俺每召對的時候，每見有一位妃子似的，打扮得十分俏麗，穿著高高的鞋跟兒，聽太后常常問她話。俺因在太后跟前，不敢細看，不知是不是她？」李蓮英點頭說：「正是她，正是她！長得好一副臉蛋子，今年才十八歲呢；你好好用一番功夫下去，能得了她的歡心，替你在太后跟前說著話，比俺說的話強多呢。」榮祿聽在耳裡，記在心裡。

第二天榮祿跑到琉璃廠去買了許多西洋來的鏡箱兒粉盒兒和手帕汗巾，都是十分精緻，十分靈巧的；拿進宮去，孝敬太后。太后雖是一箇中年婦人，見了這些東西，卻十分歡喜。從此以後，榮祿每進宮去，都帶有孝敬的東西；也有是繡貨，也有是玩物兒。內中有一隻洋鐵皮的西洋小輪船，把火油倒在裡面燒著，那輪船便啪啪地自己行動起來。宮裡的人看了，人人都歡喜。懿妃還是小孩子的心性，看了更是歡喜。有一天，榮祿在太后跟前奏對出來，才走到穹門口，只聽得身後有嬌聲喚四爺的。榮祿急回轉臉去看時，見不是別人，正是那懿妃。榮祿滿臉堆著笑，走上前去，忙爬下磕頭，口稱：「貴妃呼喚奴才，有什麼吩咐？」慌得懿妃躲避不迭，把帕兒掩著珠唇，笑說道：「四爺快起來，要折煞俺了。老佛爺有什麼話忘了，請四爺進去呢。」

榮祿聽了，急急又趕進太后房裡去。待奏對完畢出來，那懿妃還站在穹門邊望著。榮祿走上前去，低低的說道：「奴才有一份孝敬的東西，給貴妃留著，只苦沒有奉獻的機會。」說時恰巧有一個小太監從廊下來，榮祿便叫他快去把總管找來。那小太監去了，榮祿便乘機對懿妃說些外面的風景，街市的情形。懿妃自幼兒進宮來，幽居多年，怎麼知道外面這些奇奇怪怪的情形。榮祿又把那些市井瑣碎的事體告訴她，又說誰家賣的美味食物，誰家賣的新樣兒綢緞，誰家賣的貴重古董；把個懿妃聽得只是嘻著嘴笑，說道：「四爺幾時也替我買一隻那小輪船兒玩玩？」榮祿聽了，連聲說：「有有！」

接著總管李蓮英來了，後面跟著四個小太監，手中各抱著大小包裹兒。走到跟前，李蓮英向懿妃請了一個安，站起來指著那大小包裹，說道：「這裡面都是四爺孝敬娘娘的東西。四爺有這個心長久了，每次把東西帶進宮來，只苦於沒有機會見娘娘的面，和娘娘說一句話兒；因此把每次帶來的東西，存積在奴才的屋子裡。如今難得見了娘娘的面，奴才把四爺孝敬娘娘的東西都帶來了，請娘娘過目。」懿妃聽了這個話，兩眼看著四爺，露出一肚子歡喜，一肚子感激來。榮祿接著說道：「請貴妃吩咐一句，把這東西送到什麼地方去。」懿妃一想，倘然直送到自己屋子裡，給別的宮女太監們看見了，便要生出許多閒話來；不如叫他們暫時送在太后的書房裡去，待夜靜更深的時候，再叫自己的心腹宮女悄悄的搬運到自己屋子裡去。當時主意已定，便向小太監招招手兒，那四個小太監手中抱著包裹兒，跟著懿妃進穹門去。這裡榮祿和李蓮英一齊告辭出來，走出宮門，李蓮英伸手在榮祿肩上拍著，笑說道：「魚兒快上鉤了，四爺須好好的做去；不要弄毛了再抱怨咱家。」榮祿聽了，一笑去了。

第二天，榮祿故意早一點進宮去，到寢宮外一打聽，果然太后還未起身。便有一個宮女走出來，悄悄的對榮祿說道：「請四爺到那邊屋子裡坐。」說著自己在前面領路，榮祿在後面跟著。走到一座屋子門口，那宮女從身邊掏出鑰匙來，上去開了門。榮祿踏進屋子裡去一看，只見圖書插架，琳瑯滿目；那什錦架上，蘭草瓊芝，發出靜靜的香味來。他自己孝敬的那隻小輪船，也擱在什錦架子上。地上鋪著厚厚的地毯，人走在上面，一點兒也聽不出聲息來。靠窗安著一張大書桌，上面擺設著文房四寶，都是珠玉鑲成的。那大大小小的自鳴鐘，觸目都是，靜悄悄的坐著，瞞耳只聽得鏜鏜之聲。榮祿正回頭看壁上的字畫時，忽聽身後有衣裳悉索之聲。一看，那懿妃玉立亭亭的已站在跟前了。看她滿臉堆著笑，低低的說道：「四爺怎麼給這許多東西，叫我受了心上實在過意不去；不受呢，又怕四爺生氣。沒有法子，只得謝謝四爺了。」說著掩唇一笑，在一張長榻上坐了下來。榮祿趁勢也並肩兒坐下，接著又講了許多外面的新聞故事。懿妃最愛聽這些閒話，聽了只是笑。榮祿看她笑得有趣，便越說越起勁了。他兩人忘其所以，那身體越發挨近了。

正在這時候，忽然宮女來報說：「老佛爺醒了。」懿妃忙丟下榮祿，急急進去伺候。停了一會，裡面又傳榮祿。榮祿進去奏對過出來，依舊是懿妃送到穹門邊；覷著左右沒有人，懿妃拿出一個繡花荷包兒來，向榮祿袖子裡一塞。說道：「這是俺自己繡的，四爺收著玩兒罷。」從此以後，他兩人假這太后的書房，做一個聚會之所，交情十分濃厚。日子久了，那班小宮女小太監總不免有言三語四，不知怎麼的，傳在一個七格格耳朵裡。

講到這七格格，原是慈安太后的內侄兒，出落得玉貌花容。當時宮裡有兩個美人兒：一個是懿妃，一個便是七格格。這兩個美人，都在慈禧太后跟前的。慈禧太后最愛女孩兒，凡是宗室格格和大臣家裡的女公子，有聰明伶俐的，給太后知道了，便召進宮去，當著女官，終日陪著太后說笑遊玩。這七格格雖是慈安太后這邊的人，但因她常常到慈禧太后宮裡去，慈禧太后看她活潑有趣，常常留她在宮中賞飯賞衣服。七格格是何等聰明的女孩子，她面子上雖親近著慈禧太后，但慈禧要留她在身邊，她總是婉言辭謝，去跟著慈安太后住宿；有時慈禧太后向她打聽慈安太后那邊的事情，她總是推說不知道的。慈禧太后也明知道她們姑母侄女總互相回護的，但舍不下她的美貌，依舊常常去宣召來，帶在身邊，說笑玩耍。

天下的美人生性最妒。七格格仗著自己美貌，又聽宮中的人拿她去比懿妃，說她們是一對美人兒，因此七格格有些氣不過，常常在背地裡說懿妃的壞話。說懿妃如何不避嫌疑，榮祿進宮出宮，總是懿妃接送著；兩人在太后書房裡調笑無忌，便是當著太后說話之間，也是嬉笑無忌的。其實西太后也是看在眼裡的，明知道他們不妥，但這兩個人都是自己的心腹，也不好說什麼。倒是七格格在暗裡卻刻刻留心他們的舉動，要抓點錯處出來，好丟懿妃的臉。

這一天合該有事。七格格奉了慈安太后之命，跑到慈禧太后宮中去，向慈禧要兩廣總督的奏摺看。待到了那邊，為時尚早，慈禧不曾起身呢。無奈這奏摺是慈安太后立等著要看的，七格格不便空手回宮去，便打算找懿妃閒談去。看看走到懿妃的房門口，忽見一個小太監坐在房門外，見了七格格，忙向她搖手兒，叫她莫進去。七格格看了詫異，她也不理會，盡自闖進房去，小太監急在七格格身後大聲喊道：「七格格來了！」懿妃原在裡面套房裡的，聽得了忙迎出房來。七格格在房門外，彷彿聽得有男人說話的聲音，看懿妃的臉上時，紅潮雙暈，雲鬢微鬆。對七格格說話的時候，也是氣吁吁的。七格格越發動了疑，劈頭第一句便問道：「你在屋子裡和誰說話？」懿妃已被她一句話揭穿了，知道無可抵賴，便說：「四爺在俺屋子裡坐呢。」說著回過頭去，向屋子裡喊道：「四爺快快出來，七格格在這裡看你呢。」

榮祿聽了，趁此「噯」的答應一聲，趕出外屋子來，向七格格請了一個安，滿臉堆著笑；一面端椅子請她坐，一面問道：「七格格到這屋子裡有什麼事？」七格格聽了，把頸脖子一歪，說道：「什麼話？

這地方只許你來，卻不許俺來嗎？到這裡來一定要有事才來得嗎？那麼俺請問四爺，四爺是有什麼事來的呢？」問得榮祿一句口也開不得，只說：「好格格，俺不會說話，饒恕了俺罷！」說著又做出許多醜相來。又問七格格：這幾天可到什麼地方去逛來？老佛爺可有什麼話來？又說什剎海這幾天正熱鬧呢，格格可曾去逛過麼？改幾天有空兒，俺陪著格格逛去，可好麼？東拉西扯的說了許多話，七格格睬也不去睬他，只和懿妃說著話兒。

停了一會，小太監來通報說：老佛爺傳七格格呢。七格格聽了忙丟下他兩人，轉身跟著小太監走進慈禧宮中去。見了太后，便說慈安太后打發來向老佛爺要兩廣總督的奏摺去看。慈禧太后聽了，忙傳李蓮英，叫他到書房去，把那奏摺挑選出來送去；又留住七格格在宮中陪著吃飯。吃飯的時候，有許多妃嬪宮女在兩旁站著伺候著，獨有那班格格們可以陪伴太后吃飯。這時懿妃也站在一旁。待慈禧太后吃完了飯，進房去，那班妃嬪們才就太后吃剩的飯菜，胡亂吃了一回。那時慈禧太后和七格格在屋子裡閒磕牙，說話之間，七格格便把榮祿在懿妃房中逗留調笑的情形，約略的說了幾句。

榮祿和懿妃的事體，在西太后心中，早也料到，如今聽七格格說出這話來，心想七格格是慈安太后的內侄女兒，那榮祿又是自己的內侄，倘然這風聲傳到東太后耳中去，少不了自己也要擔著處分。忙拉著七格格說道：「好孩子！你既撞見了，俺娘們都是一家人，你便包庇他們些，他們總忘不了你的好處。」說著把自己頭上插著的一枝玉搔頭拔下來，替七格格插在髻兒邊，七格格忙跪下去謝恩。正起來，那懿妃也吃完了飯，走進屋子來，慈禧太后吩咐懿妃，叫她向七格格請安。懿妃一時摸不到頭腦，但太后的吩咐又不能違背，便向七格格蹲身請下安去。七格格推說是東太后那邊有差遣，便辭出宮去。

這裡慈禧太后立刻把臉色沉下，問懿妃道：「我吩咐你向七格格請安，你知道我的用意麼？」嚇得懿妃不敢開口，忙爬在地下磕頭。慈禧太后吩咐把榮祿喚進來。榮祿那邊，早有太監去報信給他，說老佛爺正生氣呢。一聽得宣召，捏著一把汗，躡著腳走進太后房中去；見懿妃跪下，他也爬下地去，恰和懿妃跪了一個並肩兒。只聽得慈禧太后很嚴厲的聲音說道：「我因看你們兩個孩子長得比別人聰明些，凡事也不免信託你們些，寬縱你們些；你們索興在背地裡做出那種事體來，今天給七格格撞破了，她回去告訴東太后知道，明天不免要見奏章。那時我自己也洗不清，管不得你們的事了，你們準備著腦袋砍下來便了！」一句話說得榮祿和懿妃兩人連連磕頭求饒。榮祿又說：「奴才在貴妃房中，不敢為非作歹。只因奴才進宮來時，打聽得老佛爺還安臥不曾起身，奴才要打聽老佛爺昨夜身體可大安，一時又無從打聽。知道懿貴妃是老佛爺寵愛的人，早晚伺候著老佛爺的，便到貴妃屋子裡去，一來是打探老佛爺的消息，二來是去請貴妃的安。原是奴才不知嫌疑，罪該萬死！但說奴才有什麼曖昧事體，這是青天在上，奴才萬萬不敢的。奴才一死原不足惜，只是拖累了貴妃的名聲，叫奴才如何對得起人，這事體只求老佛爺替奴才做主。」說著又不住的磕下頭去。

慈禧太后聽了榮祿的話，冷笑著說道：「你兩人也不用在俺眼前裝神弄鬼，俺也沒有這個心勁來管你們的閒事；只看你兩人的造化，明天東太后倘沒有什麼話落在俺耳朵裡，臣工們倘沒有奏章照在俺眼睛裡，就也饒恕了你們。不然的話，倘有三言二語落在掩耳根裡，如今東太后正天天要抓我的錯兒，那皇上也不親近我，我自身也難保，只得把你兩人和盤托出去；殺也罷，剮也罷，可不干我事。」懿貴妃聽了這個話，嚇得那眼淚直滾出來。西太后喝一聲起來，他兩人又給西太后磕頭，退出房來。在背地裡懿貴妃又拉著榮祿痛哭；榮祿拿好言安慰她，又說俺和李總管商量去，絕不叫貴妃吃虧的。當夜榮祿果然去找李蓮英，告訴他的來意。李蓮英也常常吃東太后的訓斥，啣恨在心，聽了榮祿的話，便拍著胸脯說道：「四爺放心，這件事體不鬧出來便罷，倘然鬧出來，俺們索興一不做二不休，施一條毒計，把俺們的仇人一網打盡，大家痛痛快快做一下。」榮祿聽了，暫時告別出宮門。

第二天一早，榮祿又急急趕到宮裡去候信。那西太后早朝回宮，便傳榮祿進去；榮祿知道大事不好，只得硬著頭皮走進西太后房裡便跪下。只見西太后滿面怒容，擲下一個摺子來，叫他們自己看去。榮祿見那摺子是翁同龢上的，摺子上不但說榮祿和懿妃的事體，汙亂宮廷，請兩宮太后立交內務府明正典刑，並說慈禧太后侈靡驕縱，袒護私親。榮祿一面看著摺子，一面聽西太后喝道：「你們這班孽畜！自己做出不要臉的事體來，拖累我也受著翁師傅的嘲笑，你們還不給我去快快的死嗎！」一句話不曾說完，宮女報說：「慈安太后來了！」慈禧太后忙起身迎接，慈安太后也滿臉含著怒氣，走進房來，慈禧太后臉上不覺露出羞慚之色。慈安太后一坐定，便問道：「今天翁師傅的奏章，妹妹看見了沒有？」慈禧太后還不曾答話，忽然宮女又進來報說；懿妃自縊身死。榮祿聽了，真好似萬箭鑽心。欲知懿妃自盡的情形，且聽下回分解。

慈安太后為嘴喪命　峒元道士望氣得意

卻說懿妃第一天受了西太后的一番訓斥以後，心中已十分害怕，時時防著有大禍臨身，一夜不曾闔眼。第二天一早起來，梳妝已罷，看看沒有什麼消息，便趕到仁壽宮去伺候著慈禧太后起身。太后見了她，卻不說話，懿妃心中稍稍安下；候著太后坐早朝去，便偷空回到自己屋子裡去休息，留下一個宮女，在太后宮裡打聽消息。待到太后回宮，看了翁同龢的摺子，把榮祿傳進宮去，大加訓斥；懿妃的宮女在廊下，聽得十分清楚，急急趕去，告訴懿妃知道。懿妃一想，這個罪名，看來不能免了，將來拋頭露面到宗人府去受著審問，叫我如何丟得下這個臉？我還不如趁早尋個自盡罷。她打了這個主意，把跟前的宮女，一齊調出房去；她自己闔上房門，向空磕了幾個頭，拿了一條鸞帶，在當門口吊死了。待到那宮女去做了事回進房來，房門反關著；在門外叫喚，也不聽得房裡有什麼聲響。

宮女們知道事情不妙，便去通報總管。那總管看了情形，知道出了事體，便傳齊許多小太監，從窗戶裡打進屋子去，一看見懿妃的身體，高高的掛在當門，上去摸一摸，早已斷了氣。小太監嚇得跳出房來，把情形報與總管知道。總管也不敢做主，忙去報與李總管；李總管便報與太后身邊的宮女，宮女不敢延緩，立刻去報與太后。慈禧太后受了慈安太后的埋怨，一肚子沒好氣；見宮女報說懿貴妃自縊身死，便說道：「他們自己作的孽，我也管不得這許多。」一面指著榮祿說道：「他雖說是我的親侄兒，但他如今被翁師傅參奏下來，我也不能夠包庇他；求姊姊帶去，嚴嚴的審問他，該殺該剮，俺決沒有半句閒話。俺做了太后，為了這畜生，給臣子們說我袒護私親，我的臉也丟盡了！」西太后說到這裡，也撐不住掉下眼淚來。慈安太后便傳總管來，把翁師傅的原折，連同榮祿，送去刑部大堂審問明白。那刑部大臣知道榮祿是慈禧太后的內親，也不敢擬什麼重罪，只擬了「永不敘用」四個字，把奏摺送上兩宮太后。西太后避著嫌疑，由東太后批了「依議」兩個字。從此榮祿革去了一切職銜、閒住在家裡，不能再進宮去見太后了。

西太后跟前少了這兩個人陪伴，頓時覺得十分寂寞，肚子裡一肚的心腹話，也沒有地方可以說得，因此越發把個慈安太后恨入骨髓；時時刻刻和李蓮英商量，要想報她的仇恨。慈禧太后說：「近來東太后處處抓我的錯處，我倘不想法子報仇致她的死命，將來還有我自由的地步嗎？」在慈安太后看來慈禧有許多事體犯在她手裡，總可以從此改過自新，感激自己的恩德了，知道西太后去了懿妃和榮祿兩人，跟前十分寂寞，便每日到西太后宮裡找她說些閒話。西太后在面子上雖敷衍著，心中卻時刻留意，看可有下手報仇的機會沒有。

東太后生平最愛吃小食兒，她不論到什麼地方，總有一個宮女捧著點心盒子跟在後邊；盒子裡面各色糖果糕餅餑餑都有，東太后說著話，便隨手拿著糖果點心吃著。西太后看了這情形，心中忽然有了主意。隔了幾天，正是召見軍機大臣之期，慈安太后絕早起來，慈禧太后起身略遲，慈安太后便到慈禧宮中去候著。慈禧一面梳妝著，一面和慈安說著話。忽然想起東太后未曾用得早餐，忙吩咐宮女去把那精細餑餑拿出來，獻與東太后吃。東太后看時那餑餑真做得精細可愛，有做成八仙的，有做成鶴鹿的，裡面拿雞絲火腿做成餡子，吃著味很美。東太后一面稱讚著，一連吃了幾個。西太后說：「這是宮中新進來的膳夫，制了一百個餑餑進呈，先嘗嘗味兒的；姊姊既愛吃，索興叫宮女多拿幾個回宮去吃著玩兒。」說著，便有宮女捧著一大盒餑餑來，交給那捧點心盒子的宮女，先給東太后送回宮去。

西太后梳洗完畢，與東太后一同出去坐朝。當時召見的大臣，是恭親王奕訢，大學士左宗棠，尚書王文韶等一班人。這一天，正是光緒辛亥年三月初十日，照宮廷的規矩，太后坐朝，大臣們原跪在簾子外奏對的，只因西太后嫌隔著簾子說話十分氣悶，吩咐把當殿的簾子捲起。從此臣僚上朝，都能望見兩太后的顏色。這一天，諸大臣奏對的時候，獨有恭親王的眼力最銳，望見慈安太后御容甚是和悅，說話也獨多，只是兩腮紅暈，好似酒醉一般。這一天開御前會議，議的是法國進寇越南的事體；到午膳時候，諸大臣稍退，兩宮太后在偏殿傳膳。膳罷，略事休息，又復召集臣工繼續會議；直議到下午四點鐘，才議出一個頭緒來。由兩宮下諭北洋大臣李鴻章籌商辦法，並命沿邊沿江沿海各督撫，密為籌備。

旨意擬成，慈安太后便覺得頭目昏花，有些支撐不住了，急急回宮去，在御榻上睡下。外面大臣們退朝，在朝房裡又商議了一會，個個退出午門，正打算回家。忽然內廷飛報出來，說慈安太后駕崩了，傳軍機大臣們莫散去，速速進宮商議大事。那班大臣們聽了，面面相覷，目瞪口呆。內中唯有恭親王最是關心，聽了便撐不住嚎啕大哭起來；諸大臣勸住了恭親王的哭，趕進東太后寢宮去，見慈禧太后坐在矮椅上，宮女們正在替東太后小殮。大臣們看了這個情形，忍不住個個掉下眼淚來。只聽得西太后自言自語的說道：「東太后一向是一個好身體，近來也不見害病，怎麼忽然丟下我去了呢？」

慈禧太后一邊數說著，一邊伏在屍身旁，嗚嗚咽咽的痛哭起來。諸位大臣見西太后哭得傷心，便一齊跪下地來勸解著，說皇太后請勉抑悲懷，料理後事要緊。照宮廷的舊例，凡是帝后上賓，所有藥方醫案，都要交軍機大臣驗看；如今東太后死得這樣快，所以也不及延醫服藥，也不曾留得方案。后妃死後，照例又須召椒房戚族，進宮去看著小殮；如今西太后的主意，不叫去通報東太后的母家鈕鈷祿氏的族人，大臣們也沒有人敢出這個主意，一任那班宮女在那裡替東太后草草成殮。慈禧太后一面把一班軍機大臣召喚到自己書房裡去，商量擬遺詔的事體。早發遺詔，以掩人耳目。

那遺詔上說道：「予以薄德，祗承文宗顯皇帝冊命，備位宮壺；迨穆宗毅皇帝寅紹丕基，孝思肫篤，承歡奉養，必敬必誠。今皇帝入纘大統，親膳問安，秉性誠孝。且自御極以來，典學維勤，克懋致德，予心彌深欣慰。雖當時事多艱，宵旰勤政，然幸體氣素稱強健，或翼克享遐齡，得資頤養。本月初九，偶染微症，皇帝侍藥問安，祈予速痊；不意初十日病勢倍重，延至戌時，神忽漸散，遂至彌留。年四十有五，母儀尊養，垂二十年；屢逢慶典，迭晉徽稱，夫復何憾？第念皇帝遭茲大故，自極哀傷；催人主一身關係天下，務當勉節哀思，一以國事為重，以仰慰慈禧端佑康頤昭豫莊誠皇太后教育之心。中外文武，恪供厥職，共襄郅治；予靈爽實與嘉之。其喪服酌遵舊典，皇帝持服二十七日而除；大祀固不可疏，群把亦不可輟。再予以儉約樸素，為宮闈先，一切事關典禮，固不容矯縱抑損；至於飾終遺物，有可從儉約者，務惜物力，即所以副予之素願也。故茲昭諭，其名遺行。」一道遺詔，便輕輕把一樁絕大的疑案掩飾過去了。那孝貞皇太后的家族也不敢問信。

慈安太后一死，慈禧太后在宮中，可以獨斷專行了。她第二步就是要除去恭親王奕訢。恭親王在王大臣中，資格最老，又是先朝顧命之臣，他常常和慈安太后呼成一氣，和自己做對。有此人在朝，終不能暢所欲為，常常和李蓮英商量著，要革去恭親王的職。但恭親王入軍機已久，諸大臣都和他通同一氣。他辦事又公正，從沒有失職的事體。便是要去他，也無可藉口。恰巧第二年中法戰事起了，說他議和失策，把這罪名全個兒擱在恭親王身上，趁此機會，下一道上諭，把從前慈安太后的同黨，一齊革職，為一網打盡之計。但這一道上諭，說得吞吞吐吐，文不對題，那班被革職的大臣們，知道慈禧太后有意排除異己，只因天語煌煌，也只得忍氣吞聲的退出了軍機處。慈禧太后又把幾個自己親信的王大臣下旨選入了軍機處。那醇親王原是太后的一黨，慈禧便暗暗的指使孫毓漢奏請，把醇親王調入軍機處，做太后的耳目。醇親王是帝父，照祖宗成法，是不能入軍機處的；如今慈禧太后另有用意，把醇親王調入了軍機處，一面下上諭，說軍機處遇有緊要事件，著會同醇親王商辦，俟皇帝親政後，再降懿旨。翁同龢看了這道上諭，大不以為然，便指使左庶子盛昱上奏力爭。接著那左庶子錫鈞、御史趙爾巽，都上書勸諫：說醇親王不宜參預軍機事務。慈禧太后如何肯聽，上諭下來，只有「應毋庸議」四個字。那班臣子看了，也無可如何。

光緒皇帝原和醇親王不對的。皇帝真正的父親卻是奕譞，那慈禧太后又和奕譞不對的。光緒皇帝進宮的時候，奕譞的福晉原不十分願意，她們是妯娌輩，知道慈禧的脾氣十分奸刁，自己的兒子要在她手裡長大，一定是要吃苦的。當光緒進宮的時候，奕譞的福晉也曾痛痛的哭了幾場，說：「活活的把我一個兒子葬送了！」這話傳到慈禧耳朵裡去，說奕譞福晉不受抬舉，從此因恨奕譞夫妻兩人，也便不歡喜光緒皇帝了。實在此番慈禧太后的立光緒帝，在慈禧心中，還算是報奕譞的恩的。奕譞有什麼恩？原來當初文宗在日，和奕譞十分友愛，弟兄兩人常常在宮中見面；文宗所有心腹話都向奕譞說出來。這時文宗看出慈禧太后是一個不安分的女人，便想廢去她妃子的名位，免得她將來倚勢弄權。常常把這個意思和奕譞商量著。是奕譞再三勸住，保全了慈禧的名位，慈禧心中感激他夫婦兩人，所以把他兒子立做皇帝。卻不料奕譞夫妻兩人是不中抬舉的，背地裡常常說慈禧的壞話；再加光緒帝處處和皇太后對抗，自幼兒性情便不能相投。慈禧疑心是奕譞在暗地裡教唆這個樣兒的，也便處處防備；傳諭宮門，非有特詔，不得令皇帝和奕譞夫妻見面。因此奕譞福晉越發恨著太后，常常因想念兒子，在府中哭泣。

這時，光緒帝已定了親，選定的皇后是桂祥的女兒，便是慈禧太后的侄女，性情和太后差不多，光緒帝心中十分不願意。皇帝所喜歡的便是一個瑾妃；瑾妃的面貌又美麗，性情又和順。光緒帝很想立她做皇后，無奈皇太后不答應，因此皇帝和皇太后的分歧又深了一層。

那班趨奉皇太后的宮監臣子們，見皇太后不喜歡皇帝和奕譞夫妻們，便造出許多謠言來。說京師西直門外白雲觀裡有一道士，名叫峒元，他能夠望氣，每到夜深，峒元在庭心裡遠望，見奕譞府中屋頂上面罩著一重雲氣，那雲氣裡隱約見一條黃龍，在半天裡騰拿飛舞。奕譞怕要做本朝的真命天子，不可不防。皇太后聽了這個話，十分相信，吩咐李總管把這峒元道士傳進宮來，親自詢問。那峒元道士說：屋上有雲氣，確是出真命天子之兆；今蒙皇太后重問，容小道再到王府門口去細檢視，再來復旨。太后准了他的奏，便派幾個小太監，打扮得和平常人模樣，到奕譞府門口，細細地觀望了一回。峒元道士點點頭，心中明白，急回宮去奏明皇太皇，說：「王府中有一株古柏樹，那雲氣便從柏樹頂上出來；只須想法把那柏樹截斷，便破了風水，可以無礙了。」

太后聽了，便賞了道士些銀錢去訖。又擺駕出宮，悄悄的趕到奕譞府中去。把奕譞夫妻兩人，嚇得屁滾尿流，急急出來把聖駕接進屋子去。慈禧太后笑著，拉住奕譞福晉的手，說道：「俺們自己姊妹，不必客氣。我在宮中悶得慌，想起妹妹府中的花園，十分幽雅，特來遊玩一回。」奕譞得了太后的話，便把酒席擺在花廳裡，請皇太后吃酒賞花。那株古柏適當庭心，看它老幹擎天，濃蔭匝地。太后不住的讚歎說：「好高大的柏樹？俺如今建造頤和園，正缺少這樣的大木料。」奕譞站在一旁，聽了太后的說話便信以為真；忙奏稱道：「臣願把這株木料獻與老佛爺。」皇太后聽了，正合她的來意。待用膳已畢，便吩咐傳集府中的工匠，一齊動手，把這株五六百年的老柏樹齊根挖了出來。這時皇太后正坐在廊下看著，只聽得一聲響亮，大樹倒地，樹心裡忽然飛出十數條大蛇來，金鱗火眼，向四處亂撲。有一條大蛇，直向皇太后臉上撲來。要知皇太后的性命如何，且聽下回分解。

白雲觀太后拈香　神仙會鬱氏納贄

卻說那條大蛇直向皇太后臉上撲來的時候，奕譞和李蓮英兩人正站在慈禧太后的身後；只聽得太后大叫一聲，暈倒在椅子上，李蓮英這時也顧不得什麼了，忙搶去把太后把住。奕譞也不要性命了，向那大蛇迎上去，掄著拳頭在蛇頭上奮力一擊；大蛇暈倒在地，奕譞便提起靴腳把蛇頭踏住。那蛇受了痛，掉轉尾兒來把奕譞攔腰盤住；蛇身愈盤愈緊，奕譞幾乎喘不過氣來。虧得那班工匠在一旁見了，大家上去拿斧子把蛇身支解開來。奕譞腳心裡受了毒氣，站立不住了。慈禧太后還坐在花廳裡。家人扶著奕譞走進屋子去，忽爬在地下磕著頭，說：「奴才該死！老佛爺受驚了？」這時慈禧太后神志已清，一班太監們忙著拍胸捶腿，送參湯裝煙，忙了大半天，太后才開口，吩咐回宮去。

這裡奕譞跪送慈禧出了大門，回到上房，忙傳府中的外科醫生，在腿上打針，服下解毒的藥去。隔了一宵，那毒氣卻漸漸的退了。只是頭暈心跳，精神疲倦。醫生正要下第二劑藥，忽然慈禧太后派了蕭御醫到府中來診奕譞的病。奕譞當即叩頭謝恩。御醫診過了脈，並不開方，便在隨帶的藥箱裡掇些藥，看著奕譞服下便走了。從此御醫便每天替醇親王診一次病，每一次必看著奕譞服下藥才去。但奕譞自從改服了御醫的藥以後，那病勢反覺得一天一天的沉重起來。府中雖養著幾位內外科醫生，但因御醫來下過藥，都不敢再下藥。

這一天，直隸總督李少荃親自進府去探望，奕譞見了李總督，只是淌眼淚說：「我的病看來不能好了！我只有一塊肉留在宮裡；他如今是我們的皇上了，我死以後，別的沒有什麼舍不下，只求總督多多看顧我們這位皇上罷！」說著，便在床上向李總督拱手。李少荃忙回著禮，說：「王爺放心，做臣子的豈有不忠心於皇上之理！便是王爺的病，也不見得便有什麼凶危。」奕譞這時兩眼矇矓，低低的說道：「我很想見他一見。」李少荃聽了，知道王爺想見他的兒子。第二天李總督便入奏，說：「奕譞病勢危篤，頗欲與皇上見一面；即皇上天性純孝，生父病狀，亦時在念中，可否仰求皇太后垂念父子天性，賜予一面？」慈禧太后見了這奏摺，便立刻親自帶了光緒皇帝到王府裡去探望奕譞的病。那奕譞正病得神志昏沉的時候，見了光緒皇帝，頓覺心清醒起來，忙爬在枕頭上磕頭接駕。光緒雖說年紀尚輕，但父子究關天性，見奕譞病得十分瘦弱，也不覺掉下眼淚來了。回宮去又打發內監賞人蔘十斤，黃金千兩。

這時總督衙門裡有一位書啟師爺，很懂得醫理；李總督一家人有病，都是這位師爺看好的。當時李總督便把這位師爺推薦到王爺府裡去。無奈宮中的規矩，有御醫診著病，別的醫生任你有天大的神通，也要避著嫌疑，不能再給病人診病了。這位書啟師爺在王府裡住了幾天，無事可做，到後來眼看著一個年紀輕輕，身體強健的奕譞，活活的被御醫治死了。光緒皇帝在宮中得到生父死的消息，便撐不住嚎啕大哭。慈禧太后分派李蓮英傳諭，勸皇上節哀保重。又吩咐隆裕皇后，隨時勸慰。一面下諭，從優撫卹，發內帑銀萬兩，給王爺治喪。

自從奕譞死了以後，慈禧太后才放了心；一面卻把那峒元道士十分信任起來。皇太后親自下諭，封峒元道士為總道教司，與江西龍虎山的正乙真人並行。又發銀一萬兩，替他重蓋白雲觀。這白雲觀在北京西直門外，原是一座荒涼古剎，門前匾額剝落，門內佛座歪斜。自從皇太后敕建白雲觀，那峒元道士便竭力經營。他仗著皇太后指帑的名兒，到各王爺各大臣家裡去募捐；上自督撫大員，下至府尹小吏，都捧著銀錢去孝敬他，要他在太后跟前說一句好話兒。這一次峒無道士足足捐了六七十萬銀兩，便在西直門外舊址，大興土木。白雲觀的原基，只有四五分地皮；如今峒元道士有了錢了，便在左近四五百畝地連房屋通通買下來。他出的地價，只有二三十塊錢一畝，鄰舍人家都懼憚他的勢力，不敢不賣給他。峒元道士買得了地皮，便把房屋通通拆去，重新蓋造；外面殿閣崇宏，裡面亭臺曲折，夾著許多花木池沼，外面望去，好一座闊大的園庭。

新觀落成的這一天，峒元道士便進宮去恭請皇太后降臨，替菩薩開光。慈禧太后原是信佛的，當下聽了便也高興。便下諭挑選定正月十五日聖駕親臨白雲觀拈香。這個諭旨一下，卻把那文武大臣忙得走投無路。你道為什麼這樣忙？原來皇太后諭中，有著王大臣眷屬隨同拈香的話。那班官家眷屬，平時深居簡出的；如今得了這道懿旨是奉旨燒香，丈夫的如何敢違拗她。太太一出門，第一要緊的事體，便是穿戴兩字；那些年老的福晉夫人們，還容易對付，只有那年輕的官太太或是格格小姐們，最是不容易打發。她們都是在妙齡盛年，花貌瓊姿，各各有逞奇好勝的心思，如何不趁此在皇太后跟前顯煥顯煥？那班太太小姐們都向她的丈夫父親百般需索，有的要兒首飾，有的要做衣服。到了正月十五一清早，個個打扮著，坐著自己府中的車輛，趕到西直門外白雲觀裡接駕去；那文武官員親王大臣，卻在城門口接駕。

停了一刻，遠遠見旌旗蔽日，爐煙簇雲；又有一大隊兵馬擁護著皇太后的聖駕來了。到得跟前，那班大臣們忙爬下地去跪接。待聖駕過去，那大臣們個個上馬的上馬，上車的上車，從小路里抄上前去，又在白雲觀前跪接。皇太后、皇上和皇后的御車，直進中庭甬道上下車。這時甬道兩旁跪的儘是官家眷屬，一時釵光鬢影，滿庭春色。皇太后向兩面看著，臉上不覺露出笑容來。皇太后進殿，峒元道士早在殿階上俯伏著，高呼著：「皇太后皇上萬歲萬歲萬萬歲！」皇太后走到佛座前，見正中塑著一座丈二金身，認識是玉皇大帝。李蓮英遞過御香，皇太后和皇帝皇后一齊跪在繡墩上參拜。後面二三百位官眷，殿廊下二三百位大臣，都一齊跟著跪在蒲團下；滿院子鴉雀無聲的，只聽得鐘鼓之聲。女眷們的環珮鏗鏘聲，大臣們的朝珠叮噹聲，微微的內外相應。

拈香已畢，大臣們退出。皇太后把峒元道士宣召進來，吩咐他領導隨喜。那峒元道士全身披掛，精神抖擻，在前面斜著肩兒彎著腰兒走著。皇太后走過幾重佛殿，見塑的儘是天神天將；繞過後面月洞門，便露出一座花園來，蓋造得精緻曲折。花園裡隨處養著鶴鹿孔雀錦雞白兔之類，也有在草地上跑著的，也有在假山洞裡躲著的；皇太后看了十分歡喜。走過幾處迴廊麴院，才見正屋，蓋的是九間正廳，五明四暗。廳上已排列著茶桌，廳對面建著一座金碧輝煌的戲臺，這時滿屋結著燈彩，戲臺上預備下場面。兩邊暗房，是皇太皇皇后的更衣室；皇太后皇后入更衣室，略略休息一會。

外面茶果擺齊，戲臺上鑼鼓一響，戲文開場。峒無道士早已把內廷供奉的幾個戲子，邀在觀裡，聽候太后點戲。皇太皇出來用茶果，果然點了一出《混元盒》、一出《趕三點》；皇上點了一出《回龍閣》，皇后知道皇太后是愛小旦戲的，便點了一出《鴻鸞禧》，太后十分歡喜。一屋子官眷們都陪坐著聽戲，臺上笙歌嘹亮，臺下珠圍翠繞。文武官員一律迴避著，獨有這峒元道士在脂粉隊裡，如穿花蝴蝶似的，跑來跑去，承迎著皇太后的色笑。這一場戲，直看到日落西山，皇太后才擺駕回宮。那班女眷們正看得出神，聽說太后要回宮去了，大家只得依依不捨的個個出門上車，跟著太后進城去。

這裡留下那班大臣們，峒元道士便把那王爺大臣們邀進正廳去坐。那班大臣們都和峒元道士好，大家稱兄道弟的喝酒聽戲。有許多戲子原認識那班王爺大臣們的，唱完了戲，個個打扮著下臺來，坐在大人們身後；那班大人們見了戲子，越發樂得忘形，個個摟著小戲子狂呼痛飲起來。這一場酒直喝得黃昏人靜，才個個打著燈籠坐車進城去。隔了幾天，峒元道士進宮去謝恩，皇太后留著他在宮中一連住了幾宵。峒元道士講些練氣打坐的功夫，又教著皇太后練「八段錦」功夫，說每日在起床之前練習一套功，能延年益壽。皇太后聽信他的話，從此便認真練習起來。後來便習慣了，隨便在什麼地方，總須練過一套八段錦才肯起身，這功夫直到老也不間斷的。因此，慈禧太后的身體日見豐美，到老也不衰敗。這都是後話。

且說這峒元道士得了皇太后的歡心，常常宣他進宮去賜座，奏對道術，從早談到晚也不厭倦。有許多王公大臣，見他得了勢，便輪流著請他進府去置酒高會；喝酒喝到高興頭裡，便把自己的夫人福晉格格小姐們喚出來，拜峒元道士做師父。這個風氣一開，京城裡有許多官家眷屬，都搶著拜在峒元道士門下做一個女弟子，算是十分榮耀的事。那做女弟子的都有贄儀，多則上萬，少也數千。銀錢以外，還送著各種繡貨，有繡一件道袍的，也有繡一件鶴氅的，也有繡佛著幢幡的。那官階小些，或贄見禮少些的，硬把自己妻女湊去拜他，還不在他眼睛裡呢。有許多王爺求著要和他換帖，峒元道士還推三阻四的不肯。他只和李蓮英拜把稱弟兄，為的是結下這個交情，彼此在太后跟前可以互相說著好話。

又因這一年正月十五日，太后親到白雲觀中拈過香，從此每年正月十五這一天，便有京城裡文武官員到觀中來拈香，皇太后皇上也必要下諭派一位王爺代行拈香。這一天，峒元道士備下戲酒，邀著王爺大臣們在觀裡熱鬧一天。從十五這一天起，便把廟門開放，任人進廟燒香，直開到二十五；在這十天裡面，紅男綠女進廟來燒香的，擠得水洩不通。京城裡人稱做「會神仙」。來會神仙的，不獨是平民百姓，那京城裡王爺的福晉，大臣的命婦，以及貴家的格格小姐，都打扮得花朵兒似的到廟裡來會神仙。她們的會神仙，又與平常婦女不同；到了廟裡，絕不肯當日回府，必得要在廟中睡下一宵，真的去會神仙，名叫宿山。如此這班貴婦女，大半是峒元道士的女弟子；年輕的格格小姐們，又寄名給峒元道士做乾女。因此那班貴婦、小姐見了道士，大家搶著把師父乾爺嚷成一片。

峒元道士見女弟子、乾女兒來了，便特別巴結，在廟裡預備幾十間精美房間，錦繡床帳，留她們女眷住下會會神仙去。內中有長得美貌的，越發留著多宿幾宵。有許多官員想升官的，便託他妻女在這神仙的時候求著師父乾爺，給她自己的丈夫父親在太后跟前說幾句話，又拿整萬，幾十萬銀兩交給峒元道士，託他上下打點；只須師父乾爺一答應，那官兒在十天裡面便可以往上升。那班官眷會得神仙的，便出來對同伴們誇耀著，只有幾個年紀略大些的官太太，或是銀錢不濟事的，竟有幾年會不到神仙的。

記得那年有一個杭州的吳侍郎，在京城裡做了多年的窮京官，實在窮得過不下日子去，要走走門路，手頭又苦於沒有銀錢。吳侍郎的妻子鬱氏，是個頭等美人，京城裡一班官家眷屬，人人都知道的。這一年也是正月十七這一天，鬱氏到八王府中去拜年；那王爺的福晉正打扮著，要到白雲觀去會神仙。

鬱氏一時之興，也跟著福晉同去。峒元道士一見了鬱氏，忙問這位是誰家的太太？福晉便對他說是吳侍郎的夫人。鬱氏的美名，峒元道人也是久慕的，如今見了她，如何肯放，當時便要收鬱氏做乾女，鬱氏推說沒有帶贄儀。在峒元道士跟前做女弟子，或是做乾女，多少總要獻贄儀的；多則上萬，少也要幾千。況且這做乾女兒，做女弟子的事體，都要那班官家女眷再三求著，峒元道士才肯答應。如今這峒元道士自己求著鬱氏，要收她做乾女兒，這是何等榮幸的事體！當時那福晉便在一旁慫恿著，叫鬱氏快答應，師父一定有好處給你。後來，聽鬱氏說不曾帶得贄儀，福晉忙著說：「我有！我有！」說著，忙掏出一張二千銀元的莊票來，交給鬱氏；鬱氏轉交給峒元道士。峒元道士搖著手，說：

「貧道看吳太太臉上有仙根，俺們結一個仙緣，不用贄儀的。」當晚鬱氏便在白雲觀中會得了神仙，一連宿了三宵，跟著八王爺的福晉回家來。鬱氏臨走的時候，峒元道士還給她一張一萬兩銀子的莊票，算是乾爺的見面禮兒。一過了二十五，廟會收場，峒元道士受鬱氏之託，便進宮去奏明太后，說吳侍郎如何清苦，求老佛爺賞他一個差使。這時太后正要下諭點放學差，在中國各省中要算廣東學差的缺分最美的了，如今因峒元道士的說話，便放吳侍郎做了廣東學差。那吳侍郎接了這個上諭，親自跑到白雲觀去謝恩，回家來又對他妻子鬱氏磕頭謝恩，興高采烈的赴任去了。

有一天，慈禧太后在宮中和峒元道士閒談，說白雲觀中花園造得很好，只可惜少些字畫；峒元道士聽了忙跪下地去磕著頭，說求老佛爺賞幾件字畫。慈禧太后一時高興，便吩咐李蓮英磨墨，拿起大筆來寫了一個極大的福字；又拿出平日畫成的一堂花卉畫屏來，一齊賞給峒元道士。峒元道士又磕頭謝恩，歡歡喜喜的捧著出宮去，交裱畫匠裝裱起來。待裝裱成了，峒元道士又挑選了一個日子，在白雲觀裡擺下戲酒，把慈禧太后的字畫張掛起來，邀著許多王爺大臣在花園裡吃酒聽戲。

吃酒中間，有一位王爺說起老佛爺每年賞給大臣們的字畫很多，老佛爺雖能寫字作畫，但一個人如何忙得過來？如今裡面賞出來的，除「福」「壽」幾個擘窠大字以外，其餘的小楷字花鳥畫兒，都是繆太太代寫代畫的。峒無道士忙問：「誰是繆太太？」那王爺說道：「師父卻不知道，宮裡的規矩，內外臣工，除南上兩書房內廷供奉及內務府人員以外，不是官做到二品的，不能賞福字；無論什麼大官，年紀不到五十歲，不能賞壽字。自從到了俺老佛爺手裡，特別開恩，常常賞著字畫；老佛爺一高興，不論什麼人，都得賞賜親筆的福字，壽字，有時賞賜花鳥畫兒小楷字兒。老佛爺從在桐蔭深處當妃子的時候，原學得一手好字畫；但如今要賞人也太多了，一個人忙不過來，便降下密旨，給各省的督撫，叫尋覓能書畫的命婦，選進宮去，替老佛爺寫字畫花。那時四川督撫，便把這繆太太悄悄的送進宮了。」

繆太太名素筠，原是雲南人。她丈夫在四川做官，便死在四川地方。家裡境況很是艱難，繆太太的兒子雖也是一個舉人，但一時也沒有出息。幸得繆太太能畫惲派花鳥，畫得很是工細；她又能彈琴，又寫得一手《靈飛經》體的小楷，在四川地方，靠著官場中買她的字畫度日。如今四川督撫得了老佛爺的密旨，便日夜兼程的，悄悄的把繆太太送進宮去。老佛爺一見，十分歡喜，使每月給她二百塊錢畫金，在宮中終日代老佛爺寫著字倖。繆素筠生得身體臃腫，面目闊大；慈禧太后常常拿她開玩笑，說繆太太的身體好似不倒人兒。但因繆太太的字畫高明，卻也很看重她；宮裡規矩，凡宮女女官見了太后都要跪拜，獨有這繆太太，太后吩咐得免跪拜。宮裡上上下下的人，都稱她繆太太。

繆太太做人和氣，大家都和她好。這一天，是太后的萬壽；那班妃嬪們要使太后歡喜，預先備了一頂大號的鳳冠。到了那日，宮裡眾妃嬪都按品大裝起來，便叫宮女也給繆太太裝，繆太太果然把披風紅裙，鳳冠霞帔穿戴起來，繆太太身體又生得矮胖，那衣冠又十分寬大；穿戴上了站在地下，越覺得臃腫了。宮女們都忍著笑，把繆太太扶去拜太后的萬壽。這時太后正坐在內殿受禮，已有許多滿洲福晉格格們，一齊大裝了站在太后兩旁。忽然見繆太太打扮得繡球兒似的一個身體，滾著上來，大家已忍不住要笑了。只因光緒皇帝站在殿上，大家不敢笑出聲來；後來皇上出去了，繆太太便爬在當地行禮，望去好似一隻地鱉蟲。慈禧太后先忍不住哈哈大笑起來，接著兩旁的貴婦人和妃嬪們，也撐不住笑起來了，滿殿只聽得嬌脆的笑聲。慈禧太后還問誰給她打扮成這個樣兒的？說著，又忍不住笑了一陣。接著又說：「今天原是大家歡喜的日子，繆太太伴著我們玩一天罷。」繆太太忙磕頭謝恩。這一天，繆太太跟著太后逛三海；那三海地方又大，許多妃嬪貴婦跟著太后跑來跑去。那班滿洲婦女，都是大腳，還可以支援得，獨這繆太太是小腳，頭上戴的鳳冠又重，走一走，晃一晃。因為太后的遊興很濃，直逛到天色快晚才回宮，賞了繆太太許多珍貴的東西。繆太太謝了賞，回到自己屋子裡，真是一步也動不得了。要知後事如何，且聽下回分解。

花明柳暗頤和園　彈雨硝煙高麗宮

卻說慈禧太后自從那天逛三海回宮來，和李蓮英說：「三海地方許多不曾修理了，坍敗的地方很多，在前幾年，俺早想叫內務府修理了，只因恭親王說沒有錢，東太后又說不必修理，直到如今，越發坍敗得厲害了，再不修理，還成個什麼花園呢？」李蓮英聽了太后的話，忙去報告給軍機大臣知道。那班軍機大臣誰不要討太后的好兒，便大家商量著，叫內務大臣出面，大家籌了一筆款子，立刻動工去修理三海。又怕三海的地方太小，便連舊時從西城到後門的一條大路也包圍了進去，造了兩座高大的白石橋，名叫「金鰲玉」。那三海修理完工，便請太后去遊玩。

太后到了三海一看，果然氣勢闊大，亭臺壯麗，便也讚不絕口。許多親王福晉陪著遊玩，逛了一處又一處。正逛得高興的時候，忽然慈禧太后又想起從前的圓明園來了，說道：「這三海的地方雖好，如何趕得上圓明園的萬分之一。可惜先帝也亡故了，圓明園也毀了，再要和先帝在日一般熱鬧，怕也沒有這個日子了！」慈禧太后說著，止不住掉下眼淚來。妃嬪們趕忙勸解，護衛著太后回宮來。

李蓮英見太后記念圓明園，心中又有了主意。第二天，悄悄的跑到軍機處去，和一班大臣商議，重興圓明園，叫老佛爺歡喜。內中有一個軍機大臣，說道：「要重興圓明園，非有四五千萬銀子不辦；即算把圓明園修理好了，老佛爺進園去遊玩，如今先帝不在了，園中處處都留著傷心的地方，老佛爺也不一定歡喜的，俺們有這重興圓明園的錢，不如另蓋造一所園子，樣子和圓明園一般闊大；老佛爺在裡面遊玩著，既覺得新鮮別緻，又不致傷了老佛爺的心。」當時一班大臣聽了這一番議論，齊聲稱妙。恭親王道：「俺們老佛爺六十歲萬壽快到了，這一座花園，須在萬壽以前趕造成功，到萬壽的這一天，俺們請老佛爺進園去遊玩一天，也叫老佛爺開開心。現在是光緒十五年，老佛爺六十萬壽是光緒二十年，在這五年裡面，這花園的工程總可以完成了。」眾大臣齊說可以成了。奕訢又說道：「偌大一座花園，蓋造起來，最少也得一千多萬兩銀子，只是這一筆錢，從什麼地方出，難道叫老佛爺自己挖腰包嗎？」

奕訢說到這裡，眾大臣一齊低著頭思索起來。這時李蓮英也坐在一旁，忽然拍一拍掌說道：「有了！有了。」眾大臣問他有了什麼好法子？李蓮英說道：「俺們不是有每年提出的海軍經費二百萬兩嗎？如今積了已五年，有一千萬兩，咱家想來，俺們中國全是陸地，用不著什麼海軍，便是外國，都是俺們大清朝的臣子，且都是小國，絕不敢來侵犯我們天朝的，這海軍簡直沒有什麼用處，俺們不如把它挪過來作為蓋造花園的經費，誰敢說一個不字？再有，不夠的地方，俺也有一個好法子在這裡，索興藉著振興海軍的名目，開一個海軍報效捐，凡是報效海軍經費實銀七千兩的，作一萬兩算，請俺老佛爺賞他一個即選知縣做做。再有不夠的地方，說不得俺們哥兒們挖挖腰包湊上了，豈不是成了！」

李蓮英的話，眾大臣拿它當老佛爺的話一般看待，便大家附和著說總管的話不錯。當時便動起公事來，先把部裡存著的歷年積蓄下的海軍經費一千萬兩銀子提出來應用；一面由皇太后皇上下諭，開海軍報效捐的例，一面指定在萬壽山一帶空曠地方建造花園。這花園為預備皇上恭祝皇太后萬壽用的，便定名稱「頤和園」是取頤養天和的意思。

這時，榮祿已經起用，在西安做將軍，他聽得京裡建造頤和園，便首先捐俸銀二十五萬兩，算是送太后的壽禮。慈禧太后原是歡喜榮祿的，便把他調進京來也入了軍機處。接著便有許多王公大臣報效銀兩的，你也十萬，我也二十萬。又在報效海軍經費項下收得了四五百萬兩銀子，這一年年底，閻敬銘做戶部尚書，部中照例到每年終須把庫中的存款造一本冊子報告進宮去，請兩宮檢視。那冊子上列入的，照例都是正款；此外歷年查抄下來的款項，以及罰款，變價的款，便拿這閒款去彌縫；二來從堂官到庫官，每年在這筆閒款上多少也分得一些好處。自從閻敬銘做了戶部尚書以後，他要討好皇太后，到年底造冊子的時候，便把許多閒款一古腦兒的都報告進去。皇太后一看，忽然平空多出七百多萬閒款來；便吩咐李蓮英去把這筆款子提進來，一併充作建造頤和園的經費。有了這許多錢，便把這座頤和園造得特別富麗堂皇，到光緒十九年上，便把這座園子蓋造得端端整整。那監工大臣便請諸位王公大臣去踏勘。這一天，恭親王便一早起來，帶了許多大官員們進園去。做書的也趁此機會，把這頤和園的大略情形說一說。

頤和園原是清漪園的舊址，在京城外西北面地方，離京城大約二十里路；背靠著萬壽山，把一座昆明湖圍在園裡。從東角門進去，過仁壽門，殿屋十分高大，便是仁壽殿；進殿門，門裡面院子中央有一座月臺，第一層臺上平列著四座大鼎，第二層對安著盤二龍二鳳的銅缸兩座。殿裡面設著烏木寶座，殿門封鎖著。向西面走，不多幾步路，上面有一個匾，寫著「水木自親」四個字，西面便是昆明池。池北面有一座「樂壽堂」，這一座堂，將來便是皇太后的寢宮。堂前也有一座月臺，一旁有一座亭子，蓋造得好似暖房一般，全是玻璃蓋成；亭子裡面藏著柏樹一株，樣子好似珊瑚一般。又曲曲折折向西面走去，經過幾十丈的迴廊；北面有一座山，山頂上有一座臺，名叫國華臺。這座臺蓋得有幾十丈高，臺下有一殿。殿名排雲殿；殿屋九間，十分寬大，太后便在這座殿上坐朝。殿裡面有一副對聯，上聯寫著：「萬笏晴山朝北極」，下聯寫著「九華仙樂奏南薰」。殿的兩壁，造著幾十座十錦櫥，高接棟宇；殿階十四層，月臺上平列著銅鼎、鐵鼎名四座，銅龍銅鳳名兩座。殿後面有一座「佛香閣」，幾十級階石上去，從偏門進去，門裡面一座石牌坊，上面寫著「暮靄朝嵐常自寫」七個字；又從北面上去，是一座「寶雲閣」，蓋成八掛樣子，門欄楝檻都是生鐵鑄成。閣裡面三座長方桌，也是銅鑄成的。

從寶雲閣向東面下去，便是太湖假山；山有洞，迴環曲折，好似螞蟻窠。穿出洞門上去，便到了「佛香閣」；閣裡面供著三座金佛，閣子後面，又有一座亭子，稱做「眾香界」。這地方便是萬壽山的最高處。向南出去有一座門，門上題著「導養正性」四個字，門前一帶短牆，抱住山頂。靠在牆上向南望去，池面上亭臺樓閣，好似盤中盆景，十分清楚；再從石洞向東穿出去，有一座殿，殿上寫著「轉輪藏」三個字，殿旁有幾座八角亭子。「轉輪藏」原是兩座木製的寶塔，每一座塔有十幾層，每一層上面都刻著佛像；每一座藏有三丈高，日夜自己轉著不停息的。後來庚子年八國聯軍打進京城，占據了頤和園，這兩座轉輪藏才停止不轉了。院子裡又有幾座日規，面上刻著時辰刻數；中央豎一枝鋼針，太陽照著，針影指在什麼時刻上，便知道是什麼時候了。從「轉輪藏」繞出去，便是「德暉殿」；殿上匾額，寫著「敷光榮慶」四個字，這地方已在排雲殿的東面了。西面又有一座殿，名「聽鸝殿」，殿對面一座戲臺，建造得金碧輝煌，便是將來慈禧太后聽戲的地方。

東面沿著山路曲折上去，有一座亭子，匾上寫著「畫中游」三字。亭旁有一個石洞，穿出石洞，迎面便矗著一座石牌坊；上面刻著「山川映發使人應接不暇」十個字。再上去有一座亭，亭上匾額題著「湖山真意」四個字。這地方將來慈禧太后常常在這里納涼的。這裡已是萬壽山最高的地方了。向北面山下一望，見園牆外面十里多地方，便是京城裡的大街。亭上面又有一亭，上面題著「智慧海」三字；對面有三座園門，門上寫著「只樹林」三個字。樓後面稍低的地方向東北面望去，幾里遠地方，平地上繞著一帶短垣，便是圓明園的廢址。在山頂上東面走去，一帶都是拿水磨方磚鋪成的大路；那路有幾里長；山嶺雖有起伏，但這路卻鋪得甚是平坦。路的盡頭有一座亭子，名叫「薈亭」，從薈亭下山到「景福閣」，是慈禧太后每天進小米粥的地方。從「景福閣」出去，走過「如意莊」，「平安室」，直到「樂農軒」；軒的正中安著一張御座，御座後面列著條幾，左面一張西式搖椅，上面罩的黃幔。

再從「樂農軒」向東南下去，便是「矚新樓」，「涵遠堂」，堂前有一口方池，池水通著山泉，終日水流著淙淙有聲。這地方很像是從前西太后做妃子的時候住的桐蔭深處，曲欄畫楹，備極清幽；池旁有一座「和春堂」，堂畔有一座橋，名叫「知魚橋」，橋的四面都造著亭臺。過知魚橋又是一座院落，南北對列著四五間房屋；南面的屋子裡藏著一隻龍舟，北面的屋子裡藏著一部圖書整合。又向西面過去，便是德和園；園中央蓋著一座殿宇，名頤樂殿。殿前造著一座大戲臺，臺共高三層；從最高一層望去，便見「玉蘭堂」。這地方便是將來光緒皇帝的寢宮。殿前兩邊各有廂房十一間，每間用木板隔開，便是賞王公大臣聽戲的地方。

從南面走去，便是昆明湖，沿著東牆走兩里路遠近，到了宮門口，門左面立著一座石牌名叫「織女石」，有四五尺高，是甲申年立的；右面臥著一頭銅牛，約四五尺長，名「牽牛」。對宮門造著一座白石河埠，是遊昆明湖上船的地方。沿昆明湖向西走去，有一座十七環洞的長橋；過橋向北行，便到龍王廟。廟門外東西南三面都立著石牌坊，廟後便是涵虛堂，堂後面便是昆明湖，對湖西面便是玉泉山。頤和園的風景，大概是這樣子的。園子裡面有電燈廠，有鐵路，有汽船；每一處，都有總辦幫辦委員幾十個人，一大半都是滿人。後來皇太后帶著光緒皇帝皇后進園去住，只是伙食開支，每天要用到一萬二千塊錢。當時造這座花園，原打算待皇太后萬壽請太后遊玩著歡喜歡喜的，所以在光緒十九年上便造成。第二年正是慈禧太后六十歲萬壽，便由榮祿、奕訢領頭兒，預先入奏，籌備慶賀的大典；誰知到了光緒甲午年六月裡的時候，便和日本開戰了。

講到中國和日本開戰的大原因，還是因光緒皇帝和慈禧太后鬧意見鬧成功的。只因中國的屬國朝鮮，自從同王李熙入承大統以後，那王父李罡應還常常要干預朝政；父子之間，便起了齟齬。李熙便把父皇封為大院君，原要叫他不問國事的意思；誰知那大院君卻越發驕橫起來了，因此滿朝文武也分做兩黨，互相傾軋。朝鮮王沒奈何，便上表到中國來告急。慈禧太后見了朝鮮國的表文，立刻派提督吳兆瀓，率同同知袁世凱，帶兵直入朝鮮宮廷，代平內亂。又派吳大澄、慶裕、續昌，辦理善後事宜。一面下諭李鴻章，調動兵輪，隨同水師提督丁汝昌到朝鮮去保護。中國兵隊捉住了大院君，解回北京來；皇太后命把他幽居在保定地方。但朝鮮國王不免有父子之情，一再上表，求釋放他父親；誰知這大院君釋放回國去，卻暗暗地私通了日本。日本便派了大臣伊藤博文到天津來和李鴻章商量朝鮮事體，說吳兆瀓、袁世凱這班人，祖護朝鮮，拒絕日本，要求中國把這兩人調回懲辦。後來究竟依了日本的主意，訂定兩國派兵保護朝鮮的條約；因此兩國在朝鮮的兵隊，時時要起衝突。這時已伏下了中日開戰的禍根了。

後來慈禧太后在宮中處處和皇帝作對。最初，光緒皇帝大婚的時候，在皇帝的意思，頗注意江西巡撫德馨的兩個女兒；慈禧太后卻定要選她弟桂祥的女兒做皇后，在暗地裡指使皇帝把如意遞給那桂祥的女兒；光緒皇帝心中不願意，便故意失手，把如意打得粉碎。但桂祥的女兒究竟做了皇后，只把侍郎長敘的兩個女兒分封做瑾貴妃、珍貴妃；但光緒皇帝獨愛珍貴妃，皇后和皇太后是打通在一起的，所以皇帝便不愛她，因此皇太后和皇后也把這珍妃恨入骨髓。但是光緒皇帝年紀已長成了，皇太后不得不歸還政權給皇帝。無奈光緒皇帝的時運真不濟，自從皇帝親政以後，國事日非，外交日緊，滿朝大臣都和李蓮英打通一氣；只有那師傅翁同龢，是忠心於皇帝的。

這時，日本在朝鮮地方著著進逼；那朝鮮國中的臣子原分做獨立、事大兩黨，後來又添出東學黨。那黨的勢力很大，從全羅忠清兩道直打到漢城。左議政樸詠孝，原是獨立黨的首領，仗著日本庇護他，他蓄意要脫離中國，只因礙著中國通商委員袁世凱在左右監視著，一時不敢動手。後來聽得東學黨起事，樸詠孝便殺入王宮，燒死閔妃；這閔妃是世界上第一個美人，活活的燒死，天下人知道了，都十分痛惜。閔妃的哥哥閔詠俊，便趕到袁世凱衙門裡去哭訴，求中國發兵替他報仇。

袁世凱打了一個電報給李鴻章，一面照會日本，一面立刻調動海軍，向朝鮮仁川出發。又派陸軍到朝鮮牙山駐紮；仗著水陸軍的威力，把朝鮮的內亂平定。日將大鳥圭介，想趁此向中國尋事，便將清軍先到緣由報告日本政府。日政府質問朝鮮國王，是否獨立國？朝鮮國王害怕日本國的威力，便不敢不認。大鳥圭介便照會中國，請中國撤兵。袁世凱如何肯依，又電告李鴻章。李鴻章根據天津的條約，要求兩國同時撤兵；誰知日本不答應，李鴻章便陸續增加軍隊到朝鮮去防備著。又因日本人厭惡袁世凱，便把袁世凱調回奉天，調衛汝貴一支兵馬把守平壤，馬玉昆一支人馬把守義州。牙山守將葉志超，首當其衝；日本並不宣戰，便直攻牙山。志超一無防備，兵馬一齊潰散，水軍也在半島地方打了敗仗。這消息傳到宮裡，光緒皇帝第一個沒了主意；便去見皇太后。

近來，皇太后因皇帝寵愛瑾妃珍妃，皇后常常到太后跟前去哭訴，太后心中越發不樂意。見皇帝來說牙山的軍情，便冷笑一聲說道：「咱也管不了這些事。皇帝放著親信的人不去和他商量，卻來問我們懂得什麼嚇？」光緒皇帝碰了一鼻子灰，退出宮來，便在御書房裡召見師傅翁同龢，把太后嘲笑的話，和目前軍情緊急的話一一說了。翁師傅一聽，便有了主意。要知後事如何，且聽下回分解。

西苑內皇帝聽豔歌　坤寧宮美人受擄掠

卻說翁師傅聽皇上說了這一番話，知道皇上生性忠厚，上面被皇太后的威權壓制住了，下面又受親王太監們的愚弄，覺得皇帝十分可憐。便奏稱：如今時局艱難，宮庭多故，皇上須大振乾綱，宸衷獨斷，轟轟烈烈的做一番事業，把國家大政收回來，才能夠鎮服群小。此次日本稱兵，請皇上下令大張撻伐，把日本打敗了。那時陛下內外都立威權，皇太后便不足慮了。

光緒皇帝聽信了翁相國的話，傳諭李鴻章積極備戰。李鴻章只因皇太后把海軍經費拿去蓋頤和園，心中老大的不願意，只因皇上的旨意，不好違背，便得又調了聶貴林及左寶貴的軍隊去救應。誰知聶軍戰敗，左軍戰死。陸路上既不得力，便要藉助水路上去了。那時日本海軍已經攻入仁川，李鴻章便飛調海軍提督丁汝昌，帶了海軍前去救援。

那時中國的兵船還有定遠、鎮遠、經遠、來遠、靖遠、致遠、揚威、超勇、平遠、廣甲、濟遠等十二艘。此外還有水雷艇八艘，還可以和日本較量較量。丁汝昌見日本海軍進了仁川口，便想去把仁川口封住，飛電去請李鴻章的示下。李鴻章又不敢擅自做主，又去請示於總督衙門。那班王大臣商量了半天，便議出了「相機行事」四個大字。

待到丁汝昌接到回電，正打算前去封港，那日本艦隊已闖進了鴨綠江。丁汝昌下令開炮，這時中國兵船和日本兵船還隔著九里遠，那大砲轟了一陣，砲彈個個都落在海中。日本兵船不曾傷得分毫，看看兩面的距離慢慢的近了。丁汝昌正要發令放第二炮時，日本的游擊艦隊，已經飛也似的向中國艦隊後面包抄過來，前後夾攻；中國的艦隊被圍困在中央，乒乒乓乓一陣打，打得黑煙蔽日，白浪接天。中國艦隊頓時四分五裂，首尾不能相顧。丁汝昌坐在艦上，遙遙的望著，只見那致遠兵艦和日本兵艦互相轟擊著，打到十分凶殘的時候，忽見致遠兵艦開足了機力，向敵船直撞過去；轟天也似的一聲響亮，海水和高山一般的直立了起來，可憐致遠艦上的管帶鄧世昌，連人帶船的直沉下海底去了。還有經遠艦的管帶林永升，在這驚濤駭浪裡面，轟破了一支敵艦，他自己也不幸中了敵人的魚雷，把船身炸沉了。此外的艦隊，被日本的兵船包圍著擄去了。丁汝昌坐著旗艦，幸逃得性命，駛出了旅順口外，暫時在劉公島下碇，一面飛電李鴻章告急。

這時北洋的海陸軍隊，都已調遣在外。李鴻章接了這告急的電報，也無法可想，只得轉電到江南各省去請救兵。日本明治天皇連連得了捷報，便親自帶了大隊人馬，駐紮在廣島地方。一面下令派陸軍大將山縣有朋，分兵去攻打旅順、威海口岸，把中國殘餘的海軍圍困在港內。日本軍隊來勢十分勇猛，他的海軍陸戰隊上得岸來，從炮臺後面猛撲過來，不多一刻，那各港口的炮臺都被日本軍隊占據了去。便拿中國的炮臺攻打中國艦隊，霎時打得中國的兵船斷桅碎舷，飄零滿地。那時鎮遠兵船上，有一個砲兵長名叫黎元洪的，見了這情形萬分悲憤，他便大叫一聲，縱身跳下海去，只圖個自盡。誰知被日本的飛鷹兵船上人看見了，急急派了小兵船去把黎元洪救起來。日本兵也不去難為他，把黎元洪送到劉公島上丁汝昌的座艦裡去。遠遠見那坐艦上已高掛白旗，一打聽才知道丁汝昌寫信給日本大將，求他保全全船的性命，自己卻服毒死了。一面日本的陸軍，連日攻下九連城、鳳凰城、蓋州大連、岫嚴、海城、旅順一帶地方。

這城池失守的消息，接二連三的報到京裡；光緒皇帝急急傳翁師傅進宮去問話。翁同龢也無計可施，滿朝文武都看得自己的身家性命重，一齊勸皇上講和。皇太后也埋怨著皇帝，不該聽信翁師傅的話，輕易和日本開戰。如今弄得喪師辱國，還不快和日本去講和，直待到兵臨城下，再去割地求和，悔之晚矣。光緒皇帝給皇太后終日在耳邊絮聒著，又看看自己的勢力孤單，沒奈何，只得派李鴻章做議和全權大臣，和日本的大臣伊藤博文去議和。這一次的議和，我們中國放棄了高麗，割去了臺灣；賠去了軍費；險些要把個東三省完全送去。幸虧俄德法三國，逼著日本把遼東半島退還了中國。自從這個交涉失敗下來，光緒皇帝也心灰意懶，所以朝廷大事，自己也不願顧問，依舊請皇太后垂簾親政，自己樂得退在宮庭裡，終日和那瑾妃珍妃，尋歡作樂。講到這兩位妃子，果然一般有沉魚落雁之容，閉月羞花之貌；但講到那聰明勁兒，和那活潑的性情，自然珍妃越發叫人可痛些。那瑾貴妃卻一味的溫柔忠厚，光緒皇帝也十分寵愛她。

這時候正在春夏之交，光緒皇帝終日坐在宮裡悶得慌，便傳旨下去，明日駕幸西苑。這西苑又名西海子，周圍數里方圓；水面上架一座石橋，有五六百步長，雕欄曲檻，都是白石築成。橋的東西面，矗著兩座華表，東面的稱做玉；西面的稱做金鰲。水中突出一塊陸地，名叫瓊華島，島上一般的也建造著樓閣亭臺，另有一座石橋，接通瓊華島。橋的南北兩面，也豎著兩座華表，上面刻著「積翠堆雲」兩方匾額。瀛臺在瓊島的南面，五龍亭又在北面蕉園；和紫光閣又隔水對峙，層甍接天，飛簷拂雲；夾岸榆柳古槐，都是幾百年前的遺物。池中萍荇菱蒲，青翠奪目，翠鳥文鴛，游泳於綠漪碧波之間，悠然自得。水上藕花攢聚，望去好似一片錦繡。後人有兩律西苑詩道：

紅嶼青林閣道重，凌晨霄氣散千峰；牙檣錦幔懸翔鳳，水殿金鋪隱濯龍。仗外輕陰當檻靜，筵前積翠入杯濃；此身疑是來天上，瑤島風光彷彿逢。

高張廣樂播南薰，寶幄樓船劍佩兮；玉潤鳴泉雲際落，璚蕭奏曲水中聞。槐煙密幕依巖障，藻影連牽寫波紋；共喜昇平邀帝澤，豈同漢武宴橫汾。

這日光緒帝駕幸西苑，殿上安排酒席，瑾珍兩妃輪流把盞，開懷暢飲。這光緒帝自從幼年抱進宮廷，二十年來，起居遊息，總是跟隨著太后，處處受著束縛。難得今天自由自在的遊玩著，便是那班宮女太監們，見皇上在殿上飲酒，也便各自散去玩耍，或在假山邊，曲水泮，畫欄前，花徑裡，三個一堆，五個一簇，也有看花的，也有釣魚的；也有坐在湖石上說笑的；也有倚在欄杆邊唱曲子的；宛如千花競秀，萬卉爭妍。

光緒吃了幾杯酒，帶著兩位妃子，走下殿來；後面跟著一隊宮女太監們，慢慢的踱過幾重庭院，狂花撲面，香草勾衣；見一帶疏籬，花障順著花障，委委曲曲走去，便到了紫光閣。一眼見那邊粉牆兒東首，杏花樹下面，有十數個宮人，在花蔭下面鋪著錦褥，盤膝兒團團坐著，一面吃著酒兒，一面唱著曲兒，十分高興。皇上後面的太監正要上前喝住；光緒帝急搖著手，叫不要聲張，自己卻帶著兩個妃子，繞過杏花樹後面去，偷聽著。只見一個嬌小身材的宮女，拍著手掌兒嬌聲唱道：

哪裡有什麼春風初試薄羅裳？棉襖棉裙棉褲子，膀脹。哪裡有什麼夜深私語口脂香？生蔥生蒜生韭菜，臘臟。哪裡有什麼蘭陵美酒鬱金香？舉杯便吃燒刀子，難當！哪裡有什麼雲髻巧梳宮樣裝？頭上松髻高二尺，蠻娘。哪裡有鴛鴦夜宿銷金帳？行雲行雨在何方，土炕。

光緒帝聽了，也不禁呵呵大笑。那班宮女們聽得樹蔭裡發出笑聲來，大家都不覺嚇了一跳，忙看時，只見皇上左手拉住珍妃的手，右手拉住瑾妃的手，笑容可掬的從花叢裡蹝了出來。宮女們忙上去跪接，光緒帝傳諭，叫她們不必拘束，挑選那好的曲兒再唱幾支聽聽。太監們聽皇上說要聽曲子了，便去端一張逍遙椅來，安放在草地上，請萬歲坐下。珍妃傳諭宮女們，索興拿了三絃鼓板來唱。那宮女聽了，口稱領旨，她們原預備下樂器的，便有小太監捧上來。

正預備彈唱，忽見那總管太監李蓮英急匆匆的走來，見了光緒帝，忙跪下奏道：「萬歲爺快回宮去，老佛爺看了重要的奏本，正找萬歲爺回宮去商量去呢。」光緒帝原是畏懼太后的，一聽說太后傳喚他，如何敢怠慢，急急擺駕回宮，見了西太后。太后正和一班王大臣在勤政殿看黃紙匣裡的奏章，見光緒帝進去了，便把奏章遞給皇帝看。

光緒帝看時，見是軍機大臣榮祿的奏本，上面說的是請皇太后移蹕頤和園，舉行慶祝萬壽的典禮。光緒帝每次陪著皇太后閱看奏章，看完了依舊把奏章放入黃紙匣裡，不說一句話。醇親王在一旁卻耐不住了，便奏請皇上皇太后准榮祿的奏，在十月裡舉行萬壽大典。西太后聽了連連搖著頭說道：「不興不興！俺們堂堂大清國，吃小小日本打了敗仗，賠款割地，我的臉也丟盡了，還有什麼心思逛花園去呢。」西太后氣憤憤的說著，那兩道眼光卻注定在光緒帝臉上。光緒帝明知道太后在那裡譏諷他，便也低著脖子，不敢作聲兒。嚇得醇親王，忙爬在地下磕頭。

後來眾大臣會議，擬了一道停止慶賀的諭旨，呈給兩宮看過了，發下去。那道上諭說道：

本年十月，予六旬慶辰，率土臚歡，同深懷祝！屆時皇率中外臣工，詣萬壽山行慶賀禮，向大內至頤和園，沿途蹕路所經，臣民報效點綴景物，建設經壇。予因康熙乾隆年間，歷屆盛典崇隆，垂為成憲。又值民康物阜，海宇人安，不能過為嬌情；特允皇帝之請，在頤和園受賀！詎意自六月後，倭人肇釁，侵予藩封；尋復毀我舟船，不得已，興師致討。刻下干戈未，徵調頻仍；兩國生靈，塲罹鋒鏑；每一念及，悼憫何窮！前因念士卒臨陣之苦，特頒發內帑三百萬金，俾資飽騰。茲者，慶辰將屆，予何心肆耳目之觀，受臺之祝耶。所有慶辰典禮，著仍在宮中舉行。其頤和園受賀事宜，即行停辦。欽此！

朕仰承懿旨，孺懷實有未安；再三籲請，未蒙慈允，敬維盛德所關，不敢不仰遵慈意，特諭爾中外臣工，一體知之。欽此！

光緒帝見西太后臉上不快活，想來因停止慶典，不能到頤和園去遊玩，所以心中鬱鬱不樂。便拿好話勸說，又說：「現在俺們已和日本講了和，時局早已太平了。雖說下了上諭停止慶典，但俺也得替老佛爺做做壽，到那天依舊請老佛爺進頤和園遊玩去。」醇王也在一邊附和著說道：「難得主子一片孝心，到老佛爺萬壽的一天，奴才們都要到園子裡去給老佛爺磕頭；那天老佛爺也得開開恩，賞奴才們逛一天園子。」西太后原是滿腔怒意的，經醇親王求著，才漸漸的和緩下來，便微微的點著頭。接著小太監上來，請老佛爺進福壽膏，許多宮女，把太后簇擁著進去。

什麼叫做福壽膏呢？便是那鴉片煙。這鴉片煙自從道光末年，開了五口，和外國通商以後，英國人盡把鴉片煙運到中國來銷售。那時百姓們都吃了鴉片煙，內中有一個廣東人名叫陸作圖的，他家裡煮成的煙十分香美，別人都不得他的法子，任你如何考究煮法，總不及陸家的芬芳有味。第一那陸家有一口井，井水十分清潔，拿這井水盛在碗裡，望去一片綠色，和翡翠一般。拿這個井水煮煙，才能有那樣的香味；倘換一種水，那香味便大減了。第二那陸作圖的煮煙，另有一種祕法；他這法子，連自己的兒女也不傳授的，只傳給他妻子郭氏。當時廣東地方的富家大戶都託那郭氏煎煙。每煎一次，要二兩銀子的工錢，郭氏也很賺了許多銀錢；便是那兩廣總督吃的煙，也是郭氏煎煮的。總督吃得好，便煎了一缸煙，送進京去孝敬太后，太后吃了也十分讚美，賞它名稱叫福壽膏。從此凡是做兩廣總督的，都成了一個例規，每月總要煎一缸煙，送進京去孝敬皇太后。太后傳諭，每月賞郭氏工食銀二百兩。因此那郭氏的名氣通國皆知，各省的文武大員，凡是有菸癮的，都託郭氏煎煙。

講到皇太后的吃煙，宮裡用的煙槍，都是出在廣州的，竹做成的和小孩兒的臂兒一般粗，上面接一支小管做嘴。煙槍有架子的，吃煙的時候，拿槍擱在架子上，這架子高低遠近，都可以隨意伸縮。小太監打煙的時候，便跪在地下，捧住菸斗燒著吃著。內中有一枝槍，是咸豐帝吃的，傳給太后，年深日久，那竹面紅潤光滑，好似紅玉一般。

這一天太后退回宮去，正在吃煙的時候，忽然見那李大姑娘進來，爬在太后的耳邊低低的說了幾句話。太后臉上立刻轉了怒容，把手裡的煙槍往地上一丟，只聽得刮的一聲，那個菸斗也打破了，煙槍也碰壞了一塊。李蓮英站在一旁，忙上去把那摔壞的煙槍，拿過來吩咐小太監，叫他傳侍衛，拿去前門外福記古董鋪子裡去修理。這裡皇太后把煙竿兒丟下了，便坐起身來，喝叫：「把這狐狸精揪來，待俺親自問她的話。」

原來那李大姑娘，便是李蓮英的妹子。只因李蓮英在宮裡，得了皇太后的寵信，他妹妹也是一個伶俐乖巧的女孩兒，便對她哥哥說，要進宮去玩耍。李蓮英仗著自己在宮裡是有權勢的，也沒有人敢說他的閒話，他非但帶著他妹子進宮去，且又帶他的妹子去見太后。太后生平最喜歡女孩兒，凡是在太后身邊侍候說笑的宮眷，大半是宗室的格格，不然也是在正黃、鑲黃、正白三旗裡挑選出來的年輕姑娘，其中雖有少數幾個少婦，但都是十分伶俐，能說能笑的，或是能書能畫的；終日陪在皇太后左右，聽候差遣。那有夫之婦每隔二三個月放她回家去一次。這時太后見了李蓮英的妹子，模樣兒也俊美，說話也伶俐，便也留她在宮裡，當一名宮眷。這時光緒皇后，原是太后的內侄女兒，皇帝心中厭惡皇后，因此一切說話舉動，常常避著皇后的耳目，和瑾妃珍妃說話去。又常常在珍妃宮中住宿，皇后心中不免起了妒念，常常來告訴太后。太后替她出主意，把李蓮英的妹子撥在皇帝宮裡，隨時偵探消息，去告訴太后。太后宮中的人都稱呼她李大姑娘。這李大姑娘天天在皇帝的身邊侍候著，卻改了名姓，皇帝和珍瑾二妃，都不知道她是太后派來的，那李大姑娘正好於中行事。

這一天，光緒帝帶著珍瑾二妃去遊西苑。李大姑娘早已打發人去報告太后、皇后知道。皇后又跑到太后宮中哭訴，說：「在這國家危迫的時候，皇上還是一味迷戀女色，不問朝政，倘然從此昏瞶下去，豈不要把大清數百年江山送到昏君手裡了嗎？求老佛爺做主，救俺這皇上。」這皇后和光緒帝平日原沒有感情的，見光緒帝常常在瑾珍二貴妃宮中住宿，心中萬分妒忌，只因怕人說她吃醋拈酸，所以一向隱忍著。如今見皇帝索興帶著妃子出宮遊玩去了，她如何忍得，便趁此機會，藉著國家的大題目，到太后跟前來哭訴一番。太后替皇帝做主，給他選自己侄女做皇后，原是想皇帝受著皇后的牢籠，從此幡然就範，便可以為所欲為。今見皇上卻不受皇后的牢籠，反去寵愛著瑾珍二妃，心中早已不樂，如今見皇后來哭訴，便對皇后說道：「俺大清的家法何在？」一句話提醒了皇后，忙給太后磕著頭，回宮去了。一面太后便藉著看奏章為名，把皇上召回宮來。

平日太后看奏章，也不召喚皇帝同看的，有時遇到皇上太后在一塊兒，太后把奏章看過了，便隨手交給皇帝看去。皇帝看完奏章，隨手放入那裝奏摺的黃紙匣子裡去，他一句話也不說，一憑皇太后如何做主，如何批諭。如今光緒帝聽說，太后召他去看奏章，心中早已料到有些不妙。待見了太后，果然見太后滿臉怒容，說話之間，隱隱說皇上不該獨自遊園尋快樂去。皇上碰了一鼻子灰，也不敢說話。

誰知這時珍瑾二妃被皇后召進坤寧宮裡去，竟依著太后的旨意，請出家法來，把這兩位妃子痛痛的打一頓，說她二人不該迷惑主子。那珍妃模樣兒長得特別好看，皇后尤其是看她不得，吩咐宮女把珍妃特別打得凶些。可憐珍妃是個嬌弱的身軀，如何經得起這般毒打，早不覺雨打梨花似的，血肉狼藉。待到光緒帝趕進宮去看視，只見珍妃吃打得玉容失色，氣息微弱，見了皇帝，只有嬌聲嗚咽的分兒。皇帝見了不覺勃然大怒，咬著牙說道：「好狠心的婆子！總有一天，也叫你死在俺的手裡。」一面撫著珍妃的傷處，說了許多安慰的話；忙傳御醫下藥調治。一面又轉身出去，走到御書房裡，把總管喚來，叫他快去傳翁師傅。要知後事如何，且聽下回分解。

勸親政翁師傅薦賢　興醋波瑾珍妃被謫

卻說光緒帝叫總管去傳翁師傅進來，不多一會兒，翁同龢隨著總管，匆匆的走到御書房。禮畢，賜了坐。光緒帝便憤憤的說道：「俺空有了這身登九五、天下至尊的名目；連一個妃子也無法庇護，不是很慚愧麼？」說著便把瑾珍二妃給皇后痛打的事，一一說了。翁同龢聽罷，便乘間奏道：「愚臣早曾言及，陛下政權旁落，須設法收回來；然後獨斷獨行，一件件的做去。將來威權在握，休說皇后親王們，就是皇太后也得懼怕三分呢。」光緒帝點頭說道：「師傅的話，的確是治本的方法。收回政權，這個意思俺也不知籌劃幾次，只是礙著太后和一班親王在那裡，叫俺怎樣做起，一時想不出兩全的計划來。」

翁同龢沉吟了一會，奏道：「法子倒有一個在這裡，不知陛下有膽量去做了麼？」光緒帝道：「那只要有利於俺的，都可以實行的。就是俺真個去做了出來，太后和親王們，也不見得拿俺怎樣。」翁同龢說道：「既然這樣，陛下可趁著太后終日在頤和園行樂的時候，對於外任大吏的奏牘，挑選可以獨裁的，便一一批答了。萬一關係緊要一些的，始同太后去商量。太后那時大有樂不思蜀的光景，見陛下如此，樂得安閒一點，絕不會疑心的。因太后素知陛下忠厚真誠，諒無專政之意，所以想不到這一著。以後照這般一天天的下去，即有緊急事，也不用同太后酌議了。這政權不是從不知不覺之中還了過來嗎？

那時再把幾個舊時的親王臣子的權柄一齊削去，將舊日的不良制度大大改革一番。國事日興，天下大治，中外讚揚，都說陛下是個英明之主咧。到了這時，太后即使要來干政，也自知望塵莫及了，還怕什麼呢？」

光緒帝聽了翁同龢一席話，不覺高興起來道：「師傅替俺為謀，自然很不差的。不過滿朝之中，很忠心於俺的，師傅之外只有李鴻章還耿直些，但怕他未肯冒這個險。餘如劉坤一等，又均為外臣，一時不便內調。但俺的左右無人，算起來沒有一個不是母黨；連內侍閹奴，也常常偵察俺的行動，這般到處荊棘，算有三五個親信之臣，辦事一定很為掣肘呢。」翁同龢忙忙奏道：「講到人才，倒不愁沒有，本朝很有幾個傑出之士；可惜一班親王弄權，將他們埋沒了，說起來真也可嘆之至！」光緒帝說道：「如今事迫了，翁師傅但有能幹的人才，舉薦出來，俺立刻把他升遷重用就是了。」翁同龢奏道：「愚臣那年做會試總裁的時候，在許多舉子當中，選著一個才具極優的人，給他中了第七名進士，現任著工部主事，因他職分甚小，不能上達天聽，所呈的幾種條陳被大臣扣留壓下了。此人姓康，名有為，號叫長素，是廣東南海縣人。他在南方有聖人之日，就是他自己也很自命不凡。他還有一個弟子叫做梁啟超，學問也極淵博；而且所發的議論，也深知世界大勢。陛下如欲整頓朝政，一意革新者，非用此兩人不可。」光緒帝聽罷，欣然說道：「師傅既有這等能人，何不早說？俺若曉得，早就擢升他了。」翁同龢奏道：「皇上如一意革新，事還不遲，慢慢的人手做起來就是了。但切不可鋒芒太露，使太后疑心，那就是累贅了。」光緒帝聽了，不住的點著頭道：「師傅言之有理，俺就隨時留心進行吧。」說著便叫翁同龢退去，自己也回到後宮去了。

不談光緒帝君臣在御書房計議，單講那天西太后下了停止慶祝的詔書以後，心上老大的不快，幸虧醇王在一旁乖覺，忙奏道：「到了萬壽的那天，老佛爺仍進頤和園去，奴才們也得替老佛爺叩頭，希望賞一杯壽酒哩。」這幾句話才把西太后的怒氣漸漸地平下去，只略略點一點頭。當下由一班宮女們簇擁了太后，到後宮進福壽膏去。西太后正在榻上吸著鴉片煙，忽然李大姑娘進來，在太后耳邊，低低說了幾句，太后立時大怒，連叫把這兩個妖精抓來，待俺親自問他。李蓮英在一旁會意，趕緊出去叫小太監去傳瑾珍二妃來見太后。不一刻瑾珍二妃隨著小監進來，二人戰戰兢兢地行過了禮，站在一邊。西太后一見二人，早怒氣上升，便大聲喝道：「你這兩個狐媚子，做的好事！可恨迷惑了皇上，還要干預政事，難道我朝沒了家法麼？妃子敢這樣放肆，還當了得！」說著連聲命取家法過來。

這時光緒帝聽得瑾珍二妃被太后召去，怕有不測的事，於是也匆匆地趕來；太后正要喝打二妃。可憐珍妃被皇后責打的創傷還不曾平復，今天見又要受刑，不覺哭得如帶雨海棠似的，光緒帝見了這般情形，便禮也不及行，忙跪下說道：「聖母責罰她兩個，究竟為什麼事情呢？請明白示下了，再加刑不遲。」西太后怒道：「她兩人這樣膽大，都是你寵的。你問她兩個，可曾私通外臣？文廷式是和她兩個什麼稱呼？就可明白了。」珍妃見說，忙叩頭道：「文廷式雖系婢子的先生，但已多年不見了。」西太后冷笑道：「多年不見，你卻幫著他賣官鬻爵；天天見面，不知要鬧到怎樣呢？」說罷，喝叫用刑。光緒帝忙代求道：「聖母的明鑒！她二人私通外臣，決沒有這回事，還請饒恕她兩個吧。」西太后怒道：「你還替她二人隱瞞麼？今日非打她兩個不行。」光緒帝見說，只得一味地哀求。李蓮英也在旁做好做歹的求著。西太后只把臉一沉道：「既然你們都這般求情，刑罰就免了，降級是萬不能免的。」便喝聲把她兩人降為貴人，幽禁半年，誰敢替二人求告的，便家法從事。這諭旨一出，就有幾個太監過來擁著瑾珍二妃去羈禁了。

光緒帝見事已弄糟，諒求也無益。只得揮著一把眼淚，退了出來。但是始終不明白，兩個妃子為甚要犯幽禁的罪名，一頭回宮，心裡只是想著；又因瑾珍二妃被禁，益覺得冷清之極，十分無聊，就長吁短嘆的垂起淚來。恰巧內監寇連材侍候著，他見皇上悶悶不樂，就過來慰勸。光緒帝一面嘆氣，一面將拘禁兩妃的事講了一遍，便恨恨地說道：「俺不知她二人犯了何罪，卻受這般的糟蹋？」說著連連頓足不已。寇連材聽了，跪奏道：「這一定又是李蓮英的鬼戲了。陛下還記得養心殿上引見那個候補道徐誠的事麼？這徐誠是李蓮英的拜把兄弟，陛下弄得他當場出醜，李蓮英自然要記恨在心，乘機報復了。」光緒帝一聽寇連材的話，便恍然大悟。從此皇上收回政權的那顆心，越發急的了。

不過，皇上引見外任官吏，為什麼會涉及瑾珍二妃的呢？講起來，這事很有一段因果在裡面。原來文廷式本是一個翰林，清廷的朝臣要算翰林院最清苦了。倘沒有運動外放時，猶如寺觀中老雄雞一樣，永遠沒有出山的日子。就是有錢運動了，也要手腕敏活，否則外放出去，還是弄不到好缺，仍然窮苦非凡。那麼倒不如縮著尾巴，躲在翰林院中好了。因一經外放，就得負擔責任，一個不小心，腦袋便要搬家。若做翰林，只要安分守己，多吃飯少開口，是沒有什麼風險的。不過只賺一點死俸祿，永不會發跡的，所以有窮翰林的綽號。但俗語說：要發財，去做官。做了官，仍然這般困苦，誰耐得住呢。閒話少說，且言歸正傳。卻說這文廷式雖是個翰林，他和瑾珍二妃的確有師生之誼。因此他仗著女弟子做著貴妃，免不了借勢行事，幹此運動官爵的勾當。人家見他是貴妃面上，也就眼開眼閉含糊過去了。這樣一來，那文廷式的膽量，自然一天大似一天了。這次合該有事，陝中有個道臺出缺，這缺又是非常的肥美，運動的人當然很多。那時有個姓李的道員，情願拿出六十萬銀子來，託人向文廷式說項，要想做這個道臺。文廷式答應了，便來吏部裡挖門路，誰知早已有人補上了。文廷式這一氣幾乎發昏，眼見得六十萬銀子不能入自己的腰包了，心上如何不氣呢？又去細細的一打聽，知道補上的道臺是捐班出身，和李蓮英是結拜兄弟，姓徐名誠，從前做過庫丁的。後來發了財，在前門外打磨廠，開設了一爿竹木行，生意十分發達，使他增多了三四百萬銀子。這徐誠錢多了，便想要做官了，因此叫人把一百萬孝敬了李蓮英，又讓自己的兒子拜了李蓮英做乾爺。李蓮英見他有的是錢，樂得和他結交，不多幾時居然做了換帖弟兄了。李蓮英又替徐莊捐了一個道街，應許他遇缺即補。這時陝中道臺出缺了，李蓮英忙叮囑吏部，把徐誠補上。

哪知冤家逢著對頭，碰著文廷式，也替人謀這個缺子，現被李蓮英搶去，文廷式如何肯甘心呢？他眉頭一皺，計上心來，暗想那李蓮英這廝，我勢力敵他不過，姓徐的王八須還在我手裡，終要弄到他做不成道臺，才出我胸中之氣。主意已定，便又仔細去一打聽，知道那個徐誠不但是市場出身，簡直連斗大的字也識不了兩三個。文廷式聽了，便大喜道：那就可以計較了。於是，他將這一般情形，私下叫一個小監密密地告訴珍妃，叫她在皇帝面前幫助一下。

珍妃見是師傅的事，不好推卻，更想不到會弄出拘禁的事來，因此她乘德宗臨幸的時候，就於有意無意中，談起了外政。珍妃問道：「現在外面可有疆吏出缺嗎？」光緒帝答道：「不曾聽說起。」珍妃又道：「臣妾聞得，有個新任的陝中道臺，是李蓮英的拜把弟兄，聽說他字也不識得一個，怎好去做道臺呢？」光緒帝的生平，最恨的是李蓮英，一聽珍妃說的話，也不追問她這消息從何處來的，便大怒道：

「李蓮英的權柄，一天天的大起來，我們的國政也一天天地衰下去，不講別的，只看那些御史侍郎，也都是不識字的了。那一次和日本打仗，御史鐵令上章請用檀道濟去打日本，侍郎王永化請旨復黃天霸的原官。俺只知道檀道濟是宋代時人，黃天霸卻不知是誰。俺就召他兩個一問，才知道他兩人在市上聽了說書的談起，檀道濟怎樣能兵；黃天霸在施公案小說上怎樣的有武藝，他兩個一查，朝裡沒有檀黃的名字，疑是休職的官吏，所以上章保薦，你道可笑不可笑？尤其是我們滿族的大臣，常常鬧這種笑話。俺終把這奏章毀去，免得漢臣們見笑，且因此輕視我們滿族。但這許多荒謬不通的人，沒一個不是李蓮英薦來的。俺將來整頓朝政，把此輩完全除去才行哩。今據你說來，那新任的道臺又是鐵令王永化一類人物。疆吏似這般混充，豈不誤事，不是去害百姓嗎？但不知他姓什名誰？」珍妃在旁應道：「聞得那道臺叫徐誠吧。」光緒帝點一點頭道：「知道了，他須逃不出我的掌握，等他引見的時候，慢慢和他算這盤帳！」說著就和珍瑾二妃閒談了一會兒。

一天無話，到了次日，吏部既補了徐誠的道臺，自然照例要引見皇上的，當下徐誠便朝珠補褂的在偏廳裡侍候著。李蓮英還親自出來，教了徐誠晉見皇上的禮節和應對的語言，徐誠一一記在心上。不一刻內監傳聖諭出來，著陝中道徐誠養心殿上見駕。徐誠領了旨意，便搖搖擺擺的走上養心殿來。一見殿上嶄齊地列著內監，珠簾高卷，隱隱見上面穿著黃衣裳的，但實在離得太遠了些，一時瞧不清楚，大約是皇上了。這時徐誠早慌了，兩腳不住的發抖，沒奈何，只得硬著頭皮上去叩見，勉強把三跪九叩禮行畢，俯伏在地上聽皇上勉勵幾句，就好謝恩下來了。這是歷代的舊制，也是李蓮英預先對徐誠說過的，所以他很是安定，準備出去受同僚的賀喜。

他正這般想得得意，忽聽上面問道：「你是徐誠嗎？」徐誠見問不覺吃了一驚，暗想李蓮英不曾教過自己別的閒話，萬一要問起別樣來不是糟了嗎？他在著急，一面只得答應一個是字。卻聽得上面又問道：「徐誠，你從前是做什麼生業的？」徐誠益發慌了，更應不出來，囁嚅了半天才頓首奏道：「奴才是做木行生意的。」光緒帝喝道：「你既是木商，為什麼不去做你的掌櫃，卻來謀官做呢？」徐誠心裡慌極了，只得奏道：「不瞞陛下說，做生意的出息哪裡及得上做官的好？所以奴才要謀官做。」光緒帝喝道：「你做官知道有多少出息呢？」徐誠伏在地上叩了一個頭道：「奴才不想多少，只要老有三十萬塊錢的積蓄，奴才也心足了。」光緒帝叱道：「你可曉得做一任道臺有若干俸銀呢？」徐誠戰兢兢地奏道：「奴才聽人講過，做官靠俸銀，是要餓死的，到了那時自有百姓們奉敬上來的。」說到這裡，只見內監擲下一張紙和一枝筆來道：「皇上叫你把履歷來寫上來。」徐誠聽了早魂飛魄散，又不好說不能寫。一頭抖著，一頭伏在地上，握著一枝枯竹管，好像千斤重擔一樣，再也提不起來。內監又一疊連聲催促著，可憐徐誠急得頭上的汗珠，似黃豆般的粒粒直滾下來。賺了半天，還只寫好半個徐字，歪歪斜斜的不知像些什麼。內監將這半個徐字呈了上去，便聽得光緒帝冷笑道：「連自己的履歷都寫不明白，倒想去做官發財了。即使上得任去，還不是做害民的汙吏嗎？快給我驅逐出去。」這諭旨一下，內監把徐誠的頂子摘去，便喝道：「趕快滾吧！」

徐誠聽了，如釋重負，立起身來，退了幾步，抱頭鼠竄著出來。外面那些和李蓮英一黨的太監都來問訊，徐誠垂頭喪氣地說道：「我上了李總管的當了，這腦袋留著，還是僥倖兒哩！」眾太監忙問原故，徐誠把引見的經過一一說了，踉踉蹌蹌的回去，這裡將徐誠的事都當作官迷者的笑史。

但消息傳到李蓮英耳朵裡，心上很為詫異，想平日皇上引見外吏，老於做官的，便問些風俗人情；至於新上任的官員，除了訓勉的話，更沒別的枝節。現在徐誠覲見卻要考起才學來，這一定有內線在那裡作梗，是不必說了。於是他連夜到吏部衙門一打聽，知道徐誠已然除名，補上是姓李的，運動人是文廷式。李蓮英一聽心裡已明白了八九分，因咬著牙齒道：「這文廷式那廝，不是瑾珍兩個妃子的師傅？他仗著女弟子充著貴妃，便去走門路，把我到口的饅頭奪去倒也罷了，不該唆使皇上在養心殿上和徐誠為難，當場叫他出醜，無異丟了我的臉一般，這口冤氣不可不報。」於是李蓮英就去同他的妹子計議，叫她捏一個謊，去報給西太后，說珍瑾兩妃干涉外政，因她二人的師傅文廷式竭力主張和日本開仗，叫二妃從中說項，二人便在皇上面前日夜的攛掇，把皇上的心說得活動起來，才叫李鴻章去奮戰，終至於喪師辱國，那不是瑾珍二妃的不好嗎？

李大姑娘得了為兄的指使，第二天上就來見西太后，正值太后在榻吸著鴉片煙，李大姑娘俯在太后的耳畔把這事細細說了一遍，太后如何不生氣呢？所以立時跳起身來，把煙槍一擲，連菸斗都打破了。口裡只叫抓那兩個狐媚子。可憐瑾珍二妃受這場大冤枉，連做夢也想不到的呀。雖然當時有皇上求情，但終至於幽禁起來。李蓮英的手段也算得厲害的了。

但皇上自瑾珍兩妃被幽禁後，便覺冷靜寂寥，百無聊賴，每到無可消遣時，便頓足把李蓮英恨著。一天德宗方和寇連材談起瑾珍二妃的事，忽見一小太監連跌帶爬地跑進來，要想說出時，卻回不過氣，一句也說不出來。德宗見了這種情形，知道定有非常的事故發生，不覺大驚。要知後事如何，且聽下回分解。

幸名園太后圖歡娛　坐便殿主事陳變政

話說那小太監七磕八碰的走進來。喘著氣，連一句話也說不出，德宗忙問他什麼事，那小太監指手畫腳的，只賺出太后兩個字來。德宗知道太后為什麼變故，也不再去問那小太監了，便起身去後宮見太后。到了那裡，只見李蓮英和李大姑娘，繆素筠等，寺昌公主一班人都排列在榻前。太后卻斜倚在榻旁，面色同黃蠟似的，只是一語不發。德宗便上前請了個安，太后將頭點點，揮手叫皇上退去。

德宗很莫名其妙，唯有退了出來，細問那值日的太監，方知太后在昨日夜裡忽然腹痛起來，直到天明，不曾止住。李蓮英忙叫御醫來診治，太后決意不許。後來忍不住疼痛，才去召御醫進宮。診了診太后的脈搏，皺著眉頭道：「這症候很覺奇特，下臣不敢直陳，因為以太后的年齡，絕不會患有這種病症的了。」李蓮英在旁怕御醫說出不知忌諱的話來，忙喝道：「不必多言，太后這病，誰不知道是事繁心勞，所以患的血衰之症，你身為御醫難道不曉得嗎？」那御醫連聲說了幾聲是，便據李蓮英的話擬了一張補血的方子，就辭出來走了。以後不知怎樣，那太監恰有事走開，因此並不得知。等到來值班時，太后腹痛已經好了，方命小監去召皇上。但來了又沒有話說，弄得光緒皇帝真有些摸不到頭腦。待聽了內監的一席話，心裡早有九分明白，曉得太后患的是說不出的暗病，只有微微嘆了幾口氣。回到自己宮裡，對寇連材講了一番，也就罷了。

光陰迅速，轉眼到了十月裡，西太后的萬壽之期已在眼前了。雖則有停止慶祝的詔書頒發過，但這都是遮掩外人的耳目罷了。這種掩耳盜鈴之技，本是官場的慣技，宣告不做壽，分明是把壽期告訴別人，到了那時，依然燈燭輝煌的祝起壽來了。何況那腐敗不堪的清政府，還在這些事上計較信用嗎？於是到了萬壽的前三天，把頤和園的前前後後，扎得一片如錦，總之自離園周圍二十里起，並萬壽山、昆明湖都紮著彩，遍地鋪著紅緞，上頭蓋著漫天帳，真是如火如荼，異常的華麗。

到了萬壽的一天，老佛爺也極早起身，著了錦繡的龍鳳壽服。李蓮英、繆素筠和諸親王的福晉陪侍著，擺起全副鑾駕，直往那頤和園裡來。一到了園門口，早有醇王、恭王、慶王一班親王，率領滿漢大臣在那裡跪迎車駕。進了園，諸親王又齊齊地隨了進來。這時排雲殿上已設著寶座，準備太后升座受賀。因頤和園裡要算是排雲殿最是廣大了，殿上有聯道：「萬笏晴山朝北極，九華仙樂奏南薰。」只看聯上的語氣，已可見一般了。不一會，光緒帝同皇后也擺著鑾駕前來拜壽，接著便是瑾珍兩妃。原來二妃被禁的日期還不曾滿，光緒帝趁太后萬壽，替二妃乞哀，終算蒙太后特赦，所以也來給太后叩頭。最後是些福晉格格們，都一一叩賀已畢，太后傳諭，任親王、大臣、福晉格格們遊園一天，並賞賜壽宴。宴罷，在大院前瞧戲。這一天熱鬧可算得未曾有的了，後人因這頤和園的華麗，作了幾首詩道：

碧窗簾外影冷如冰，簾外月華明；春明依舊在，昔日池塘何處尋？孤鵲聲聲，猶然逐雲之行。鴛鴦可懶？蛺蝶偏輕；二十四橋未聞笛，兒女傷愴，怎醒也未醒，多少滄桑恨？往事悲何限，前朝繁華不重見，閒雲散漫天邊，看綠楊天遠。梨花深深庭院，桃花門巷；犯得荷花池館，一聲羌笛悲咽，昔日風流說起不由人腸斷！

那頤和園大院中的戲臺，高低共分五層。二層系演神怪戲之用，所以布置的一切和神祠差不多。但第一層卻同普通臺一樣，不過略為精緻一點罷了。三層上面是專制市景所用的。四層是臺椅一類，備伶人的喬裝；五層上卻供些神佛。戲臺的旁邊是一帶平房，以便王公大臣恩賞聽戲所坐。臺的對面有三間一丈多高的房屋，為孝欽后自己聽戲的時候坐臥之處。旁有兩間休息室，放置長炕一具，太后每到聽戲或坐或臥，非常舒適。

這天凡京津著名伶人，如潭叫天汪桂芬等都被邀入大內。到了晚上，頤和園內燈火照耀猶同白晝一般。太后和德宗並坐在大院前聽戲，兩邊列著親王、福晉、格格、親信的內監等等。不一會兒，太監呈上手本，請皇太后皇上點戲。西太后隨手點了一出小叫天的《天雷報》，德宗點了一出《逍遙津》，太監便領旨退去，叫伶人們扮演起來。

那小叫天的《天雷報》，是他拿手的傑作，果然一曲高歌，淋漓盡致。到了雷擊的時候，太后瞧著德宗微笑。光緒帝知道太后譏諷自己，便低頭默然。李蓮英立在太后背後，也看著德宗一笑。光緒帝心上本已十分憤怒了，及至《逍遙津》出場，菊仙的漢獻帝，描摹懦弱的孤君受凌逼的狀態，真是聲淚俱落，恭王在座上忍不住喝彩起來。慶王笑著道：「禁宮裡喝彩，不怕老佛爺見怪嗎？」恭王正色說道：「我們先王的舊制，宮中不准演戲的了。」說著目視太后，太后卻裝著沒有聽見一般，回頭對李蓮英說話。這時唯有德宗不覺眉飛色彩，連叫內監去犒賞那般演戲的伶人。

西太后明知皇上親點那出《逍遙津》，是有意和自己作對，因此很不高興。但礙著恭王在座，不好發作，否則早已叫伶人停演。原來恭王奕訢生性素來嚴厲不阿，他在軍機處時，西太后本來懼怕恭王的。當孝貞后在日，常同西太后及皇上、恭王等往遊三海，西太后瞧見三海的亭閣頹圮的地方，便用手指著說道：「我們須得好好地把它修葺一下哩！」恭王聽了，便很莊重的答應一個是字。孝貞后接著說道：「修是應該修的，但俺們此刻不曾有閒錢來幹此種不要緊的事罷了。」西太后見說，就默然不語，這是閒話。

且說這天演戲還不曾完，德宗因心裡不快，便請了太后的晚安，先和瑾珍二妃回宮。太后也為皇上故意叫演逍遙津譏諷自己，本滿心不樂，巴不得德宗及早離開。等到德宗走後，西太后吩咐親王等退去，令格格們在大院前聽戲侍候著；自己卻同李蓮英去遊智慧海去了。這智慧海是頤和園中第一個水景，大略的情景和瀛臺相似，不過構造上比瀛臺要考究得多。海的四邊，嵌著珠玉寶石，掛著西洋的五綵燈景。海中放著一隻龍船，船身長一丈八尺，高一丈，制扎的綢綾，五色斑爛。龍舟的裡面，是用大紅緞子鋪著地，一樣有几案臺椅，炕榻之類，不論坐臥，都極安適。船頭上擺著旌旗節鉞，船尾裡另有一間小室，兩個小太監常常侍候在那裡，以便隨時進御點。舟的對面，陸地上還紮著一座月宮，宮中蕭鼓之聲，終夜未絕。一到中秋，月宮裡陳列著甘鮮果品，雪耦冰桃，西太后同著皇上親祭太陰，並恩賞親王大臣，准乘了龍舟往來遊戲，大有城開不夜之概。到了半夜，又命賜宴，歡呼暢飲，直至天明，君臣始各盡歡而散，但這是後話了。

當下西太后同著李蓮英在智慧海遊玩了一遍，又轉到寶蓮航來。講起這寶蓮航，原是一個船塢，卻用玉石琢成，異常的精緻，所以一名又叫石舫，裡面制有汽船兩艘，那時的汽船和現在完全不同，只能行動罷了。然當時已視為精巧絕倫，奪天地造化之功了。而汽船之中也有電燈通著園外，汽舟一行，萬盞齊明。西太后常獨自駕舟出遊，因這船塢離仁壽殿不多路，恰和萬壽山相對，風景最是佳麗，吸引西太后不時臨幸。

這天晚上，西太后和李蓮英玩了一會，覺得遊興未衰，便又到桐蔭深處而來。這桐蔭深處是頤和園裡頭一個祕密所在，裡面建築著三間小室，室的四周，都植著極大的梧桐樹，旁邊是一口清泉，每到夜深人靜時，泉流淙淙之聲，如鳴著瑤琴，很覺清婉可聽。沿清泉一帶，雕欄琢玉，清潔如畫圖一般。那三間小室裡面，也是畫棟雕樑，十分精緻，內設床帳一具，諸如盥嗽妝具，沒一樣不備。因為西太后的性情，素喜修飾，每至一處，必敷鉛華，再整雲鬟，數十年如一日。雖已年逾花甲，而猶不離脂粉，人家看去，不過是三十多歲的半老徐娘，哪裡曉得她已五六十歲了呢？所以美國的立特博士稱西太后做世界第一美人，真是非過譽之談啊！

這且不在話下。再說西太后和李蓮英自這天起，終在桐蔭深處祕密遊覽，頤和園中的宮監，也常常聽得桐蔭深處有男女嘻笑之聲，正是李蓮英和西太后，遊樂之時內監等非經傳呼不敢近前，只遠遠地侍候著。從此以後，西太后起居在頤和園裡，對於一切的朝政也不來干預了，悉聽德宗去裁判；正應了翁同龢所說的樂不思蜀了。這不是德宗親政的好機會嗎？

德宗自那日瞧了戲回去，心裡很覺惱怒，一路和瑾珍兩妃講著當時的情形。德宗越說越氣，雖有兩妃慰勸著，但德宗只是悶悶不樂，差不多一夜不曾闔眼。到了翌日清晨退朝後，便在御書房裡召翁同龢商議改革朝政的計劃。翁同龢奏道：「照現在的情形看去，先皇的內製，已不能通用的了，愚臣老邁無能，恐籌不出良法，反而弄巧成拙。所以，只有讓給一班後進的能人，去建立功業吧。」光緒帝慨然說道：「師傅既不肯擔這個職責，俺現今決意重用康有為等一班新人了。師傅可代俺傳諭出去，令康有為明日在便殿召見就是。」翁同龢領旨退出，自去知照康有為不提。

單表光緒帝因甲午一役，吃日本殺得大敗虧輸後，因備戰的諭旨，完全是自己所主張，很受太后的埋怨，又割臺灣遼東給日本之外，還賠償了軍費兩萬萬兩；假使當時日本人不遣刺客行刺李鴻章，別國不出來干涉，恐怕割地和賠償絕不至這點點哩。後來雖經俄國人的抗議和德法兩國的幫忙，將遼東索回來。但各國的幫忙豈真是好意，也無非為著各自的利益罷了。猶如俄國人的抗議，何嘗是一心為中國設謀呢？多半是若日本取了遼東，於俄人大大的不利，因此不得不出頭來助中國一臂。至於德法兩國表面上是援助中國，實際上也是為著私利而已。但看等到事體一了，俄國和李鴻章私下定了密約，租借了旅順大連。德國也來占了膠州灣，法國也租了廣州灣；同時英國要求租借九龍威海，各國紛紛蠶食起來，把中國當做一塊肥肉，大家儘量的宰割著。這光緒帝究非昏庸之主，目睹這種現象，心上如何不惱。愈是惱怒，變政的心也益急。那天和翁師傅議定之後，準備在便殿召見康有為，諮詢一切。

原來這康有為素有大志，他在甲午之前，也曾上書條陳政見，什麼停科舉，興學堂之類，那些滿洲大臣只當他是狂言囈語，將他的條陳壓住，不許上呈。但翁同龢做主試官時，讀了康有為的文章，驚為奇才，便給他中了進士。這樣一來，翁康有了師生之誼，所以翁同龢在德宗面前竭力的保薦。光緒帝有心要召見康有為面詢一番，終以格於規例，不便越禮從事，只下諭著康有為暫在總理衙門學習行走。過不上幾時，擢康有為做了翰林院侍講，這時又下諭召見。到了那天，康有為便翎頂輝煌的到便殿見駕。

光緒皇上等他禮畢，就問他自強之策，康有為便陳述三大策。一是大聚群才，以謀變政；二為採取西法，以定國是；三是聽憑疆吏各自變法，改良政治。此外，如請詳定憲法，廢去科舉；謀興學校；開制度局；命親王遊歷各國，以偵察西國之良政；譯西書以灌輸知識；發行紙幣，設立銀行，為經濟流通之計；天下各省各府，辦文藝及武備學堂，練民兵以修武事。種種陳述，滔滔不絕，真是口若懸河，頭頭是道。光緒帝聽罷，不覺大喜。又讚歎了一會，諭康有為退去。並令保薦新政人才，以便實行變法。

這時李鴻章與俄國訂約後，往各國遊歷初歸，光緒帝惡他甲午之戰不肯盡力，著令退出軍機閒居。後因兩廣總督出缺，命李鴻章外調出督兩廣去了。恭親王奕訢雖然剛直，但自甲午後起復原官以來，對於政事不似從前的嚴厲了。不料老成凋謝，恭親王忽然一病不起，耗音傳來，太后和皇上都十分震悼，立命內務府賜給治喪費一萬元，謚號忠王，這且不提。

再說光緒帝自召見康有為之後，一心要行新政。恰巧侍郎徐致靜，侍讀學士徐仁鏡、徐仁鑄，御史楊深秀等上書請定國是。光緒皇上至此，變法的主意越發堅定了，便於四月二十七日，下了一道詔書道：

頻年以來，戰事紛興，外患堪虞，朕甚憂之。於是內外臣工，多主變法自強，乃決意先行裁汰冗員，立大小學堂，改武科制度等，已審定試辦施行。無如舊日臣工，堅以墨守舊制，擯除新法為目標，眾口呶呶，莫衷一是，遂有新舊制度之紛爭！然時今日，內而政治不修，外則虎視鷹瞵，俟隙輒進，苟不謀自強，將何以立國？且自強之道，首以強民富國為前提。但士無良師，奚能實學；惰兵不練，何以禦侮；長是以往，國何能強，徒見大好河山，供強鄰蠶食而已。經審之再三，以國是不定，則號令不行，他日之流弊，必至互起紛爭，於國政尤無所補。查中國歷朝，各行其法，各事其所；是戰國之世，其國雖統於周，而列國之制度各行其善，無有相同者。矧新陳代謝，自古已然；既採新制，則舊制自不能存在，擇善而從，國之大道也。嗣後內外大小臣工，王公以及士庶，務宜備力向上，發憤圖強；習聖賢禮義之學，採西學之適於制度者，借補不足。維求精進，以期有用。京師為全國首區，學堂自宜創辦。所有內外臣工，王公以下，至於各部司員子，八旗世職，乃文武后裔，其願入學堂者，准其入學肄業，俾養成人才，為國家出力，共維時艱。凡爾臣工等，不得徇私援引，因循敷衍，致上負朝廷諄諄告誡之意，下亦自誤誤人，後患莫大焉。特諭內外臣工，一體知之。欽此！

自這上諭一下，光緒皇上銳意變法的話，自然喧騰人口了。那康有為也不時召見諮詢，一時聖遇之隆，滿朝文武大吏，無與倫比。康有為保薦了幾個新人物，幫同辦理新政。他所保薦的哪幾個人呢？就是徐致靜父子，仁鑄、仁鏡二人，他的兄弟康廣仁。弟子梁啟超，本來是廣東新會縣舉子，這時得他老師康有為的保薦，賞六品銜，發在譯書局裡辦理譯書的事務。湖南巡撫陳寶箴，也保薦了劉光第、楊銳。侍郎徐致靜保薦了譚嗣同、林旭。戶部左侍郎張蔭桓保薦了王錫蕃。御史楊深秀保薦了丁維魯。以上幾個人都是飽學之士，可算是人才濟濟了。

還有張之洞一班人，也幫著辦理，改變科舉的章程，王鳳文請設立賑施，蕭文吉請整頓絲茶，以興實業。御史曾宗彥奏請創辦農務。王錫蕃請辦商業，李端棻請整則例；袁永昶奏請籌辦八旗生計。滿人御史瑞洵，連字也不識半個的，卻居然也上章請辦報館，以靈通消息。光緒帝見奏牘紛紜，大都是有益於新政的，便也一概容納，把獻策的人還得嘉獎一番。因此那些無聊的滿人也挖空心思，競陳政見了。

也有似懂非通的，光怪陸離，笑話百出。竟有請皇上入耶穌教，重習西書的奏本出現。光緒皇上看了只付之一笑而已。但皇上對於諸臣關於新政的條陳，因為來者不拒，都給他們一個容納，所以弄出一場禍來了，是什麼禍呢？要知後事如何，且聽下回分解。

三月維新孤臣走海上　半月密議皇帝囚瀛臺

卻說光緒帝寵用著康有為等一班人，實行新政，那些舊臣如許應騤、徐會澧、懷塔布、剛毅等等，都非常的氣憤，天天在那裡尋新人物的嫌隙，好在西太后面前攛掇。因為這時的西太后，身進頤和園後，把朝中的政事一齊丟在腦後，非有萬分緊急的事一概不見。有時皇上遇正事前去請命，也只叫李蓮英傳語而已。皇帝母子之間還見不著面，何況是臣子了。可是這時，孝貞后在日被革職的榮祿，已做了步軍統領了。正值直隸總督出缺，榮祿便向太后要求，西太后於皇上朔望去問安的時候，算親自召見，把榮祿補直督的話再三的囑咐著。但西太后獨於這點小事，怎這般的鄭重呢？一則榮祿是她的內侄，二則榮祿是個統領職銜，平空擢了總督，可算得是橫跳，照先皇的舊規講起來，斷斷乎做不到的。所以西太后不得不鄭重一下了。

閒話不提。再說那許應騤、懷塔布等一般人，時時在那裡搜尋破綻，不期事有湊巧，一天禮部主事王照上的一個奏本，給懷塔布在軍機處瞧見，便塞在袖管內，以便進呈太后。這個消息被御史楊深秀得知，立時奏聞皇上，光緒帝聽了大怒，使命追究王照的奏摺，懷塔布不得已只好將奏摺呈出，光緒帝即將懷塔布褫職，擬了個永不敘用的罪名。但王照的本中奏的是什麼呢？卻是勸皇上剪髮易服。光緒帝看了微笑點頭，賞了王照三品頂戴。那一般內外滿漢臣工，聽得皇上於本朝最犯忌的剪髮辮之議也嘉納起來，因此大家似發狂一樣，怪戾乖謬的議論，也都自喻新奇，爭相上本啟奏。這樣一來，舊黨免不了竊竊私語，一傳十，十傳百，漸漸吹入西太后的耳朵裡去了。

西太后一聽了剪髮易服四個字，不由得觸目驚心，勃然大怒道：「孺子這樣的胡鬧，祖宗的基業不是要斷送了嗎？」西太后這句話一出口，便有許多守舊派的，若許應騤，剛毅輩紛紛入奏，說皇上的悖謬，聽信了康有為的狂言，把很好的先皇制度改變得不成一個樣兒了。西太后聽罷益發大怒，即傳懿旨召見皇上。

光緒帝聽得西太后召他進見，知道一定有什麼岔子發生了；所以懷著鬼胎，來見西太后。行禮畢，還不曾開言，西太后早把案桌一拍，大聲喝道：「我以為你年紀比前長大，知識也較前增進了，所以把朝政託給你。誰知你一味胡幹，你可知祖宗創業的艱難麼？像你這般發狂，怕不將我們的天下送掉嗎？」光緒帝忙請了個安，說道：「聖母莫聽旁人唆弄，錯怪了人，兒雖不肖，絕不至任意胡為；就是現在的種種設施，也無非希望國家強盛起來，共享太平之福，那有反願意把江山送掉的道理？這還望聖母明察。」西太后不待德宗說畢，便劈頭喝道：「你還強辯嗎？那王照的奏摺教你的是什麼？你當我沒有耳朵的麼？」說著就把一大卷的彈章，向地上一擲道：「你自己仔細去瞧瞧，裡面是什麼話說。」這時早有內監將那奏本拾了起來，光緒帝便接過來翻閱了一遍，見奏摺上都是彈劾康有為一班新人的過和說自己的荒謬。於是一語不發的把奏章收起。西太后便指著德宗冷笑道：「現在你明白了麼？今日姑且退去，我們告訴了你，以後還要好好的留意一下子呢。」

光緒帝見說，連連道了幾個是字，便退了出來。回到乾清宮裡，把彈劾自己的奏牘，重行取出來檢視了一遍，統計不下二十餘人。不覺發憤，將許多奏本撕得粉碎，頓足恨道：「這一班守舊的逆黨不除，終究不能安枕。」光緒帝心上愈想愈恨，到了次日朝罷，恰逢袁世凱受直督保薦任為小站練兵總辦，來請訓出京，光緒帝便勉勵他幾句。袁世凱退出之後，德宗猛然想起，自己正缺少一個有兵權的人，現今袁世凱做了練兵總辦，不是握著兵權麼？於是忙叫傳諭出去，命袁世凱暫緩出京，著令乾清宮見駕。

袁世凱領了這道諭旨，正摸不到頭腦，只得到乾清宮來，由內監導引進去，見了光緒帝。禮畢，光緒帝問道：「你此番出京練兵，可忠心為國麼？」袁世凱突然聽了這話，嚇得一身冷汗直淋，當作有劾他不能忠心任事，所以有這個變卦；因此忙免冠叩頭道：「小臣怎敢不忠心為國呢。想小臣世受皇家厚恩，雖碎身尚不足報，何敢再有異心？」光緒帝聽了微笑道：「很好很好！你既忠心為國，現有密札一道，你須慎重將事，倘然事成，自然重重賞你。」袁世凱聽到這裡，才知道皇上別有作用，並不是為著自己的事，這顆心便放了下來，於是叩頭謝恩出來。走出乾清宮時，合該天意難回，因袁世凱出來走得匆忙了些，正和一個內監撞了個滿懷，那內監深怕獲罪，慌忙三腳兩步走了。待袁世凱定眼看時，那內監早已不見了，不覺心上十分狐疑。及至到了私邸將密札拆開一看，原來是皇上令自己領兵殺了直督榮祿，再率部進京，掃除太后舊黨。袁世凱看罷，心裡便躊躇起來道：「這事可不是兒戲的，萬一事機不密，就有滅族的罪名。」他心上盤算了一夜，回憶出乾清宮時和一個人相撞，那人不要是太后的偵探；倘若追究起來可就糟了。他思來想去，覺得現在皇上的勢力萬萬及不上太后，這事看來一定要弄糟的，倒不如先去出首的為妙。主意打定，便連夜出京去了。

原來這袁世凱曾做過朝鮮委員，如今榮祿做了直督，便保他做了練兵總辦。他有三個幫手，就是段祺瑞、馮國璋、王士珍，時人號為陸軍三傑。

這且不在話下。單講袁世凱匆匆的出京到了天津，把光緒帝的密旨呈給了榮祿，榮祿一看，大驚道：「這還了得，」忙叫袁世凱暫護直督的印信，自己便星夜進京來見西太后。內監通報進去，回說老佛爺有旨，明日見駕。榮祿著急道：「這事還等得明天麼？」內監又進去了半天，西太后見榮祿從天津來夤夜叩閽，知道定有緊急之事，所以也即時傳見。榮祿一見太后，便伏地大哭。西太后大驚道：「你有什麼事，這般悲傷？」榮祿一面哭，一面奏道：「險些兒奴才的性命不保，恐怕老佛爺也有妨礙呢？」說著將德宗的密札呈上。西太后就在燈下，讀了一遍道：

朕自稚年登基，政權皆操之母后；致一班逆黨，咸得橫行無忌，二十餘年來受盡困苦，偶有政見不合，輒為彼逆奴所揶揄，是朕雖有天下，而實徒擁虛名。長此以往，不但為天下笑，抑亦無顏以對先皇；即後世亦必以朕為一懦弱之庸主耳，言之尤覺痛心。今著袁世凱星夜出京，領其所部，刻日舉事，襲殺直督榮祿，其缺即著袁世凱補援。並隨時率領勁卒，進京掃清逆黨，共衛皇室而肅朝政，勿負朕意。欽此！

西太后讀畢，不覺大怒道：「虎不傷人，人倒有傷虎意了。」說著，對榮祿說道：「你快出去召舊日大臣，連夜來園中議事。」榮祿領了懿旨，便一步一顛的出來。因榮祿一隻左足本來有風疾的，所以走起路來，一蹺一拐很是不便；況且這時又在昏夜，事關祕密，不敢大張小諭，唯有步行著出去，一處處的去宣召去了。

這也是康有為和梁啟超師生二人命不該絕，榮祿走路既這樣的遲緩，頤和園裡又兼走漏了消息。這消息怎樣會走漏的呢？因榮祿匆匆的進頤和園來，恰巧和侍候光緒帝的內監寇連材撞見了。榮祿急於見西太后，並未留心別的。哪知寇連材是光緒皇上第一個心腹人，他一眼瞧見榮祿慌慌忙忙的進來，心裡已先疑惑起來，暗想：「榮祿這廝現做著直隸總督，為何輕易擅離職守呢？料想一定有什麼重要變故。」一面想著，卻躡手躡腳的跟在後面。起初聽得太后不見，後來榮祿頓足發起急來，寇連材已料著了八分；知道這事定和皇上有關，但不曉得是什麼一出鬼戲，便去俯伏在殿角裡竊聽。只見榮祿見了太后痛哭，隨後把一張東西呈上去，因距離得太遠了一些，實在聽不見什麼。末了，只聽得西太后大聲說道：「你給我快召他們去。」便瞧見榮祿一拐一蹺的出園去了。

寇連材目睹了這種情形，便趕緊來報知皇上。其時光緒帝正和珍妃瑾妃在宮中閒話，只見寇連材喘著氣進來，光緒帝問道：「你怎麼這副樣兒？」寇連材忙跪在地上奏道：「奴才剛從太后那邊來，瞧見榮祿那廝匆匆進園，要見太后。」於是把榮祿痛哭、太后大怒種種形狀細細講了一遍，又說：「榮祿現在出園去，不知去召什麼人去了，奴婢怕這事涉及皇上，因此忙來報告。」光緒帝聽了榮祿連夜進京來叩見太后，曉得袁世凱定然把機關露破了，料來必無好果。但自己還屬無妨，那一班保皇行新政的臣子諒來不免的；眼睜睜地瞧著他們一個個的授首，心上未免不忍，當下便叫寇連材去報知康有為。一時不及草詔，只叫寇連材伸過掌來，光緒帝就在他掌上寫了「事急速走」四個字，命寇連材速去。

寇連材領了旨意，如飛一般的跑到康有為下處，正值康有為草著奏牘，還沒安睡。寇連材叩門進去，已走得氣急敗壞，一時說不出話來，只伸手給康有為瞧看。康有為見這個形狀，又讀了寇連材掌中的字，曉得大事不妙，連行李也不及收拾，便隻身逃走出京，連夜乘輪出天津到上海去了。這裡寇連材自去復旨不提。

再說那梁啟超這天晚上恰巧有事來和康有為商量，一到他的館中，只見書籍雜亂，物事狼藉；一問館童，說康大人在三更天，來一個人，也不說什麼，康大人便手忙腳亂的走了。梁啟超是何等機靈，一聽這話，就連跌帶爬的躲到日本領事館去了。後來聽到消息果然不好，便同了日本副領事，扮做洋裝，逃到日本去避禍去了。

且說榮祿奉了西太后的命，去召剛毅、懷塔布、許應騤、曾廣漢、徐會灃等一班大臣，同進頤和園裡，叩見西太后畢，太后便怒氣沖沖的將密札給諸臣看了，籌議對待的法子。剛毅首先跪奏：「以奴才看，今日不誅康梁這一班人，日後奴才要被他們誅戮的，倒不如先下手為強了。」太后大聲說道：「俺不但將這幾個逆賊除去，連那昏君也要廢掉他哩。」榮祿忙奏道：「這卻使不得的，皇上臨政，中外皆知，現在無故廢去，外人一定有所藉口。依奴才的愚見，請老佛爺重臨朝政，將權柄不給皇上掌握，也已經夠了。」西太后聽了，微微的點了點頭，即命剛毅率領侍衛，一等天明，便去搜捕康有為等，莫被他們漏網。這裡太后和榮祿諸臣坐待天曉，去處置皇上；計議已畢，但待天明。光緒帝變法行新政，至此告終。後人有詞嘆這新政道：

南海書生平地起，居然萬言上天子；公卿交章薦奇才，下詔求言自此始。聖恩召入光明殿，名臣同日登樞府；大開朝堂受章奏，小臣維新大臣舊。感時流涕報聖明，憂勞唯覺龍顏瘦；一紙綸音下九州，四海歡呼帝萬壽！帝萬壽，可憐中原土，空有遺恨留；留得後人興嗟嘆，當時怎不邀天佑！

當下到了次日清晨，光緒帝卻一夜不曾安眠，盥漱既畢，也不上朝，靜坐著待變。不多一刻，果見內監來宣召了，光緒帝便很安閒的隨著內監到頤樂殿來見太后。只見太后怒顏滿面的坐在那裡。光緒帝照常行禮畢，太后便厲聲問道：「你曾叫外臣領兵謀我麼？」皇上徐徐說道：「並沒這回事。」太后益發大怒，從袖裡取出那道密札，往地上一摔道：「這是誰寫的？」光緒帝見證據已實現，諒來也隱瞞不過，便隨口答道：「子臣給袁世凱的，意欲掃清舊黨罷了，並不敢驚動聖母。」西太后冷笑道：「不敢驚動麼？若不是榮祿報信的早，此時俺也做了階下囚了。」說著把嘴一努，早有李蓮英等一班人，不由皇上分說，便簇擁著往瀛臺去了。要知後事如何，再聽下回分解。

寇太監殿前盡忠節　遊浪子書館驚寵遇

卻說光緒帝被李蓮英等一班內監蜂擁著到了瀛臺，李蓮英說道：「請陛下在這裡稍待片刻，奴才還要侍候太后去哩。」說著便和內監等一鬨的去了。當下光緒帝獨自坐在瀛臺，聽候太后的旨意。

且說這天清晨，太后傳旨臨朝。殿上鐘鼓齊鳴，滿漢大臣紛紛入朝，猛見上面坐的不是德宗皇上，卻換了西太后了，不覺齊齊的吃了一驚。正在摸不到頭腦，只見西太后滿臉怒氣，厲聲問道：「皇上寵用康有為等，私下詔書，叫袁世凱祕密謀俺，你們眾臣可曾知道沒有？」這一問，嚇得滿漢大臣各低著頭，一句也不敢回奏。西太后便冷笑了一聲道：「虧你們食君之祿，忠君之事；卻都是這般尸位其職，連如此的大事也沒有得知，真是枉受爵祿之榮。將來怕我們的江山給人占去了，你們也不曾覺察呢。」眾臣聽了西太后的責詰，都默默不語的十分慚愧。

正在這當兒，恰巧剛毅入奏，搜捕康黨事已了，主腦康有為、梁啟超二人已聞風逃脫，只有譚嗣同、楊深秀、林旭、楊銳、劉光第、康廣仁等六人就獲。西太后見奏，傳旨將六人綁赴西市斬首。剛毅領旨，即傳侍衛等擁著六人望西市去了。可憐這六人便是世傳的「六君子」。這真是「功名未遂身先死，長使英雄淚滿襟！」後人有詞嘆那六君子道：

滿清至斯國運剝，牝雞司晨家之索。曩昔武后是前車，婦人當國亡此祚！窮奢極欲世所稀，一朝平地風波起。車馬連夜馳入宮，警騎傳撥出禁中。昨夜猶草討賊檄，今朝成就冤臣獄。可憐刑曹頒懿旨，血染朝衣戮西市。忠魂夜夜泣黃沙，但願稚兒蒙恩赦。誰知君王尚不免，終身留得瀛臺恨！嗟嗟！受戮六卿皆丈夫，甘為孤君擲頭顱。

西太后既斬了六君子，又命警騎追捕康梁，並頒詔通緝外；將朝諸臣，大大的偵查了一番。凡平素和康黨往來，或曾上摺贊襄新政的，一概懲辦。當時被累及的大臣，革職的有陳寶箴、李嶽瑞、宋伯魯、吳懋鼎、張百熙、端方、徐建寅、徐仁鑄、徐仁鏡等。遣戍的有李端棻、張蔭桓等，監禁的有徐致靜、陳立三、江標、熊希齡等。逮捕抄家的有文廷式、王照、黃遵憲等。一時滿漢大臣，紛紛降調有差。又把懷塔布、剛毅、許應騤、曾廣漢、徐會灃等，重新起復原職，各加三級；趙舒翹擢入軍機處，授榮祿為軍機大臣，袁世凱擢山東巡撫，裕祿調署直隸總督，翁同龢削去官爵。

種種布置既畢，西太后餘怒未息，便到瀛臺來處治皇上。這時光緒帝已和木偶一般，呆呆的坐在那裡，見西太后進來，忙起立行禮，低著頭旁立在一邊。西太后坐下，含怒問道：「你所為的事，咱都已知道了，現在你自己願怎樣？」光緒帝只是不則聲。西太后又道：「咱的意思，煩你在這裡住幾時罷。」一言未了，只見太監寇連材，俯伏著叩頭奏道：「老佛爺在上，不是奴才大膽亂陳，老佛爺的聖意，是否把皇上永遠禁在這裡？」西太后還不曾開口，李蓮英早在旁喝道：「滿朝大臣沒一人敢說，你是何人，在老佛爺前面放肆！」寇連材忙叩頭道：「老佛爺的恩典，恕奴才這個，因皇上親政，中外皆知。倘一旦變更，怕外人或有煩言，這是要求老佛爺聖明詳察。」西太后聽了，看著光緒皇上冷笑道：「一個親信的太監也這樣胡說大政，怪不得一班逆臣的橫行了。」說著喝叫李蓮英，將寇連村拖下去，到慈安殿中侍候，等俺親來拷問他。李蓮英領旨，帶著寇連材去了。

當時西太后便吩咐內監，把瀛臺的石橋拆去；非有懿命不准放船隻過去，瀛臺的交通因此斷絕。皇上除瑾珍兩妃在側，其他宮女內監，都是太后的親信人了。西太后這時離了瀛臺，到慈安殿來，及至殿門，李蓮英已出來跪接。西太后呼帶寇連材上來，喝問道：「俺久知你攛掇皇上妄行新政，還私通外臣，做些不正的勾當，俺那時沒有空閒，聽你這班人去胡為，今天卻饒不了，快把皇上和康梁的事從實招來，或者能赦宥你的罪名；否則同譚嗣同等一樣處決。」寇連材這時面不改色，朗朗的奏道：「奴才侍候皇上，只知盡職，餘下的一概不知道，如老佛爺必要強逼供詞，奴才就請一死。」西太后怒道：「你本來難免一死，倒還強嘴麼？」喝令李蓮英用刑，寇連材知是不免的了，便大叫道：「且慢著，待奴才直說罷。」於是指天畫地的拿太后的過去，如數家珍般滔滔不絕地說了一大遍，什麼寵納戲子私產小孩等等，都講出來了。只氣得西太后面皮紫漲，連連拍案命推出去。寇連材不等他們動手，奮身往殿柱上一撞，已腦漿迸裂，一命嗚呼了。西太后見了這種情形，恨恨地指著寇連材屍體說道：「真是反了，在我們面前竟敢如此無禮，那是誰縱容到這樣的呢？」說罷兀是怒氣勃勃的，叫把屍體移去戮了，以儆後來的效尤。李蓮英聞命，即督率著小監將寇連材的屍體抬下殿去，立傳侍衛進來，令拿寇連材實行戮屍，一面侍奉著西太后，幸如意館去了。

原來這如意館在頤和園內，農樂軒的右側，同景福閣相去無幾。館裡所有的都是名人書畫，本來是一個圖書館。但館中侍候太后的並不是宮女太監，卻是向四處招來的美男子。當設這如意館的時候，曾出示招考，凡青年子弟，面貌清秀，而能夠畫些各種花卉的便可當選了。因此各省各府的青年子弟，都紛紛應考。第一次考取的共有一百七十多名，再由內監一一甄別過，只取得五十五人了。這時那內監將五十五人送到招留處，又經李蓮英挑選一番，只選中十一人，這選中的十一人，又須西太后親自過目，十一人中卻選了最好的兩人在如意館裡當差，餘下的九人發在招留處，算是備選。然這太后選中的兩人姓甚名誰呢？一個是直隸人名柳如眉，一個是江蘇陽湖人名管劬安；二人皆少年美貌，又精繪事，所以獲得這個佳缺。因西太后命兩人在如意館中供職，每年還賞紋銀二千兩，和錦緞十匹哩。

這且不在話下，再講講柳如眉和管劬安，雖一般的美貌，但趨奉的本領如眉遠不若劬安；以是不上半年，劬安大得西太后的信任，差不多是第二個李蓮英咧。皆為柳如眉是官家子弟出身，大剌剌地，不甚得西太后的歡心。那管劬安的為人，原是個遊浪子弟，在家的時候，什麼三教九流，沒有一樣不精，學得一手好畫，又能唱種種小曲子。他在十七歲上，跑到崑曲班裡拜了一個師傅，唱了兩年多的崑劇；後來賭輸了錢，把他師傅的東西席捲逃走。這樣的在江湖上混了半年，回到家中，他老子恨他無賴，邀了些族人，把劬安驅逐出族。劬安經這一來無可棲止，就乘夜潛至家裡，將他老子所有的積蓄一古腦兒偷了，連夜逃到北京去了。劬安到了京師，終日在妓館裡度他的快樂生活。可是有限的金錢，能有多少時候可以支援呢?所以三個月之後，早已床頭金盡，弄得衣衫襤褸，被妓館中趕了出來。劬安無處謀生，便仗著他天賦歌喉，沿途唱歌乞錢或到茶樓酒館裡去高歌一曲。那些北地的客人，初初聞到南歌，倒也很覺動聽，解囊的一時很是不少。

這一天上，合該劬安的運氣來了。那時都中前門外，有一座春色樓的茶館，來喝茶的多半是宮裡的太監；茶樓的後面卻設著一個歌場，專一招留四方的歌童在場裡歌唱，供一班內監的遊樂。倘得他們讚賞一聲，身價便立時十倍。這管劬安也在場中唱歌，已一個多月了。那天劬安上場，場內有一位內監叫李六六的，正在那裡啜茗；他聽了劬安的曲子，不住地擊節稱嘆。等到歌罷，便叫劬安近前，問了姓名籍貫，就賞了劬安三兩銀子走了。李六六走後，場上的人忙對劬安說道：「剛才的是內府李六爺啊！他既然垂青於你，分明是個好機會來了，你只要巴結他老人家一下，不愁沒有飯吃了。」劬安是何等乖覺的人，他聽了點點頭，便牢牢地記在心上。

第二天午後，那六爺又來喝茶。劬安趕緊過去給他請安，還六爺長六爺短的，叫得個李六六好不歡喜。劬安乘勢呈上曲本子，請他點戲。李六六隨手點了一出《掃雪》，劬安便放出平生的手段，唱得額外討好，果然玉潤珠圓，無疵可擊。李六爺聽了大喜道：「這孩子唱得真不差，我們老佛爺很喜歡聽唱戲，咱就指你一條路吧。」劬安這時不敢怠慢，慌忙過來求教，李六爺說道：「我們的老佛爺現在設著如意館，要招幾個能唱曲子和會繪畫的人去裡面侍候著，但你只會唱曲子，必要我們給你引見，倘你會畫時，包你一試就當選，好省去多少手續哩。」劬安忙答道：「不瞞六爺說，別的技藝或者不會，至於繪畫一門，不論山水花卉，小人都能夠塗幾筆的，不信可以畫給六爺看咧。」李六六見說，拍手讚道：「這是最好沒有了！那麼咱就在明天送你到招考處吧。」於是二人約定了時間，李六六自回內府去。這裡管劬安便收拾了什物，準備赴考。

到了第二天，劬安一早就在坐等，將至停午時，只見一個小太監提了一包東西，來茶樓上問道：「此地有姓管的麼？」夠安上前應道：「在下便是。」那小太監對他望了一眼，把包遞給他道：「裡面是一身衣服，六爺叫你更換了，停一會好同去應考。」劭安連連道了幾個是，小太監便自去了。劭安慢慢地換了衣服，又剃了一個面，他的面貌本來很好，經過這樣一打扮，又更上新衣服，益覺容光煥發了。過了一刻，李六六來了，一眼瞥見劭安，好似換了一個人了，便忍不住笑道：「似這般的標臉兒，咱看了也覺可愛哩。你此去應考，我們能擔保你中選的了。」劭安也笑了一笑說道：「全仗六爺的洪福，周旋小人了。」

六爺點頭微笑，便領著劭安，到了招留處，卻見應考的人，已擾擾嚷嚷擠滿了一室。李六六同劭安進去，早有內監前來招呼道：「六爺也送人來趁趁熱鬧麼？」李六六笑道：「正是呢。這孩子倒很好，還要列位照拂他一下哩。」那些內監都齊聲應道：「六爺的事自當特別盡力，請放心就是了。」說著大家打了個作別的招呼，李六六便走出招留處，竟自去了。劭安當由裡面的太監，領他到了侍選室中，算是初選入選了。這樣的一處處的進去，劭安竟得當選。因為，凡應考的人都得有舉薦和擔保的；劭安是李六六所保送的，當然不用別的手續了。哪知管劭安從此日高一日，居然飛黃騰達哩。原來劭安自進如意館後，蒙西太后不時召見，命他繪些花卉進呈，大獲西太后的讚賞，即令做了如意館的主任。

劭安正在和幾個小太監在那裡做葉子戲，忽見一個宮女，提了一隻食盒，笑嘻嘻地走進來，見了劭安說道：「你倒好說咧，太后正惱著呢。」劭安聽了嚇得面如土色，一句話也說不出來。那宮女笑了笑，將食盒開啟，遞給劭安道：「老佛爺命賜與你的，等一會怕要來宣召哩，你須小心了。」劭安這才放了心，一瞧那些食物，都是御用的珍品，便慌忙叩頭謝過了恩，立起身來，那宮女早已走了。

這時劭安心上很覺不安，想太后這般的寵遇，不知有什麼事要用著自己，萬一關係生命的差使，不去又是逆旨，去了於性命有礙，胡思亂想，一時委絕不下起來。又揣念道：「自己本是個賣歌的乞丐，倘遇不著李六爺，今天依舊是鶉衣百結，還不是在街上討錢麼；現有今日的快樂，都從哪裡來的？就是立時死了，也值得的了。」他想到這裡，不覺又打起精神高興起來了。在這當兒，卻見那先前來的宮女，又走來高聲說道：「太后有懿旨，傳管劬安到智慧海見駕。」劬安便整了整冠裳，同了宮女，曲曲折折地向智慧海而來。一路但見燈火輝煌，景緻幽雅，所經之處，都有內監侍候在那裡盤詰；由宮女說了暗號，始得從容無阻。劬安一頭走著，一面留心瞧看；見亭臺樓閣，果然精美如畫圖一般。旋經轉輪藏，旁邊有白石日晷，可以知午夜的時刻。從此處到聽鸝殿，殿的東首，蓋著一座極精巧的亭子，有題道「畫中游」三個斗大的字。又有聯道：「境自遠塵皆入詠，物含妙理總堪尋。」「閒雲歸岫連峰暗，飛瀑垂空漱口涼。」劬安跟著宮女一重重地進去，又走過一處石洞，望一個小亭子裡上去，方瞧見層樓高聳，題是「智慧海」。

劬安走到樓下，便欲止步，那宮女笑道：「還差得遠哩，你只管隨著咱走就是了。」劬安聽了點點頭，重又跟了宮女前進，約莫轉了八九個彎，到了一處，好似砌成的石室一樣，但有兩重門在外面，門上畫著龍鳳花紋。這時宮女望著劬安說道：「你就在這裡等一會，待咱去復了旨來。」說罷便走進那石室去了。劬安呆呆地立著，過了幾分鐘，才見宮女出來，囑咐道：「太后就在裡面，你需要小心了。」劬安微微答應了一聲，和宮女進了石室，過了四重門，門裡面頓覺豁然開朗，疑是別有天地了。再瞧那裡，正中似一個大廳，上題著「倫樂堂」三字。轉過了廳堂，側邊一帶排列著十幾間平屋，屋中的陳設異常華麗，正中一室尤其是光輝奪目。劬安眼快，早望見西太后獨坐在室中看書。於是也不叫宮女去先行奏聞，竟自入室叩見了。

西太后慢慢地放下書本，命宮女賜劭安坐了，便含笑著問了劭安的年歲家況，劭安一一奏對了。西太后又問道：「你既能繪畫，可能辨別宋人的筆法麼？」劭安忙奏道：「小臣肉眼，怕一時分不清楚。但若非贋鼎，或者能判別一二。」西太后點點頭道：「那麼俺給你看一幅東西去。」說著起身望內室走去，劭安戰戰兢兢地隨在後面，連氣都不敢喘一下呢。可是劭安這一進去，直到次日午前方回到如意館來。他隨太后去瞧什麼古畫，做書的可不知道了。然從此以後，劭安不時被召入內，還娶了宮女做妻子，前門外御賜很大的宅第，不是浪子的幸運嗎？要知後事如何，且聽下回分解。

接木移花種因孽果　劍光血痕禍發蕭牆

卻說西太后自幽囚德宗之後，自己便第三次垂簾，再握朝政；一班掌權的大臣，如榮祿、剛毅、趙舒翹等，沒有一個不是親信之人。舊臣裡除了王文韶之外，多革職的革職，遣戍的遣戍；王文韶因和榮祿最要好，所以能保持著地位。但西太后於內政雖一手把持，對於外事不免有鞭長莫及之嘆了。

其時康有為和梁啟超等，又在日本設立什麼保皇會，宗旨是保護德宗，驅逐西太后，附和的人一時很覺不少。這消息傳來，西太后十分不安，當時召集軍機大臣，議善全的辦法。西太后的意思，以為康梁雖遠在海外，恐終久為患，必得一個消弭的良策方能高枕無憂。可是眾人躊躇了半天，卻籌不出善策來。這時剛毅要討西太后的好，便密奏道：「奴才的愚見，那康梁在海外招搖，無非藉著保皇的目標罷了。要剷除他們假借的名目，唯有從立儲入手，再慢慢地設法正位；斬草除根，他們沒有頭兒，自然易解了。」

這幾句話倒把西太后提醒，於是趕緊辦立儲的手續。那些近支親王、貝勒、貝子，聽了立儲的消息，誰不想嘗禁臠呢？尤其是和德宗同輩的親王，都想把自己的兒子入繼。將來一登大寶，至少也失不了攝政王的名分。因此大家在暗中競爭，異常的劇烈。其中唯端王載漪的兒子溥儁，希望最大。醇王載灃、貝勒載瀾，也在那裡鑽謀；但最後的結果，卻被端王占了優勝。這樣一來，便引起下面的糾紛來了。總而言之，是滿清氣數垂盡的表現啊。

不過端王的兒子溥儁被立為儲君的經過，也有一段因果在裡面。原來端王的福晉生得月貌花容，很是楚楚可人；西太后也不時的召入去，和格格們一起值班。那福晉又善體人意，所以極得太后的歡心。溥儁因他母親入值的原故，也得出入宮禁了。然溥儁的為人，很是愚笨，對於讀書兩字，視做七世冤家一樣，而於街巷俚曲，卻很是用心；而且一學便會，不論徽調、秦腔、崑曲，都能胡亂唱幾句。西太后所喜歡的是聽戲，空閒時叫溥儁唱兩聲，倒不見十分討厭，於是常常將溥儁留在宮中。此次立儲，諸大臣當然共保溥儁，西太后也正合心意；因西太后志在政權，她知道溥儁愚憨，易入自己的掌握，假使立了個聰明幹練的人，一旦政權在握，怕不演出第二次政變來嗎？故此決意立了溥儁，那是西太后的盤算啊。當下西太后命召端王載漪到頤和園議事，把溥儁承嗣穆宗入繼大統的諭旨給端王看過了。端王滿口應許，並擇定吉日，送溥儁進宮，立為大阿哥。

西太后把第一步辦妥，便待實行第二步了。以立儲的名目諭知內外臣工，準備廢去德宗，再立溥儁為皇帝；期定明年新正，一面通電各省疆吏。一般舊臣，如王夢樓、孫毓文等上疏力爭。疆臣如李鴻章、張之洞、劉坤一等，紛紛上章諫阻，說皇上未曾失德，不可輕易廢立。還有英法日俄各國，得了廢立的消息，深恐中國因內政鬧出事來，也提出警告。西太后見大勢如此，只得和諸大臣商議儲君既已成立，於廢立一事，俟外界空氣和緩時再議不遲。但這樣的一阻礙，朝裡誰也不敢提廢立的事了。這樣便把個端王載漪直氣得咆哮如雷，倘溥儁做了皇帝，自己就是太上皇了；如今到手的榮華眼見得成了泡影，這如何不氣呢？況廷臣疆吏的阻諫，都可以用專制手段強迫，不怕他們不承認；獨有外人的借名干涉，卻是無法奈何他們了。所以端王的憤怒外人，無異切骨之仇，常常乘機報復，要想設法，把外人盡行驅逐出去。私下和載瀾、剛毅一班人密議，籌那對付外人的計劃。語云：物必先腐而後蟲生。端王既有了仇外之心，自有那找殺洋人的義和拳乘時而起，不是天數嗎？這且不在話下。

再講到那義和拳的起點，本在山東地方，其中的首領，原是八卦教的張鸞。八卦教自經清兵剿滅後，多年不敢出頭。甲午之役，清廷割地求和，民間很有幾個義憤不平的人，紛紛議論，說清廷懦弱，受外夷的欺凌，長此下去，中國勢不至豆剖瓜分不已。張鸞見民氣激昂，便和他女婿李來忠，女兒張秀英，豎起「扶清滅洋」的旗幟，到處傳教，招攬人民入教。張鸞也會些左道旁門，替人用符咒治病，很有些小驗，因而一般愚夫愚婦，信以為真，都紛紛入教。

這時，山東的巡撫毓賢，恰巧他的愛妾生產不下，請醫生用藥，好似石沉大海，毫不見效。毓賢急得沒了主意，便有人舉薦張鸞。毓賢聽了，不問他靈不靈，立時召見張鸞到撫署裡，把符咒來診治。張鸞就做了一套鬼戲，念了幾句神咒，胎兒果然下地，母子俱不曾損害。毓賢大喜，叫用自己的大轎，送張鸞回去。過了幾天，毓賢命人賞三千塊錢，去謝那張鸞，張鸞卻分文不受，只要求毓賢出一張保護的告示。毓賢也不躊躇，即令出示，曉諭本省的官府，謂義和拳是一種義民，志在扶清滅洋，地方官員須一體保護。巡撫既這般慫恿，那些州縣下層，益發不敢得罪他們了。於是張鸞在山東地方得任意作為，又不受官廳的禁阻，崇信的人民越多，勢力漸漸地擴大起來。

張鸞的女兒秀英，便自稱黃蓮聖母，招了一隊婦女，各人穿著紅衣紅褲，手裡拿了一盞紅燈，出遊四處。又倡言道：洋人的槍炮雖厲害，只要把紅燈一照，他們自為炸裂的，於是「紅燈照」的名目，傳遍了山東全區。張鸞和他女婿李來忠，還造出一種靈符來，令人佩帶在身上，臨陣時，刀槍水火都不能傷。這般的狂言號召，不到半年，黨羽已有八九千人了。外人在山東設立的教堂，一齊被他們焚毀，還殺了十幾個教士。當時的外人，在中國的勢力遠不如今日，他們吃了義和拳的虧，唯向督撫交涉，毓賢便敷衍幾句，外人也忍氣吞聲地罷了。義和拳的威勢便日振一日，外人著實有點懼怕，一聽義和拳三字，早嚇得魂膽俱碎了。

後來毓賢調任，袁世凱來做山東撫臺，其時的義和拳差不多鬧得到處皆是了。袁世凱見他們這樣的混亂，道不是好現象，就傳了總鎮，把義和拳痛剿一番，直打得落花流水，張鸞也死在亂軍之中。所逃出的是李來忠和他的妻子張秀英，並一般殺不盡的餘黨。

然義和拳形勢已成，各省都有黨羽，他們因山東不能立腳，跑到天津來了。直隸總督裕祿見義和拳張著滅洋旗幟，很是敬重他們，還請李來忠到督署裡，和神佛般供養著。因而義和拳的勢力在天津更是擴大了。那時，李鴻章出任兩廣總督後，所練的神虎營兵馬，本歸端王統帶，端王為憤恨外人乾預內政，想報這口怨氣，天天把神虎營操練著。可巧剛毅南下返京，經過天津時，裕祿將義和拳的情形細細地講了一遍，說他們興清室，滅洋人，這是清朝的洪福，不該被外夷吞併，所以天降異人來扶助，若能令太后信任，大事成功，清室中興，那功績可就大了。剛毅和裕祿原系姑表親，現被裕祿把言語打動，早已深信不疑，便應許隨時保薦義和拳。

等剛毅回京時，端王恰和他商議編練神虎營，要待改練為兩鎮。剛毅乘間問道：「那神虎營的兵馬，還是從前曾左的舊制，若那時征剿發逆，似乎有些力量，倘要和洋人開仗，就變沒用的了。你不記得甲午的一戰麼？洋人的槍炮真不知多麼厲害哩？」端王聽了如兜頭澆了一勺冷水，半晌才說道：「那麼我們永受洋人的欺凌，簡直沒有報復的時日了？」說著便深深嘆了一口氣。剛毅接著說道：「且不要灰心，古語說得好，一物一制，洋人的槍炮果然狠了，卻還有能制服槍炮的呢。」端王說道：「你看滿朝臣工，哪一個能敵得住槍炮？就是全中國也不見得有這樣的人吧！」剛毅笑道：「這話太一筆抹殺了。當初發軍起事，何等厲害，真是所向無敵，末了卻給曾左諸人，殺得東敗西竄。出一種人，自有一種人去剋制他，這也是本朝的洪福啊！」端王見剛毅話裡有因，忙很誠懇地說道：「俺老住在京裡，外面的事，絲毫也不知道。你方從外省回來，或者曉得有能制服槍炮的人，你如舉薦出來，俺當即奏聞太后，立時把那人重用就是了。」剛毅說道：「王爺既這般真誠，現放著義和拳的人馬，何妨召他們來用一下呢？」因把裕祿招留的義和拳怎樣的厲害，裕祿親自試驗過，的確槍炮不傷，便將他們的名稱改為義和團，細細講了。聽得端王哈哈狂笑起來道：「天下有這樣的神兵，真是天助我大清了。」當時即令剛毅飛馬出去，著裕祿知照義和團，連夜進京聽候調遣。剛毅見說，正中下懷，立即去通知裕祿於中行事。

這裡端王在上朝的時候，就拿義和團保清滅洋，神通廣大，奏聞了西太后。西太后搖搖頭道：「那怕未必見得，多不過是白蓮教一類邪術罷了。」端王見太后不信，又來和剛毅商量，一面招收義和團，一頭託李蓮英在太后面前攛掇。西太后心上，很有些被他們說得活動起來。

那天津的義和拳已紛紛入京，到處設壇傳教，毀教堂，殺教民。各國公使提出交涉。直隸總督榮祿因受端王指使，一味遷延不理。各公使沒奈何，只得調外兵登陸，保護自己的使館。這消息給義和團得知，便要求端王發令，去圍攻使館。端王一時未敢作主，團眾在邸外鼓譟，愈聚愈多。恰巧日本領事館書記官杉山彬木，和德國公使克林德氏，兩人乘車經過。團眾瞥見杉山彬木，齊聲大呼殺日本人，報甲午戰敗之仇。這時人多口雜，不由分說，拳足刀劍齊用，將杉山彬木砍死在車中了。德公使見此情狀，正待轉身逃走，團眾又連呼快殺洋人，把德國公使克林德也殺死了，才一鬨散去。

端王見事已鬧大，恐西太后見罪，便私下和剛毅、徐桐、趙舒翹等祕密商議，捏造了一張公使團的警告書，令太后歸政，廢去大阿哥，即日請光緒皇上臨朝。他們計議妥當，便來見西太后。其時因團眾殺了德使和日本書記官，榮祿聽得，慌忙奏知太后，說端王慫恿邪教羽翼，殺死公使，將來必釀成大交涉。西太后聽了，深責端王妄為。方待宣召問話，端王恰來進見，並將偽警告書呈上。西太后讀了，正觸自己的忌諱，不覺勃然大怒道：「他們敢干預我們內政麼？咱舊政與否，和外人有什麼相干！他們既這樣放肆，咱非把他們趕出去不行。」端王忙奏道：「奴才已飛電徵調董福樣的甘勇進京，諒早晚可到，那時一鼓而下，將使館圍住，一齊驅逐他們出京就是了。」西太后聽說，只略略點點頭。

榮祿在旁，知西太后方盛怒的時候，不敢阻攔。但朝裡滿漢大臣聽得圍攻使館，驅逐外人，都曉得不是好事，於是漢臣徐用儀、許景澄、滿人聯元、立山等齊齊入諫。西太后還餘怒未息，便厲聲說道：「你們只知袒護著外人，可知道他們欺本朝太甚嗎？」徐用儀等欲待分辯，西太后喝令將徐用儀等交刑部議處。端王乘機奏道：「徐許諸人曾私通外人，證據確實，若不預給他們一個儆戒，難保無後繼之人。這種漢奸萬不可容留，求太后聖裁。」西太后稱是，即命端王任了監斬，將徐、許等一干人，綁赴西市處斬。一時滿朝文武皆噤如寒蟬，誰敢開半句口，自取罪戾呢。

自從徐用儀等處斬後，朝中斥漢奸之聲，差不多天天有得聽見。稍涉一些嫌疑，即被指為通洋人的漢奸，立刻處斬。還有那不信邪教的官員，都給端王奏聞治罪。義和團的黨羽在京建了高壇，聲言召神。文武大臣須每天赴壇前叩頭，如其有不依從的，無論滿漢大臣，一概處私通外人的罪名。

這個當兒，漢臣已殺戮革職，去了大半，所餘的寥寥無幾了。舊臣如王文韶，也幾乎不免。在大殺漢奸的時候，載瀾上疏時，附片裡說：「王文韶也是漢奸，應當斬草除根。」其時榮祿與王文韶同在軍機處辦事。歷朝的舊章，滿漢軍機大臣，同是大學士；那朝臣的奏疏，例須滿臣先看過了，才遞給漢人。當時，榮祿看了載瀾的奏事，再瞧了瞧附片，便往袖管裡一塞。他裝著沒有這事一般，仍看別的奏疏。王文韶也漸漸瞧到戴瀾的奏疏，回頭問榮祿道：「瀾公有張附片，掉到哪裡去了？」榮祿含糊應道：「只怕失去了吧。」王文韶見說，也只得點頭而已。兩人看畢奏章，同去見西太后，把所看的各處奏疏一一奏聞了。榮祿便從袖管中取出那張附片，呈給西太后道：「載瀾不是胡說麼？」西太后接了附片，看了一遍，勃然變色道：「你可以保得定他嗎？」榮祿頓首奏道：「奴才願以百口保他。」西太后厲聲說道：「那麼將此人交給你，如有變端，唯你是問。」榮祿忙叩了頭，謝安退出。王文韶這時雖也跪在一旁，但他因為耳朵重聽，所以始終不曾聽見。這且不提。再講義和團，此時聯合甘勇攻打了使館，各國紛紛調了軍艦，直撲天津而來。要知後事如何，且聽下回分解。

烽火滿城香埋枯井　警騎夾道駕幸西安

卻說京裡的義和團愈鬧愈凶，各國的軍艦紛紛調至大沽口，齊向炮臺進擊。直隸提督聶士成，川軍李秉衡，陝軍馬玉昆，一時哪裡抵擋得住，都往後敗退。至於那些團眾，更不消一陣槍炮，早已各自逃命去了。聶士成領著軍馬奮勇衝去，不期砲彈飛來，打得腦漿迸裂，死在陣中。馬玉昆單騎敗走，李秉衡見全軍覆沒，便自刎而死。大沽炮臺失守，英美德法日俄意奧等八國聯軍進了天津，由德國艦隊司令瓦德西為聯軍統帥，向北京進迫。

警耗傳來，風聲異常緊急，總督裕祿服毒自盡。榮祿這時真急了，忙進頤和園奏知西太后，把八國聯軍攻下津沽、現已迫近北京的消息報告了一遍。西太后聽罷，忙叫召端王、剛毅進頤和園問話。端王聞得外面風聲不好，心上已十分畏懼，一聽宣召，知道西太后一定要詰問的；但又不能不去，只得同了剛毅，一步懶一步地進園見太后。參見既畢，西太后很憤怒地問道：「這一次的主戰都是你們弄出來的，現在事已到了這般地步，你們待怎麼樣辦好呢？」端王和剛毅一聲不發的立在一旁。

在這當兒，忽內監入報導：「外兵已到京城外，正要架炮攻打哩。」西太后聽了大驚失色，不覺急得手足無措起來。榮祿忙跪奏道：「事已急迫，終不能聽外人進來蹂躪。以奴才愚見，還是請御駕出京，暫避風頭為上。」西太后垂淚說道：「匆促的時候，往哪裡去呢？」於是大家議了一會，決意往熱河再定方針。

計議既畢，即命剛毅出去預備車輛，一面到瀛臺通知了光緒帝；並將宮中嬪妃一齊召集。只見珍妃淚盈盈地侍立在側。西太后想起舊事，今日甚至倉皇出奔，更不如甲午之役，未免被珍妃見笑，便惡狠狠地瞧了珍妃一眼，冷笑道：「現在宮中諸人都準備出走，你卻怎樣呢？」珍妃掩著珠淚答道：「那聽憑太后處置。」西太后說道：「以我們的主見，此刻匆促登程，你們青春女子在路既是不便，留著恐受人之辱，我們看你還是自決了吧。」珍妃見說，曉得自己不免，便垂淚道：「臣妾已蒙恩賜，唯皇上是一國之君，萬不可離京遠去，否則京中無主，亂將不可收拾了。」西太后喝道：「國家大事，自有咱和皇上作主，無須你來饒舌。」叱令內監賜珍妃全屍。當由兩個宮監把珍妃用紅氈包裹了，抱持至園西智井口，奮力投下。

這時，瑾妃在旁眼看著妹子如此結果，不由得嗚咽起來。光緒帝恰巧趕到，要待援救，已然不及，只得付之一哭罷了。後人有詩悲珍妃投井道：

莫問宮庭景寂寞，丹楓亭畔眾芳嬌。花含醉態迎殘照，園外徵車過小橋。昔日題詩隨水去，憑弔智井暗魂銷！朱紅黛碧今何在？月貌花容無處描。

西太后處決了珍妃，自己便和皇上更換衣服，扮做避難人民，匆匆登車。榮祿還來請命，西太后吩咐道：「我們一走，京裡的事都由你暫時維持一下。至於外兵進城與否，終須到議和的地步，你可擬道旨意，召兩廣總督李鴻章進京，與慶王奕訢，同為議和全權大臣。待和議告成，我們再行迴鑾吧。」榮祿領諭退去。西太后回顧諸臣，隨駕的只有王文韶和趙舒翹兩人，回憶萬壽時節，真有今昔之感了。

當下西太后和光緒皇上匆促啟行，出得德勝門時，已有馬玉昆的親兵四五百人，是榮祿預令駐紮著，保護車駕西行。他們君臣坐在一輛大車上，徐徐地前進。約莫走了二三十里，因倉忙之中不曾帶著食物，這時不免有些饑餓起來。但一路都是荒野草地，茫茫一片，望不見一家村店。西太后和光緒皇上唯有忍饑兼程而行。可是那些車伕卻不住地喊餓，停著車不肯前進了。經西太后再三地安慰他們，始得勉強攢程。皇帝和太后到了這個時候，反懇請於執鞭的御者，也是他們孽由自作啊！

於是這樣的牛牽馬繃，又走了二三十里，看看到了一座村莊。那些跟隨的內侍宮女在風聲緊迫時，本已有一天多不進食了，這時實在熬不住了，也有餓倒在車上的。西太后於這種情形的確生平所不曾見的，眼看著她們狼狽的狀態，不免憫然，便命停車，向村莊中去覓食。當由李蓮英下車，前去對莊上的村民說道：「我們是避難的官眷，因為逃走時匆忙，忘帶了糧食和銀錢，所以要求你們供給些食品，將來回京後，自當重重的補報。」那些村民見西太后一干人馬都愁眉不展，卻不失華貴的氣概，便爭著把麥飯之類獻上。這一般內監宮女們本是饑慌的了，一見麥飯，就狼吞虎嚥地吃得乾乾淨淨。光緒帝和皇后瑾妃等也略略吃了些。只有西太后一人，對於這樣的粗糲怎能下嚥呢？不由得瞧著光緒皇上潸然下淚道：「我們深處宮禁，哪裡知道民間的疾苦呢？你看他們以如此粗糙的東西充饑。我們天天吃著肉食還嫌不好。到了今日，方知物力維艱了，這叫事非經歷不知難啊！」說著就有些嗚咽起來。其時隨扈的有慶王的三個女兒，貝子溥倫、桂公夫人等，見西太后悲傷，便一起來慰勸著，一面命大軍依然前進。

到了黃昏，已抵貫市；又由內監和李蓮英等去尋些食物吃了。帝后及西太后也不下車，就在車上坐待天明。

到了次日，車子起行時，西太后因鴉片癮發，更兼兩日不進滴水，已然臥倒車中。幸虧將近旁午，車抵懷來縣境。經李蓮英先去通知，懷來縣知縣吳永慌忙出城迎接，並置備筵席，等西太后和皇上皇后等進膳。但懷來地方也是很苦的，進獻的食品也不見十分精美，不過比較村民所獻的麥飯，卻已天差地遠了。西太后一頭用膳，由知縣夫人替太后梳髻，又讓出衙中上房，備太后、皇上安息。李蓮英卻去找尋了一副鴉片煙具來，是一根破竹筒，鑲個菸斗在上面；那煙燈也是汙穢不堪的。西太后也沒法，終算過了癮，這一夜才得床褥安眠。宮女太監們似得了安樂窩一般，無不嘻笑快樂。西太后嘆口氣道：「人經痛苦方知樂，這句話萬萬想不到會應到我身上來呢。」

一宿無話。次日起身，由吳知縣又僱了幾乘車子，恭送太后和帝后啟程。這樣的走了半日，忽然馬玉昆五百護送的兵丁一齊鼓譟起來。西太后猶如驚弓之鳥一般，嚇得面容失色，忙叫人去問什麼事鼓譟。只見內監來回奏道：「馬玉昆的部卒連日護駕西行，沿途的糧食，都由自己帶來的。現在糧已告罄了，所以不肯前進，在那裡爭鬧。」西太后聞奏，一時也想不出別法，只得命宮嬪妃后們把頭上所插的釵鈿拔下來去犒賞他們，方得前行無阻。

這樣的一路過去，到了太原，甘肅巡撫岑春煊率領勤王師趕到。其他的大臣如王文韶、趙舒翹等也陸續到了。這時，西太后心神略定，垂淚對岑春煊說道：「我們此次千里蒙塵，這樣的苦痛實生平所未經。你看往時忠心耿耿者，臨危已逃走一空，卿能不辭勞苦，患難相從，咱若得安然回京，絕不有負於你。」說著手撫岑春煊之背，痛哭不已。岑春煊忙勸道：「太后保重聖躬要緊，且莫過於悲傷。路上的安寧有小臣在此，諒可無患，請太后放心就是了。」西太后聽了才含淚點頭，傳旨在太原暫住。

然西太后受了一番驚恐，未免小有不豫。由山西撫臺薦縣丞葉承嗣診治，進了一劑和胃舒肝湯，稍覺痊可一點。不過京中的消息還是十分險惡，西太后心上很覺不安，於是命車駕即日西進。光緒帝在出奔時，原很不贊成的了，現在西太后欲駕幸長安，光緒帝便竭力反對，母子間口頭上的爭執也鬧過好幾次。西太后哪裡肯聽，光緒帝拗不過太后，只好隨從西去。

既到了長安，西太后就下詔罪己。那時榮祿已代擬詔書，召李鴻章進京，開始議和。八國中由德國領頭，要求很是苛刻。經李鴻章費盡心機，尋出一條門路來。那門路是誰呢？就是津沽的名妓賽金花。原來賽金花本是殿撰洪鈞的寵姬；當洪鈞出使德意志時，和德國砲兵上尉瓦德西很有交情，賽金花同瓦德西也締做密友。照西國的習慣，男女交際，是應該有的，所以賽金花與瓦德西從友誼漸漸入了戀愛程度了。洪鈞回國之後，便一病不起。賽金花因受大婦的欺凌，就下堂求去，重墮風塵。此時聯軍進迫津沽，系假戕殺德使克林德之名，和中國宣戰的。因是各國推德國出面，德將瓦德西做了聯軍總帥。李鴻章急於議和，便委託賽金花去謁見德帥瓦德西，令她於中說項。瓦德西和賽金花既是舊歡重逢，自然十分要好。一場和議，得著賽金花的助力很為不少呢。但大體方得就緒，李鴻章忽然積勞成疾，竟至撒手西歸了。西太后聞得李鴻章的死耗很是震悼，立命賞治喪費萬元，著奕匡代表祭奠，以慰忠魂，並謚號文忠，這且不提。

再說李鴻章議和的條約共計十二條，雖經告成，但還有許多的手續未曾完備。西太后隨即派了王文韶去繼李鴻章的任，終算將一樁大禍完全結束。等到雙方簽約的時候，西太后眼見得辱國喪權，自己責備自己時，也不覺流下兩行珠淚來。

卻說光緒帝被囚在瀛臺的時候，一腔鬱憤本來無可發洩，到了聯軍進逼京城，太后倉皇出走。光緒帝聽得消息，便朝服整齊的要往使館中去。西太后大驚道：「你此時前去，豈不是送羊入虎口嗎？」光緒帝坦然說道：「他們是文明國人，對於鄰邦的君主絕不至於加害的。而且經此一去，如議起和來也容易入手了。」西太后忙阻攔道：「你就是要去，也不應在這個時候，試問你這時就是到了使館，算去認罪呢，還是去議和呢？真是毫無理由，何必去冒險呢？」光緒帝不聽，當時認定要去。西太后謂皇上受驚，神經錯亂，命內監等擁著光緒帝強行登車。後來到了太原，西太后令西進長安，光緒很不願意。

又經一番力爭，西太后只說皇上神智不清，叫內監們去好生看護，依然迫著上車。但車駕西發的時候，光緒帝尚垂淚不止。因為倘太后西去，留皇上居京，那京裡有了維持的人，何至受外人如此蹂躪呢？所以人謂德宗昏庸，那話未免冤枉他了。

不過自車駕到西安後，光緒帝終鬱鬱不樂，言語之間不時作憤激之詞。可是西太后卻不能見諒，強說皇上患心疾。她要使臣工們見信。一天，乘慶王長女元大奶奶隨侍在側時，暗中示意皇上，令取元大奶奶的奩具，把它藏過了；光緒帝不曉得西太后的用意，真個去做了出來。等元大奶奶梳洗時，尋不見奩具，瞧見皇上放在那裡，便問他取回。光緒帝不許道：「那是太后所賜，怎敢私下相授呢？」元大奶奶見說，也只得罷了。及謁見西太后，把這事提起，西太后笑道：「堂堂帝皇竊人的奩具，他還不是患了瘋病嗎？」經這一度之後，光緒帝患心疾的話說，漸漸有人相信了。其時光緒帝何嘗有什麼病呢？無非西太后要埋沒他罷了。這且不提。

當下那和議告成，十二條中有懲辦罪魁一條，在迴鑾之前，自然要實行的。於是就在西安下詔，載瀾、毓賢正法，端王遣戍新疆。剛毅得了消息。已急死在西安旅中。其他凡參與義和團的朝臣多半革職。諸事妥當，準備迴鑾。後人有詩嘲西太后蒙塵西安道：

烽火連天戰鼓驚，夷兵夜入燕京城；車駕匆匆奔城外，喊殺號呼血染塵！嗟兮事急如狼犬，滿朝無有保駕臣；深居宮禁厭肉食，倉皇道途飲糜粥；頤和園裡多繁華，今朝卻來荒郊宿。如意館內諸寵臣，回憶往事掩袖哭！出亡千里入太原，君臣唯知避強敵；不願長安成帝都，百官草草朝班列。

辛丑年的七月下旬，西太后命近臣勘視東路的行宮和鑾輿所經的道路，以便回京。但傳諭地方官吏，凡鑾駕所歷的州縣無須過於供張。諸事務求儉約。這是西太后蒙塵時受了痛苦，也算是一種覺悟啊。到了迴鑾的那天，西安城中的街道一律粉飾成黃色，兩邊的房鋪，都懸燈結綵，十分熱鬧。這時比較來的時候，情形又是不同了。西太后又傳諭，把鑾輿的黃緞幔打起，任民間的婦女瞻仰聖容。當車駕未出城之前，由彈壓的兵丁執著藤鞭掃清了街道。後面便是前導馬，一對對地過去；前導馬之後，是黃衣黃帽的內監和穿黃馬褂的官員；其次又是乘馬的太監。那步行的宮監都手提著香爐，香菸飄渺。街上寂靜得鴉雀無聲。隨駕左右的人，多半是繡服黃裳、王公大臣之類。禁衛軍過去，便是光緒皇上和皇后妃嬪的車駕。後面黃轎裡坐著大阿哥，並許多保駕的親王。西太后的鑾輿用三十六人抬著，都穿著團龍褂子，很整齊地過去。不料在這警衛森嚴的當兒，忽然街道上衝出一個赤身露體的大漢，揚著兩臂直奔西太后的駕前。要知後事如何，再聽下回分解。

植蠶桑農婦辱吏　鬧宮苑喇嘛驅魂

卻說西太后的鑾輿方出長安時，街上忽然來了一個大漢，赤膊跣足，臉上塗著花彩，雙手亂舞的直撲西太后的駕前。兩旁侍衛立刻將大漢擒住，一刀斬在街旁。這時扈從的大臣，深怕有刺客犯了御駕，即命追究那大漢的來歷，經地方官報告，才知道那大漢原是個瘋子。當下鑾輿經過，民間的婦女都長跪兩邊迎送。西太后在輿中，瞧婦女中間，有一個穿補服的婦人很恭敬地跪在那裡，西太后知道是個命婦，令賞給銀牌一面。

這樣的一路進了潼關，沿途都有官員長跪迎送。護駕的兵丁，除了原有馬玉昆的五百之外，又有鹿傳麟、宋慶和的軍隊。過太原時，光緒帝命將駐蹕地方的祠廟，統賜匾額一方。其實，南書房供奉，只有陸潤庠一個人，不到半天功夫，把七十多處的扁額都已題就了。光緒帝誇獎了陸潤庠幾句，還賜了一百匹銀絹。但西太后住西安的時候，有侍臣榮辛的兒子也常常在太后地方，很得太后的歡心。因為榮辛的愛妾是侍候西太后的，所以他的兒子得跟隨在左右。那個小兒年紀不到四歲，卻十分聰明；西太后賜他的食物，必先行了禮才敢取食。因此西太后不時召見他。後來等西太后迴鑾，那小兒忽然死了。西太后很覺鬱鬱不歡，足有三四天，才旋旋忘去。

車駕到了大同，山西撫臺恩銘已預備了火車，車上設了御座，裡面一齊都用黃緞，繡著龍鳳花紋。西太后登上火車，不覺望著王公大臣微笑道：「我們倒還有今天的日子。」說著便瞧著光緒皇上，光緒帝卻低了頭，只做不曾聽見一樣。火車啟行，好似風馳電掣一般，直向北京出發。

既到了京中，早有滿漢文武大臣和各國的公使在城邊迎接。公使們見太后、皇上下車，都脫帽致敬。西太后只對他們略略點頭，便乘了鑾輿進城回宮。可是一到了宮中，只見什物零亂，所有陳設的寶物失的失去，毀的毀壞，真是繁宮華庭，頓成了荒涼世界，西太后不由潸然淚下。

西太后迴鑾之後，腦子也漸漸地變過來。這時，淳親王載灃從德國謝罪回來，力言外邦的文明，西太后知道大勢已變，非實地改革一下不行。於是先把屈死的大臣一一復了原官，入賢良祠受祭。將珍妃的屍首打撈了起來，以貴妃禮節安葬；一面下詔實行新政，凡舊日康梁所條陳的廢科舉、興學堂等等，從前所不贊成的，現今卻都一件件的實行了。然宮中自經這一次大創後，不但實物的損失，就是侍候西太后的那些婦女也多半走散了。還有繪畫的繆素筠也生病死了。李蓮英的妹妹又出嫁了。端王的福晉，因端王遣戍新疆，罪婦不便入值。其他所有的，不過一個壽昌公主而已。因此，西太后覺得十分冷清了。

這個當兒，慶王之女珍珠隨著福晉進宮。西太后見她伶俐，便命留在宮中。那珍珠是往東洋留過學的，閒談之間講起日本的婦女，到中國來學習養蠶，學會之後，再研究種桑的方法，她們準備自己去種桑養蠶了。因日本人對於蠶桑也列在農學裡面，很是重視的。可惜日本氣候不對，養蠶終是不發達的。西太后聽了，頓觸起她的好奇之心，便對珍珠說道：「古來的帝后，也有養蠶織布的，我們怕做不到嗎？」當下傳諭旨出去，叫在江南地方挑選清秀的婦女二十人，送入大內養蠶。又令在民間弄來桑樹的種子，叫內監們種植。不到幾時，鄉間民婦送到了，西太后便另闢一室，看這些婦女在裡面養蠶。蠶既做了繭子，隨即取絲，買了機軸，織起綢來。一時在大內的人，終夜間得機聲不絕，卻是西太后督導女工在那裡織綢緞。但這一批女工大都是有夫之婦，西太后准半年回家一次。平日在宮中的時候，賞賜也很優厚，每織成一匹布賞銀四兩；織綢一匹，賞銀十兩。倘逢著時節，便得加賞二十兩。有時宮中演戲，也得賞賜瞧戲。鄉中的民婦受這樣的寵遇，也要算是難得了。所以，一般出入宮禁的民婦，眼光看的很大的了。

有一次江南的民婦，因蠶事將興，預備進京供職。但在起身之前，照例須地方官員遣發。其中一個民婦因不聽縣官的吩咐，知縣叫差役把她驅逐出去。不料那民婦也大怒道：「我在太后宮中，大大小小的官員真不知見過多少，卻來怕你一個縣官咧。」說罷就要動手來打，幸虧同伴將她勸了回去。知縣因恨她不過，拿這民婦的名兒取消了。其他的民婦到了京裡，西太后一點卻少了一人，問還有一個哪裡去了？那民婦將知縣留難的話告訴了西太后。西太后忙令傳諭，到江南指名要這個民婦，進京需用。知縣沒奈何，只得照常遣送。當臨行的時候，那民婦把知縣大罵一頓，知縣連氣也不敢喘一聲呢。這且按下不提。

再說宮中自西太后迴鑾後，不時發現怪異，有時桌椅無故自移，或屋中有步履聲音。一經往視，便寂然無聲了。但等人一走，那聲音又復響了起來。而且一天厲害一天，甚至有形跡出現。一般宮女，常常見珍妃在宮中往來走著，近看時又不見了。這種謠言漸漸傳到西太后的耳朵裡來，西太后很是不相信。後來也親自目睹過一次，方才和內臣商議祈打的法子。侍郎裕昆主張用喇嘛來打醮。

講到喇嘛本紅黃兩教，他的祖師，一個叫達賴喇嘛，一個是班禪喇嘛。其教始興在蒙古。當世宗的時候，喇嘛勢力很大，因為那時諸王競爭繼統，聖祖很相信佛教，也極是贊成喇嘛，所以世宗也供養著喇嘛，以備篡位時做個助手。世宗既登了基，喇嘛的勢力越發大了。只就永雋殿和雍和宮兩處，那喇嘛已很不少。而且一樣的干預朝政，一般地賣官鬻爵。無卿的官僚，往往無可設法時，便去走喇嘛之門。結果，因喇嘛的聲名狼藉，幾乎一蹶不振咧。但在喇嘛興盛的時光，他們手下服侍的人都是滿人。原來滿人有一種奴隸籍，譬如老子犯了國法，子孫得貶入奴隸籍。不過一入奴隸之後，雖一樣可以做官；一遇他舊日的主人，卻依然要奴主稱呼的。這種奴隸滿人，也有服侍漢人的。清末的督撫衙門裡，此類奴隸最多了。至於給喇嘛執役的，大都是皇上所遣派，也有自己僱用的。奴隸稱喇嘛，都是喚做師爺。其時在雍和宮，給大喇嘛驅使的奴隸，名兒叫做多達，為人很是勤儉，深得大喇嘛的歡心。這樣的過了幾年，一天那多達向大喇嘛要求道：「奴才跟隨師爺多年了，可否在一班大人面前吹噓一下，給奴才一個差使做做。」大喇嘛點點頭，隔不多日，大喇嘛果然替他謀了一件事，是賑濟局的委員。第二年上，多達已銷差回來，因這賑濟局是不長的，缺分卻很肥美。多達回來，仍到大喇嘛的地主執役，這是入了奴隸籍原故。任你做了最大的職分，一卸職依然是個奴隸了。

多達既仍稱奴隸，還取出一張六萬元的銀票，算是謝大喇嘛的，大喇嘛倒吃了一驚，忙問道：「你只任了六個月的差使，能賺幾多錢？卻送給我這許多。」那多達說著：「不瞞師爺講，這是最優的美缺，所以六個月中共弄到十九萬；但像奴才似的，還是平日不會弄錢的咧。」大喇嘛聽了，把舌頭伸出來，半晌縮不回去。從此以後，有人央託大喇嘛謀事，就要運動若干，卸任回來，又要酬謝若干，這都是多達一人所弄出來的啊。可是，清代官吏的腐敗，專一剝削小民，就這個上頭看來，已可想而知了。

閒話少說，當下西太后即命傳集喇嘛，就在宮中設壇建醮。到了那時，鐃鈸丁咚，禁宮又一變而為寺院哩。到法事將畢，由喇嘛奏明太后，舉行打鬼。這打鬼的活劇，雍和宮中素來有的。用平常的小喇嘛，穿了白衣，戴了白冠，面上塗了五彩，預先在暗處伏著，大喇嘛在臺上念經作法，忽然燈燭全滅，一聲怪叫；所扮的活鬼便從暗處直竄出來。旁邊那些喇嘛，已持著竹片在那裡候著，一聽大喇嘛叱吒，立刻把竹片向活鬼亂打，活鬼往四下奔避。末了直打出宮外，活鬼前面逃，打的後頭追。須追得瞧不見了才一齊回來。這時算鬼已打走，宮中燈火復明，謂一切的不祥就此驅逐乾淨。

但此次宮中的驅鬼，是奏明了西太后舉行的，那些活鬼都由太監們改扮。到了打鬼的時候，宮裡大小嬪妃宮女皆手拿著竹片，等候驅鬼。大喇嘛把神咒念完，喝令驅逐，一般宮女，七手八腳的望著扮鬼的內監打來。那些太監便穿房走戶的從這宮逃到那宮，凡有怪異的地方，一處處都要走到。宮女們一邊嘻笑，一邊打著，也有傾跌的，也有痛手指的，霎時光怪陸離，醜態百出。西太后同著皇上皇后，及瑾妃等，也來壇下看喇嘛驅鬼，見了這般情狀，也忍不住笑了起來。宮女們追逐太監扮的活鬼，一直到了預備著的水池邊，那活鬼紛紛跳入了水池中，把臉上的顏色洗去，算是把鬼趕入水裡去了。然宮裡自經這樣混亂了一場，果然覺得安靜了許多。以是宮中成了一種慣例，每到這個時候，必須打鬼一次了。這且按下一邊。

再說清廷自拳民之亂，外人既蹂躪了北京，還要求很大的賠償，這個上頭不免大喪了元氣。但一波未平，一波又起，湖南和廣東地方又鬧起革命來了。原來這革命黨在康梁奏請行新政時，已經發動過了。那時在廣東組織興中會的首領，叫做孫文。這孫文，字逸仙，是廣東香山縣人；當初在中西醫學校裡卒業，也曾入教做過教士，後來卻專門行醫，到處演說革命，崇信他的人一時很為不少。不期給清廷知道，很注意他的行動。孫文既辦了興中會，因會員十分發達，被廣東偵探將孫文獲住，說他立會結黨，便解到兩廣總督署裡。恰巧總督是李鴻章，他見孫文辯辭流利，人品出眾，就存了個憐才之心。暗想現在的中國要想出這樣一個人才，也是不容易，並且他謀叛又沒什麼證據，何必認真去幹呢？當下乘個空兒把孫文釋放了。孫文得脫身以後，宣傳革命，益覺得起勁了。又隔了不多時，因李鴻章奉調入京同德國去議和了，繼任總督的就是譚鐘麟。孫文乘譚鐘麟到任未久，便締結了鄭弼臣、陸皓東、黃彬麗、朱浩清等，想在廣東起事，並飛電湖南唐才常等，到了那時以便響應。不料事機不密，給譚鐘麟知道，將陸皓東一班人設法擒獲，立時斬首。這樣一來，孫文在廣東站不住腳，只好逃往日本。

孫文走後，興中會的黨人史堅如用炸彈拋擲廣東督署，事體鬧得很大。清政府裡，已知孫文是革命黨首領，史堅如的事也歸罪於孫文，聽得逃往海外，便通電駐各國中國公使，留意緝捕。孫文逃走到日本時，清政府已照會日本拿捕，幸虧在橫濱遇見了日本人宮崎寅藏，對孫文說道：「你在日本早晚要不免的，還是到英國去的為上。」可是孫文此時身無半文，行動不得。又是那宮崎寅藏助了孫文幾百塊盤費，才得勉強成行。

於是匆匆離了日本，渡了太平洋，竟往英國來。不到幾天，已經到倫敦了，孫文就去找尋醫師磘立德，告訴他是亡命來此，立德和孫文原是從前的舊友，便叮囑孫文道：「現在清廷緝捕你的風聲很緊。

就是本國也有中國公使館，怕他們已得著清政府的電報了。你若要外出時，須通知我一聲，好派人保護你。」孫文答應著，心裡尋思道：我已到海外，清廷終拿得厲害，也斷不會到英國來捕人。因此大著膽子，依然照常進出。對於留學英國的學生，仍舊鼓吹他的革命主義。

一天，忽然有一個廣東鄉人來請孫文出去，孫文並不疑惑，很爽氣地跟他前去。到了那裡，邀孫文上了樓，那同鄉人已不知去向了。孫文這才有些疑心，忙推開樓窗向外一望，不覺吃了一驚。因為大門外面突然懸起龍旗來了。孫文趕緊回到裡面，高聲叫了兩聲，見走進來一箇中年僕人，笑著問有什麼事。孫文說道：「這是什麼地方？為什麼請了我來，卻把我幽囚著呢？」那僕人微笑說道：「你來了半天，還不曾知道麼？此處是中國龔公使的私宅，將你邀來，因為清國的皇帝要尋你去做官，有電文來知照公使的啊。」孫文聽了，曉得身入牢籠，就是插翼也飛不掉的了。思來想去，終轉不出脫身的法子，只有致書給碰立德，叫他設法營救。但這書使誰送去呢？當下孫文央求那僕人道：「我既然到了這裡，也不想出去了。不過我有一位好友，須遞個消息與他，你肯替我送一封信去麼？」那僕人起先不肯，經孫文說了許多好話，才答應了。孫文很匆促的寫了幾句，命僕人去送給碰立德，又恐怕他中途變更，便講了些耶穌救人急難的話給他聽，那僕人去了。要知孫文能逃脫否，且聽下回分解。

舒鬱憤無聊踏春冰　憶舊恨有心擲簪珥

卻說那孫文被困在使館裡，一時不得脫身，心上老大的著急，便和館役商量，叫他寄個信給醫師砭立德。館役不肯答應，深怕弄出禍來。經孫文竭力地勸諭了他一番，說你放大了膽儘管前去，萬有甚事發生，我會叫外人幫忙，自然可以挽回。館役知道孫文也不是個尋常之人，諒不至於累及自己，便允許下來。於是祕密藏了孫文的信，竟來見砭立德，把孫文被幽囚的事，細細告訴了一遍。

砭立德大驚，說道：「我早就囑咐他留意一點，如今果然入了牢籠了。」說著打發了館役回去，一面託英文報記者將中國公使擅在英國境內捕人的事，披露在報上。英政府得了這個消息，如何肯輕輕放過，便打了照會給中國使館，謂在英國境內捕人，有損英國法權，就是從萬國公法上講起來，也決沒有這種成例。中國使館見外人干涉，怎敢違例，只得把孫文釋放，還向英政府道了歉，這事才算了結。

孫文既得脫身，就連夜離開英國，仍舊到日本尋他的同志去了。那時，中國自孫文逃走後，廣東的興中會，由會員楊少白等一班人主持。因鑒於前次孫文的失敗，大家按兵不動的坐以待時。倒是安化人李燮和在湖南鬧了一次，給湖南巡捕偵悉，派人密捕。李燮和見事不妙，一溜煙逃往美國去了。這裡只苦了約期起義的長沙師範的學生，全體都被逮捕。學校也封了起來，為首的就地處決，附和的監禁了，不知情的釋放，然已無端枉送了幾十條命。

孫文在日本，聽得興中會依舊不曾殲滅，便又印了許多的會章，由日本寄到中國來，宣傳革命，招攬那些青年入會。這章程傳到京中，滿人御史竟上疏奏知西太后，把章程附在疏中。西太后讀了一遍，見章程上的詞句都講的清廷行政，什麼內政腐敗，引用私人，大權滿人獨攬，以漢人為奴隸等等，說得很為痛切。列舉的弊端，也正打中西太后的心坎。西太后不覺笑道：「此人屢鬧革命，人家很受他蠱惑的，想來也有些才具，可惜他不肯歸政，不然倒也是個人材呢。」西太后輕輕的一句話，給一般滿洲人的御史聽見了，他們以為迎合太后的意旨，第二天就上章請招安孫文。西太后瞧了這類的奏疏，也唯有付之一笑罷了。

且說光緒皇上自從西安迴鑾之後，西太后益發當他是眼中釘。這是什麼緣故呢？因為光緒帝戊戌變政，重用康梁實行改革舊制，被西太后將新政諸臣一網打盡了，自己便三次垂簾。不謂在這個時候，聽信端王剛毅的話說，誤用義和拳的滅洋政策。結果弄得倉皇西奔，一敗塗地，倒不及光緒帝親政事時的太平了。因此心上很為不安。又經內監們的攛掇，說皇上對於太后的信用拳民，很多譏笑。西太后初時也甚覺愧悔，終至於惱羞變怒，含恨皇上，自不消說了，而且把光緒帝所居瀛臺的門禁，比以前嚴厲了許多。當庚子的前頭，那瀛臺的左面除了船楫以外，本來有一座橋可通。橋用白石砌成的，起落可以自由，日間原將橋放下，宮女嬪妃隨時能夠往來。但庚子以後，兩宮迴鑾，光緒仍居瀛臺，起先倒極安適，可是過不到幾時，太后即命把橋收起，無論晝夜不得任意放下。嬪妃蒙召，用小舟渡了過去，由太監在水橋上接引，這樣的幾乎成了慣例。

這時，光緒帝的身邊只有瑾妃一人侍候。光緒帝每於月夕花晨，因瑾妃在側，便想起珍妃來，不免唏噓零涕；瑾妃也痛哭失聲。二人悲傷了一會，相對黯然不樂。有一次上因嚴寒大雪，平地積雪三尺，西太后叫小監做一件狐皮袍子去賜給皇上，並吩咐小監道：「你把衣服呈與皇上，只說是老佛爺親自所賜，衣料是布的，衣鈕卻是金的。照這幾句話，須接連上三四遍，看皇上怎樣回答，便來報知。」小監領了旨意，用小船渡到瀛臺，將衣服呈上後，依西太后所叮囑的話說個不了。光緒帝先時只當不曾聽見，末了給小監說得不耐煩起來，就憤憤地說道：「我知道了。太后的意思，謂我將來死不得其所罷了。但我以就這樣一死，也不得其時，還是苟延幾時的好。不過人誰沒有一死呢？有死得值與不值的分別。太后雖望我即死，我因不值得才不死的，你去報給太后，說我這般講就是了。」小監見光緒帝動怒，自不敢再說，竟匆匆地去了。瑾妃在旁變色道：「皇上這話，不怕太后生氣嗎？」光緒帝不覺微笑道：「我到了這樣地步，還怕她則甚？大不了她也和肅順般處置我好了。」瑾妃聽罷，忙用眼示意。光緒帝正在氣憤的時候，哪裡在心上呢？原來其時，恰巧香兒也來侍候皇上，瑾妃知道他是太后的偵探，所以竭力阻止光緒帝，叫他不要信口開河，免惹出許多是非來。

但這香兒是誰呢？若然說起來，讀者諸君或者也還記得。當拳亂之先，西太后不是在頤和園中設著什麼如意館嗎？還招四方青年子弟入館去充館役。在這個當兒，內監李六六便遇見了那個管劭安，把他薦入館中。哪知管劭安入館後，大得西太后的寵信，不時召入奏對，在宮監面前稱劭安做我兒，又稱為香兒。因而合宮的人都喚劭安做香貝子，和從前香王，權衡差不多上下。香兒既這般得勢，就出入宮禁，專一替太后做耳目，刺探了別人的行動，去報給太后。宮中的人又稱他做順風，因不論瑣碎小事，太后終是知道的，都是這香兒去報告的啊。

瑾妃心上很明白，見皇上這樣亂說，雖是著急，但也沒法止住他。停了一刻，香兒果然去通知了。後來，禁止大臣到瀛臺問皇上起居的旨意，不久就下來了。因光緒帝雖被禁在瀛臺，那大臣們去問安，或疆吏的入覲，本可以通融的。自這次之後，西太后疑光緒帝恨己甚深，倘大臣們任意進去，弄出衣帶詔的故事來，所以不得不預先防止了。

還有一次，岑春煊早在西安曾率師勤王，西太后很是讚許他。這時便擢他做了四川總督。岑春煊在臨行的時候，請入瀛臺覲見皇上。光緒帝一見春煊，三數語後便潸然淚下，正待訴說心事，忽見香兒突從外面進來，光緒帝即變色起立，一句話也不說。岑春煊知機，便乘勢請安退出。但那香兒是何等乖覺的人，他眼見得君臣這種情形，心裡早有些疑惑，就暗中去告訴了太后。依西太后的意思，阻止入覲的諭旨，這時已要實行的了。為於香兒有礙，才緩了下來。如今光緒帝大發牢騷，自己說出心事來，香兒去對西太后一講，西太后知道皇上一刻不忘自己的怨恨，便立時把瀛臺交通斷絕。

光緒帝在瀛臺裡面，只有兩個宮女和四個小監，一天到晚同瑾妃相對著，終覺得悶悶不樂。因皇上居處的地方，是在涵元殿，瀛臺是總名罷了。這涵元殿的大小共有平屋三間，每間不過丈餘的寬闊。後面僅有一座小樓，光緒帝於悶極的時候，也登樓去眺望一會，但不到幾分鐘便長嘆一聲，慢慢地走了下來。那涵元殿的對面叫做香殿，是皇后的居室。然皇后雖有時入侍，光緒帝卻不大和她說話。總之自幽禁以來，從不一至香殿。所以皇后和光緒帝，是面和心非的。又見皇上寵著瑾妃，皇后益發惱恨了。

可是皇后那拉氏，本是西太后的內侄女。她要配給光緒帝，想從此籠絡起來，大權可以永遠獨攬。哪知光緒帝卻不中意現在的皇后。因西太后授意給他，叫皇上於擇后時，將玉如意遞與自己侄女。故事凡皇帝冊立皇后之前，把有皇后資格的閨女，排列在殿前，任皇帝自己選擇，選中了是誰，就拿手中的玉如意授給誰。光緒帝的心裡，要想遞如意給珍妃的。但西太后預先授意，不敢違背，只在那遞過去時，假做失手掉在地上，一隻很好的玉如意竟打得粉碎了。西太后見了這般情形，便老大不高興，母子之間在這時已存了意見的了。等到大婚以後，光緒帝自然不喜歡皇后，西太后要光緒帝的服從，明知他愛的是珍妃，就把珍妃姐妹立做了妃子。光緒帝既有珍妃姐妹，於是皇后越不放在眼裡了。皇后目睹著妃子受寵，心上如何不氣呢？以是不時在太后前哭訴，乘間拿珍妃姊妹責打了一頓，雖說藉此出氣，而光緒帝的心目中越當皇后似仇人一般了。庚子拳亂起事，兩宮料理出走；西太后趁這個當兒把珍妃賜死，也算替皇后報復。迴鑾之後，光緒帝想念珍妃，以為珍妃致死，完全是皇后加害她的，因此和皇后同居瀛臺，相去不過咫尺，光緒帝卻從不到香殿去，也不互相交談，夫妻好似陌路一般。

一天，光緒帝在瀛臺實覺氣悶不過，要想出去，沒有橋樑和船隻，不能飛渡過去，便倚在窗上躊躇了一會。見那水面上已結著很厚的冰，不覺發奇想起來，要待從冰上走到對面去。瑾妃忙勸阻道：「那冰是浮在水上的，到底不甚堅實，倘踏到了那裡，忽地陷了下去，不是很危險的嗎？」光緒帝一意不肯聽，決意踏冰渡水過去。於是叫一個小監扶持了，一步步望冰上走去。在近岸的冰塊果然結得很厚，人踐踏上去，受得住重量，不至於破裂。但到了正中，水漸漸地深了，便不容易結冰，那冰就薄了。光緒帝走到這裡，才覺得那冰有些靠不住。正在懊悔時，小監的一足已陷入水裡去了。對面的太監趕忙撐著小船來接，這樣的忙了半天，光緒帝才算登了彼岸。

哪知光緒帝踏冰的時候，皇后方在香殿裡梳洗。她從鏡中瞧見河裡有人走著，一時很覺詫異，便忙臨窗一望，見皇上在那裡踏冰渡水，就暗想道：「他近來神經錯亂，舉動上很是乖謬。但那瑾妃須不曾瘋癲，為什麼不加阻諫的呢？萬一皇上有了危險，我也住在這裡，豈能不認其咎。」當下便急急忙忙地妝飾好了，也駕著小舟渡過河去，報告給太后去了。

這裡光緒帝，到了瀛臺的那面，如鳥脫籠似的，好不快活。一面叫小監打槳過去，把瑾妃也接了來；二人挽著手往各處玩了一遍。走到仁壽殿面前，光緒帝不由地長嘆一聲道：「今還記得那年和翁師傅在這裡商議朝事；也召見過康有為，不料和袁世凱在此見面後，就從此不能到這裡了。回憶當日的情景，宛如在眼前一樣。不過從前和現在，境地卻相去遠了許多，想起來能不叫人傷心嗎？」光緒帝說罷，眼看著瑾妃，不免有點傷感起來。瑾妃怕皇上憶起舊事，因此憂鬱出病來，所以忙慰勸道：「那是蛟龍暫困池中，終有一朝逢著雷雨，就可霹靂一聲，直上青霄了。」光緒帝見說，只略為點了點頭，重又嘆道：「人壽幾何？韶華易老；倒不如那些尋常的百姓人家，夫唱婦隨，其樂融融！我們到西安時，見一般農人夫婦，男耕女織，他們家庭之間，自有一種說不出的愉快。我們做了帝王，倒不及他們呢。怪不得明代的思宗說：願生生世世不要生在帝王之家。這話何等的沉痛啊！」光緒帝說到這裡，不覺淒楚悲咽起來。瑾妃在旁，竭力地解勸了幾句，但是怎能摒去皇上的悲感呢。光緒帝越說越氣，止不住撲簌簌地流下淚來。這時瑾妃也牽動了愁腸，君臣二人，倒做了一場楚囚對泣。

當下光緒帝和瑾妃，任意向各處走了一轉，因心事上頭，哪裡真個要遊玩呢？於是吩咐小監搖過小舟來，上船仍回到瀛臺。光緒帝覺得百無聊賴，叫宮女擺上酒來，瑾妃侍立在側，一杯杯地斟著酒，慢慢地飲著。這樣地過了一會，見對面的河中，頓時添了五六隻小舟，七八個內監，各人拿了一把鐵鏟，紛紛地打槳過來。光緒帝瞧著問瑾妃道：「他們不知又要做什麼鬼戲了。」瑾妃見說，便走到窗前，向內監一問。只見一個內監答道：「奉了老佛爺的諭旨，來鑿冰的。」瑾妃聽了，轉身告訴了皇上，光緒帝冷笑道：「老佛爺令他們來鑿冰，一定是咱在冰上走了幾步的緣故，深恐咱沒有船來渡，踏著冰走出去，因此來鑿這冰塊了。咱想天下無不散的酒席，何苦這般地管束呢？」光緒帝一面說著，只把酒不住地喝著，又指指香殿道：「這事必是那婆子去太后面前攛掇，才下諭旨來鑿冰的。他們的舉動，咱真如目睹一樣呢。」說罷又滿滿飲了一杯，對瑾妃笑道：「咱若能夠再執政權，這班狐狸的逆黨，須得好好地收拾他一下呢。」瑾妃見皇上又要亂言，忙搖手道：「隔牆有耳，莫又連累了臣妾啊。」光緒帝大聲道：「怕怎的，誰敢拿你侮辱？你的妹子已給他們生生地弄死了。再要來暗算你時，咱就和你同死，看他們有什麼辦法；莫不成真個殺了我們嗎？」

這個當兒，光緒帝酒已上湧，漸漸高談闊論起來。瑾妃本已是驚弓之鳥，恐皇上言語不慎惹出禍來，所以呆在一邊擔心。光緒帝原想借酒消愁。誰知愈飲愈覺滿腔鬱憤，都從心上起來了。他正在獨酌獨語，恰逢著皇后從太后那邊回來，到涵元殿侍候皇上。光緒帝對著皇后，是不交言語的，平日皇后過來，只默默地坐一會，便竟自走了。今天光緒帝有酒意，一見皇后，不覺怒氣勃勃，但礙著禮節，不好當場發作，心早存了個尋釁的念頭咧。當時故意問長問短，皇后不便拒卻，也只有隨問隨答地敷衍幾句。光緒帝問了許多的話，找不出皇后的事頭來，便回頭叫瑾妃斟了一杯酒，請皇后同飲，皇后勉強飲過了。光緒帝又命再斟上一杯，皇后是不會飲酒的，當然推託不飲。光緒帝乘著酒興，便作色道：「你的酒量很好的，怎麼說不會飲呢？那年的太后萬壽筵上，你不是飲過百來杯嗎？」瑾妃見皇上怒容滿面，知道有些不妙，忙說道：「那時的御酒也是宮人代飲的啊！」光緒帝冷笑道：「是親眼看見飲的，你替她辯什麼呢？」說著執了酒杯，強著皇后飲下。

豈知皇后的飲量的確很為狹窄。一杯之後，已覺頭昏眼花，身不自主了。這時見皇上逼著她飲酒，不由順手將酒杯一推，嘩朗一聲，把一隻碧玉的酒杯推落在地，碎作七八塊了。光緒帝想不到皇后會伸手推他，故此不曾提防。酒杯墮地時，不覺吃了一驚，便大怒說道：「咱好意叫你喝酒，為什麼把酒杯也打落了？你既不飲，咱偏要你飲上幾杯哩。」說畢連叫瑾妃，換個杯子再斟上來。瑾妃正在進退兩難的時候，忽見皇后突然立起身兒，搖搖擺擺地望外便走。光緒帝疑她去告訴太后，要待羞辱了她一頓，始放她出去。所以見皇后一走，光緒帝也跟在後面，一頭去阻止她的出門，不期酒醉腳軟，一歪身幾乎倒了下去。瑾妃慌忙來攙扶時，光緒帝的右手已牽住皇后的衣袖，趁勢望裡面一扯，皇后也險些兒跌倒。

原來皇后因不勝酒力，頓時頭重腳軟了。她起身想回香殿去，光緒帝誤會了意思，便去阻攔她起來。這樣的一牽一扯，弄得皇后七跌八撞，那頭上倏然掉下一樣東西來。瑾妃眼快，趕緊用手去接，哪裡來得及呢？拍地一聲，早掉在地上了。皇后也轉身瞧見，大驚說道：「怎麼把這御賜的寶物跌壞了呢？」光緒帝見說，看見瑾妃將掉在地上的東西拾了起來，再仔細一瞧，卻已跌做兩段，心裡也覺吃驚不小。要知那是什麼寶物，且聽下回分解。

碧血濺衣寡君自晦　青衣入侍稚子蒙恩

卻說光緒帝因在醉後與隆裕皇后爭吵，一個不小心把皇后頭上的一枝玉白簪碰落地上，頓時跌做兩段。因為這枝簪是高宗所傳，長約四寸，晶瑩光潔，沒有一些斑點的，確是件寶物。光緒帝締婚的時候，西太后就賜給皇后了，也算是清室傳家之寶。今天墜地跌斷了，皇后早已著慌，便垂著淚說道：「這枝簪原是祖宗的遺物，又是老祖宗賜給的，現在被皇上跌斷了，我怎好去見老佛爺呢？」隆裕皇后說著，便抽抽噎噎地哭了起來。瑾妃知道這事鬧大了，一邊慰勸皇后，一邊又替皇帝擔憂。皇后哭了一會，忍著淚說道：「別的不用講了，簪也斷了，這責任須皇上擔負，就一塊兒去見老佛爺，聽候處分吧！」

光緒皇帝初時見玉簪跌斷，倒也有些懊悔，連酒也醒了。這時聽得皇后說要一道去見西太后，不覺又把氣提了上來，大怒道：「區區一枝簪兒，即便是朕弄斷了，也不見得會拿朕怎麼樣，你開口閉口用太后來嚇人，朕便害怕了嗎？」說完對著地上的斷簪再奮力地一踏。接著又憤不可遏地說道：「你快去告訴太后，說朕有意這樣做的，看拿朕怎麼辦吧！」

隆裕后見皇上發怒，也不敢再說，只是含一泡眼淚，叫小太監打槳，渡到對岸見太后去了。皇后走了，皇帝兀是餘怒不息。瑾妃忍淚勸慰道：「皇后此去向老佛爺哭訴，不知又要出什麼花樣呢？」光緒帝仍然憤怒地說道：「管她們去怎樣呢！」當下一宿無話。

第二天，西太后召見光緒皇帝。瑾妃曉得是昨天跌碎玉簪的事情發作，便悄悄地對皇上說：「太后來宣皇上，諒沒有好事，定是為了那簪的事。到了那裡，只得聽其自然，不要像昨日那樣言語頂撞，不然您受皇太后的責難，還會連累臣妾呢！」光緒帝點點頭。他想起昨天的事，著實有些膽寒。這位皇上平素本懼怕西太后的，酒後忘乎所以，等到酒醒悔已遲了。聽到西太后宣召，不免畏首畏尾，只得硬著頭皮見太后。

西太后等光緒帝行禮畢，才發話道：「虧你也是一國的君主，有些行為還不及一個尋常的百姓，昨天甚至乘著酒興，像瘋癲一樣打起皇后來了。這不是和我作對嗎？我把自己的侄女同你聯成婚姻，原想會和和睦睦的，不料適得其反。但只要說出皇后的種種過失，說得明白，不妨布告天下，可以把她廢掉，何必這麼做作呢！若你不願意做，就由我替你實行。準把皇后廢掉就是，不過你得將她的罪名老實說出來。」

光緒帝連忙叩頭，並分辯道：「兒臣並沒說她有什麼不好，昨天一時醉後糊塗，下次改過了，絕不再有這樣的行為，還求老佛爺免怒！」西太后冷笑道：「酒醉糊塗麼？國家大事也這麼糊塗，怕不將天下送掉嗎？但我知道你素性忠厚，斷不至如此無賴，準是那狐媚子記恨在心，攛掇你才這樣的。我如今且來懲治她一會，以儆將來就是了。」西太后說話完畢，回頭叫宣瑾妃。過了一會，瑾妃已淚盈盈的隨著太監來到太后面前，跪下叩了個頭。西太后喝道：「昨日皇上和皇后爭鬧，你可在那裡麼？」瑾妃重又跪下道：「婢子也在一旁相勸的。」西太后怒道：「到了那個時候，用你勸解哩。你既知相勸，也不必唆弄出來了。」瑾妃忙叩頭道：「婢子怎敢。」西太后不等她說完，便把案桌一拍道：「由不得你強辯，給我攆下去重責四十。」光緒帝慌忙代求道：「老佛爺慈鑒，那都是兒臣的不好，不干妃子的事，乞賜恩饒恕了她吧。」西太后說道：「每次是你袒護著求情，所以弄得她們的膽放大了，不僅沒把皇后在眼裡，再下次連我也不在心上了，今天我偏不饒她。」內監們領了旨意，牽著瑾妃走了。可憐光緒帝眼看著瑾妃去受刑，自己無法挽救，真同尖刀剜心一樣，又兼昨日飲酒太過，腦中受了強烈的刺激，眼前一黑，幾乎昏了過去，終算勉強支援了。

這時西太后又問道：「從前內外臣工都說穆宗毅皇帝不可無後，我們就定了端王之子薄儁入繼，冊立為大阿哥。但如今那端王已成了罪人，朝臣紛紛議論，就是諸親王等也很多責難，這溥儁自然不能照常膺受重爵。大阿哥的名目只好准了眾議把來廢黜的了。但我是這樣想，不知你的意見怎樣？」光緒帝說道：「老佛爺以為怎樣，就怎樣為是了。」西太后微笑道：「你既已同意，當初冊立之時，也是你出面布告天下的，現欲廢立，依舊要你頒詔才是。」光緒帝道：「那個是臣兒理會得，即經施行就是。」西太后說道：「你打算還是過上幾時嗎？這事刻不容緩的，你不見那些外臣的奏牘麼？」說著把一個黃袱裹著的奏疏夾令內監遞給光緒皇上，一面說道：「那麼你就起草罷，明日就可頒布哩。」光緒帝不敢違拗，只得要了硃筆，慢慢地打起草稿來。

這個當兒內監來請進御膳。西太后便同了皇上到湖山在望處去午餐。皇上和西太后共食本是千年難得的，但是光緒帝因心裡不舒，又記掛著瑾妃，無論是山珍海味，哪裡吃得下呢。西太后又在這時講些西狩時的苦處，越發令光緒帝受了感觸；因此胡亂吃了一點。膳畢仍然去擬他的詔書。不過草就了一半，光緒帝陡覺得頭昏眼花，身不由主地望後倒了下去，慌得一班內監趕緊過來扶持了。西太后也著了忙，急急跑到光緒帝面前，安慰著道：「你要自己保重一點呢。須知我已是風前之燭，將來的責任，還不是在你身上嗎？但我聽得你現在不比以前，自暴自棄的地方很多，真替你可惜啊！」西太后一面說著，也假意彈了幾點眼淚。光緒帝聽了西太后的話說，只微微把頭點了幾點。這時忍不住咳了起來，哇地一口鮮血直噴了出來，正濺在西太后的衣上，西太后著實吃了一驚，忙說道：「你這症候來勢很是不輕，快命太醫院趕緊來診治吧。」內監們聽了，飛奔地去召太醫。

這裡西太后陪著皇上靜坐了一會，不一刻太醫來了。行過君臣禮，仔細診斷了一遍，說皇上怒氣傷肝，鬱火上炎，所以吐出血來了。而且積鬱過久，恐藥石一時不易見效。西太后見說，不覺長嘆了一聲。其時內監已推過西太后的臥車來，慢慢地把光緒帝扶上車子。西太后親自替皇上安放了枕衾，又再三地叮囑幾句靜養的話。從形式上看去，母子間的情感似乎非常深厚呢。光緒帝臥在車上，雖有太監們護著，可是半身實早失了知覺了。似這樣地出了慈安殿，仍用小舟渡到瀛臺。瑾妃已在那裡侍候著，只是玉容慘淡，表示她因受責後，身上傷痕劇痛，所以有這樣的現象。光緒帝見景傷情，益使他心裡難受。故此一見了瑾妃，只是連連搖手，似乎叫她退去，不必再來侍候。瑾妃會意，便略去休息一刻，又來塌前照料了。有時在矇矓之中，忽然呼起痛來，倒把皇上驚醒了，明知瑾妃的創痛，心裡一氣，病也愈加沉重了。

不言光緒帝臥病。且說西太后送光緒皇上走後，知道他病很厲害，自己掌著朝政，全恃垂簾的名目，大權獨攬，滿人族中誰不妒忌她呢？就是近支的親王，也沒一個不覬覦大位，乘隙而動。不幸光緒皇上有什麼差遲，族人自然要競爭入繼。到了那時，一朝天子一朝臣，別人繼了大統，當然另有攝政之人。西太后一旦大權被攫，不免要受人指揮，焉有今日的榮耀呢？思來想去，黨目下的地位倒是十分危險，因召軍機大臣榮祿入內計議。商量了一會，終籌不出善後的良策來。於是，西太后也一天到晚，愁眉不展地悶悶不樂。慶王奕匡，見西太后沒精打采，便乘間奏道：「後天是穆宗毅皇帝的陰壽忌辰，老佛爺待怎樣辦理？」西太后也記了起來道：「我們這幾天很不起勁，只吩咐喇嘛誦一天經，令大臣侍祭一番就是了。」奕匡奏道：「奴才的意思，除了這幾種外，還叫內監們唱一天戲給老佛爺解解悶哩。」西太后生平最喜歡的是聽戲，所以也不說可否，唯略略頷首，已算允許的了。奕匡領了諭旨，便很高興地去辦不提。

到了穆宗陰壽的那天，文武官員都換青服素褂，齊齊地到太廟去祭奠。一一行完了禮，便到頤和園中來給老佛爺叩頭。西太后就在大院殿上設了素筵，賞賜一班大臣。這時內廷供奉的命人，因庚子之後，都也四散了，所留存的不過一個老鄉親孫菊仙。奕匡要討西太后的歡心，又去外面招了個唱武生的柳筱閣來。講這個柳筱閣，本是從前柳月閣的兒子。他老子柳月閣也是武生出名的，尤長於做神怪戲，所以有小猴子之稱。柳筱閣得他師傅餘老毛的祕傳，演起戲來，反高出他老子柳月閣之上，因此京裡也很有點小名氣。這天奕匡把柳筱閣召入頤和園內演戲。西太后最相信看神怪劇，而且為演怪戲的緣故，在大院的戲臺三層樓上，還特製了布景咧。足見西太后的迷信神權。閒話少講，言歸正傳。且說柳筱閣在這天所演的戲是《水簾洞》、《金錢豹》、《盜芭蕉扇》三出，是西太后親自所點。柳筱閣便提足精神，狠命地討好。果然演來十分的周到，大蒙西太后的讚許。待戲演完之後，西太后即召見柳筱閣，問了姓名年歲，柳筱閣一一答覆了。西太后大喜，命內務府賞給柳筱閣三百塊錢。柳筱閣謝恩出來，一般唱戲的同行都很羨慕他。從此以後，西太后不時召柳筱閣進宮演劇。於是柳筱閣居然也得出入宮禁了。

一天，柳筱閣照常人宮演戲，還帶了他的女兒小月一同進去。演戲既畢，西太后賞了他些綢緞之類。筱閣和他的女兒小月前去謝恩。西太后見小月面如滿月，膚若羊脂，舉動之間很是活潑可喜，西太后便指著問道：「這是誰呀？」筱閣叩頭答道：「是奴才的女兒。」西太后笑道：「今年幾歲了？倒很覺得有趣，就留在這裡，明天叫你的妻子來領她罷。」柳筱閣連聲稱是，立即叩謝了出來，去準備他的妻子月香進宮。那小月留在西太后身邊，年紀雖只得五歲，卻很能侍人的喜怒。於是西太后越發喜歡她了。

到了第二天上午，柳筱閣帶同妻子月香進宮來見西太后。行禮畢，西太后見月香相貌清秀，言語溫婉，雖是小家婦人，還算彬彬有禮，當下便對柳筱閣說道：「我們這裡正少一個侍候的女子，你的妻子甚合咱的心意，就暫時留著，過了些時再回去不遲。」柳筱閣是何等乖覺的人，見西太后這樣說法，正是求之而不得的事，所以忙跪下謝恩。西太后叫賞了繡絨衣料，並古玩等等給柳筱閣。由此那柳筱閣的妻子月香、女兒小月，都在西太后那裡侍候了。西太后又命賜與小月金鎖鏈一具，金小鐲子一副。原來那金鎖鏈重約四兩光景，內府置備著，是遇到時節或萬壽的時候，專把來賞給一班小格格的。現在優伶的女兒也能得到這種恩賞，不是出於異數嗎?有幾個窮親王的格格，還受不著這寵遇哩。

光陰如箭，轉眼又過了幾時。這個時候，軍機大臣榮祿忽然逝世。西太后得知，很為哀悼，即令朝臣議諡號。擬了愨剛正忠四字，呈西太后御覽。西太后便提起硃筆，點了末一個字，於是諡號定了文忠兩字不提。這時朝中的大臣又紛紛地更動了一番。把兩湖總督張之洞調署軍機大臣，袁世凱擢了直隸總督，總理大臣慶親王奕匡，協辦大學士那桐。又下詔書禁止纏足；實行滿漢通婚。

這年忽然安徽兵變，熊成基號臺民黨，鬧了一次風潮，總算撲滅了。但到了五月的中旬，候補道員徐錫麟又鬧起革命來了。

講到這徐錫麟，本是個日本留學生。年紀還不到三十歲，卻抱負大志，腦筋裡滿貯著種族革命的思想。他鑒於清政府的腐敗，和外夷的侵略，決意想把清政府推翻，重組共和政府。他既存了這般主旨，便在日本長崎地方結識許多同志。末了，就從海外回國宣傳革命。可是，中國因屢鬧革命，捕捉黨人很為嚴厲。徐錫麟見自己是個留學生，一舉一動很受官府的監視，且於力量的一方面，已然覺得不足。籌計了一會，覺得非從政界入手不可。但在這個時候，兩手空空，如何能夠行事呢？正在進退兩難的當兒，恰巧逢著了女俠秋瑾。兩人一交談，倒很是投機，當由秋瑾拿出錢來，補助徐錫麟去做事。那秋瑾是紹興的世家女兒，也曾在學堂畢業，遊歷過英美日本諸國，為人極有才幹，對於革命思想很是崇拜。交遊的都是現任官吏，所以徐錫麟很得到她一把助力。當下二人商議好了，徐錫麟捐了一個道員，以便在政治上活動。秋瑾自回紹興，組織大通學堂，行她那革命的素志。

徐錫麟自捐了道員，竭力在官場中謀幹，居然被他弄到一個路道，投在安徽撫臺恩銘的門下。恩銘和他一談，覺得他確有才華，便已存了錄用之心，後來叫徐錫麟充了練兵的委員。徐錫麟一有了兵權，自然只望那革命的一方面下手。他一邊練兵，一頭約了天津的同志乘機起事。紹興女俠秋瑾也準備響應。

不期天不從人願。在舉事的前一天，那天津的黨人因事機不密，給官廳逮捕了。其時的消息沒有現在的靈通。因此，徐錫麟全不知道。到了那天，便約安徽撫臺看操，以便刺殺恩銘，乘時起事。正在這緊要當兒，風聲傳來說安徽將有革命起義，餘黨已在天津就捕。官府得了這個消息，便下令捕捉徐錫麟。徐錫麟方去進見撫臺恩銘，只聽得撫署外面，一片拿革命黨的聲音。此事連恩銘也不知道，忙問外面什麼事鼓譟？徐錫麟已然情虛，見事已弄僵，也不待恩銘下令，就拔出手槍望安撫便擊。恩銘身中兩槍，尚能叫刺客。這時署中文武職員一齊圍將上來，把撫署大門閉上，任徐錫麟有翅膀，也休想飛得出去。於是把徐錫麟捉獲，又去捕那些學生軍。可憐那班青年學子，寡不敵眾，大半死在槍彈之下了。

這裡又將徐錫麟一審，自然是直認不諱。那幾個官員還主張拿徐錫麟開腹剖心，祭奠恩銘。再把徐錫麟生前的信札細細檢查一番，發現了秋瑾約期舉事的電文來。趕忙飛電紹興知府，令密捕秋瑾，就地正法。那秋瑾在紹興，眼巴巴地望那安徽動作，自己好乘間響應，卻不見有什麼消息。正在疑惑時，忽聽得安徽革命失敗，到處紛紛傳說，知道事已不成，欲待逃走時，那官兵已把大通學堂圍得水洩不通。秋瑾見不能脫身，也只好束手成擒了。但秋瑾的心上本一點不害怕，以為一些革命的嫌疑，紹興知府是自己的義父，諒一定會幫她洗刷的，所以到了大堂之上，兀是坦然和沒事一樣。誰料人情勢利，那知府高坐堂皇的審起事來。秋瑾一見，便待叫義父，還不曾開口，知府早把臉一沉，放出嚴厲的面孔，將驚堂一拍，大怒起來。要知後事如何，且聽下回分解。

開賄賂奕匡鬻爵　興賭博小德擺莊

卻說紹興府提審女俠秋瑾，那秋瑾並不畏懼，因知府是她的義父，意為這嫌疑罪名，必可設法開脫的。不料知府忽然反面無情，坐起了大堂，把驚木一拍，大聲喝道：「秋瑾！你將怎樣的私結黨羽，勾通革命，從實供了，免得本府用刑。」秋瑾見他突然翻臉，便大聲叫道：「義父！你也下井投石嗎？」那知府怕她牽連自己，忙用衣袖遮著臉，勉強支吾道：「什麼依附不依附？你罪狀已經核實，不容抵賴。」喝令鞭背花四十，收了監，待上詳處決，就這樣含含糊糊的退堂了。後來秋瑾在軒亭口處斬，臨刑時高聲說道：「我不過一點革命嫌疑罪，不至於死，萬不料因結交了官場，轉送了性命。後人如愛與官場往來，望以我為鑒。」說罷引頸受刑。一時瞧著的人都齊聲嗟嘆。又罵知府無情，而且貪功，枉送別人的頭顱去博自己的富貴，不是殺不可赦嗎？這且按下不提。

再說清廷見革命黨不時鬧事，此歿彼起，簡直一月數見，似這般不安逸，哪裡能不設法補救呢？這時張之洞等一班大臣都主張立憲以順民意，民心一平，革命自然而然的絕跡了。西太后說也很贊成這個主張。於是，即派載澤等赴海外各國去考察憲政。載澤等領了諭旨，正待動身，卻在正陽門外，被吳樾放了一炸彈，出洋的五大臣中倒傷了兩人。這樣一來清廷十分震驚，立憲的念頭益發堅決了。當下只得另訂日期，再料理出洋。

其時，慶親王奕匡秉了大權，那時黨羽如耆善、良弼、載洵、鐵良、蔭昌等等，都握著重權。奕匡的為人，非常的貪婪，一切的政事，聽任群小擺布，自己只知以聚斂為事。西太后自西安迴鑾之後，於政事也不大問訊，斂財的一道，卻絲毫不肯放過。因為，在拳亂之前，西太后有私蓄金圓一千五百多萬。八國聯軍入京，西太后倉皇出走，這金圓都給內監們竊盜乾淨。西太后回宮一查，見分文也不剩，很覺得可惜。所以對內監們常常說起，非恢復所失不止。奕匡乘得了這個機會，乘勢假名斂錢，只說是孝敬太后，實在十分之八，倒落自己的腰包。

後來，斂錢的名目越來越多了。江蘇的上海道臺缺是最稱肥美，每年須貢銀十萬兩，叫做太后的脂粉費。疆吏如撫臺以下，藩臬兩使，到任先繳五萬元，名叫衣料金。諸凡文武官員，一概都要貢獻銀兩，數目的大小，不論職級高下，只講缺的瘠肥。這樣的公然聚斂，官吏們怎能不貪。因此清末的政治，腐敗到不堪，官之在任，唯計金錢的多寡；一若賣買之盈餘一般。苦了小百姓，多方的受著盤剝，無不叫苦連天。清廷的滅亡，奕匡也算一個拆台的大主角啊。

到了最後的時期，因地方官吏，已剝無可剝了，奕匡又想出別法來，索性大開賄賂之門；官爵居然標價出售了。例如：知縣五千元，知府一萬元，官職一級級的大上去，錢也一萬二萬的增加上去。所不能辦到的，只有王位和公爵，這兩種是較重一點，白身是不能買到。但二品以上的，對於公爵還可以設法咧。獨剩下王爵，算無人問津。

自賣爵的門一開，但須錢多，不論是烏龜強盜，目不識丁的，就立時可以上任。於是，奕匡的邸中頓時城門如市，一般有做官熱的富翁都奔走他的門下。也有三四人合夥共捐一官，一個出面上任，其餘的跟著到了任上，挑選緊要的地位把住，大肆蒐括，得了錢除去資本，大家平分。

這樣的弊病，百姓起初如睡鼓中，吃了苦全不知道。不期事有湊巧，甘肅的地方，有甲乙丙三個酒店夥計，因賣買蝕了本，很為懊喪。那甲忽異想天開道：「現今官吏這般剝削小民，做生意是萬不會發財的了。我們要想發跡，非做官不行。」乙丙同笑道：「就給你做了官，也沒這資格啊。」甲正色說道：「如今做官，還問什麼資格，只要有四五千塊錢，立刻是個知縣老爺了。」乙丙聽了心動，便七拼八湊，弄了幾千塊錢，叫甲去捐知縣。不多幾天，青田縣丁艱出缺，甲竟去補上了。然在上任之先，三人預訂契約，甲做了知縣，乙丙為跟班。等到一至任上，乙丙占了簽押房和收發處，狠命地撈起錢來，卻各人入自己的腰包。那甲的官聲當然狼藉不堪，被知府把他劾革。甲既失了官，依然兩手空空，乙丙倒成了富翁。甲以徒得虛名，心裡老大的不憤，就拿所訂的契約和乙丙興訟。承審官問了口供，為之絕倒。當時將三人重責一頓，追出貪贓充公。只好了這位承審的官兒，甲乙丙算枉費心機。可是，這事漸漸的傳揚開來，當作官的笑史。清代官吏大都是這一類的人，怎不亡國呢！

閒話少說，言歸正傳。且說奕匡賣官鬻爵，弄到了錢，有時也略為孝敬些西太后；西太后在這時，也明知奕匡貪婪，卻無法禁止他。自己也只知聚斂，一味含含糊糊的過去，到了光緒末葉，行政已窳敗得不可收拾了。然而西太后的私蓄，失去一千五百萬已完全補足之外，還增加了二千萬。

那時宮廷裡面，李蓮英等已老的老了，死的死了，最是得勢的內監，要推小德了。這小德原姓是張，宮中都稱他小德張。他進宮的時候，年紀還只得十八歲，容貌卻異常的秀麗。小德張的母親，因只有此子，自然特別愛惜一點。及至長大起來，吃喝嫖賭，沒有一樣不幹，把他老子的遺產，只做潑水般的用出去。他的母親勸他不住，氣得一病不起，竟追隨他的老子去了。小德已沒有拘束，越發無法無天，不到半年，將家貨弄得乾乾淨淨。末了無可為生，就去投在小王的門下。那小王是清宮一個內監，見小德相貌秀媚，便勸他道：「似你這般貌，如肯淨身時，咱保你一生富貴，受用不盡。」小德張真個聽了他的話，將生殖器割去，由小王把他舉薦入宮。小德為人很是伶俐，因此不多幾時，西太后就令他做了小監的首領，在自己身邊服侍。但小德張倒底是個小人，他受著太后的寵容，在宮中無所不為。他平生最好的是賭，便和一班內監賭起那「青龍」「白虎」來。西太后對於搖寶也略略懂得，就命小德張搖著骰子，自己同了宮嬪內監們押注。這賭風一開，闔宮的人都弄起來了。內監們因賭錢爭執，甚至互相鬥毆。宮內的規例至此也紊亂了。一天小德張擺莊，西太后和福晉格格，在一邊下注。西太后正閉著眼，細細的揣著骰路。小德張故意按著盆蓋高聲喊道：「開啦！開啦！」西太后睜目怒道：「誰教你這種下流腔？」小德張慌忙叩頭道：「奴才本來不知這個法子，去年有個山西候補徐子明，他叫奴才這樣的。他說倘是押注的揣著骰路，便有輸無贏了。似這般一叫，押注心慌了，不問好歹下注，自然忘了骰路，就不易押著了。」西太后見說，不覺微笑點頭。

但這消息傳出宮去，到了候補道徐子明的耳朵裡，就大言道：「我的賭錢，連當今皇太后都知道咧。」於是在山西設了賭場，公然聚賭了。山西知府陶景如將他拘禁，刻去道銜。徐子明在獄中大索供張。知府不勝其擾，又在上峰面前說他老病，把他開脫。徐子明一脫身，依舊大賭特賭，官府也無可如何。這也算是官場怪現象中的趣史啊。

那小德張既在宮中有這般的勢力，一般不得志的內監自然是要趨奉小德張了。但許多宮女嬪妃中，無不聽小德張的吩咐。所不受他指揮的，只有隆裕皇后一人。說也奇怪，小德張平時，西太后之外沒一個畏懼的，唯獨對於隆裕皇后卻是唯命是聽。所以隆裕皇后也極相信小德張的話說。這樣一天天地下去，小德張漸漸變做侍候皇后的人了。宮廷之間，不免穢聞彰著，西太后因礙於眾議，不得不將小德張驅逐出宮。後來兩宮晏駕，隆裕后仍把小德張起用，還聽了他的主張，起造水晶宮哩。不過那時，清運已然不久告終了。這是後話，暫且按下。

卻說隆裕后自和光緒皇上在醉中摔斷玉簪後，西太后知道二人始終不睦的了。當下隔不幾時，令皇后遷出香殿，就在頤心閣裡居住。隆裕后以皇上這般薄情，心上自然鬱鬱不樂。然自小德進宮，百般在皇后面上獻媚討好，皇后由此很喜歡小德，無論一事一物，凡是小德做的都說是好，換一人去做了便不稱心了。宮裡的內監曉得內中緣故，自己樂得退在後頭，如皇后的遣使，一概是小德一人包辦。

有一天上正值細雨濛濛，西太后乘雨遊園。皇后因推病，不曾隨駕。其餘的嬪妃一齊跟著，其時瑾妃也在那裡。不料天雨越下得大了。西太后就令妃子們各自回去休息。瑾妃卻冒著雨，急急地走著。因為西太后的素性，最喜的是微雨中遊玩；一班嬪妃也只好隨在後面，雖有了傘，也不敢張啊。往時西太后冒雨遊園，妃子和福晉格格都硬著頭皮淋雨，倘西太后坐轎，便也紛紛坐轎。西太后如步行，大家只得步行。這天下雨出遊，瑾妃曉得西太后的脾氣，所以沒有備傘，等到了游完回來，衣上潮溼，自然急於更換了。當下瑾妃三腳兩步地走著。經過頤心閣下，忽聽裡面一陣的咳嗽聲，吐下一口痰來。在吐的人原本是無心的，哪知撲的一下不偏不倚恰恰吐在瑾妃的臉上。瑾妃起先卻毫不在意地走過，經這一口痰唾在面上，倒猛然記起皇后來了。她想皇后不是說有病，不來侍候太后遊玩了嗎？我既知道了，應該去請安的，免得被責有失禮節。主意打定，悄悄地望那頤心閣上走去。

瑾妃的腳步很輕，又加地上都鋪著紅毯，以故皇后在裡面一點也不曾覺察。等到瑾妃走進了門口，皇后只當是小監哩，便在內喝問道：「誰在外面亂闖？」嬪妃的進見帝后，都得小監預先報知。瑾妃是走慣了的，所以不先通稟。現在隆裕后一問，倒嚇得站住了腳，不敢進去。皇后見她猶豫不前，自然疑惑起來，就起身走出來。瑾妃一見，忙請了安，即隨著皇后走進去時，瞧見小德還倚在榻上。皇后這時故意放下面孔喝道：「你還不快收拾啦，誰叫你如此放肆？」小德原料不著瑾妃會悄聲匿跡地跑來；在皇后問訊的時候，他依然很大意地臥著。哪裡曉得冤家路窄，偏偏瑾妃來請安了，只得慌忙起來，一邊手足無措的，進退都覺不好。幸得皇后一言把他提醒，趕緊去找著拂塵，胡亂地拍一會。但隆裕后終是心虛，那粉面不由得紅了起來。瑾妃是很識趣的，見他們這種情形，心裡早已明白，因和皇后搭訕了幾句，辭了出來回她的瀛臺去了。

瑾妃的住在瀛臺，本是服侍光緒帝的。光緒皇上自那天吐血之後，病症沒有輕鬆過。而且在昏瞀之中，不時咬齒怒目痛恨著皇后。今天瑾妃於無意中，瞧見這麼一出鬼戲，要待不告訴皇上，卻恨那皇后在太后面前攛掇，幾次令自己受著苦痛。假使說與光緒帝知道，他在病中，轉令多增氣惱。瑾妃沉默了一會，終至於將目睹的情狀細細地對光緒帝講了一遍。光緒皇上聽罷，早從榻上直跳起來：「無恥的婆子，俺且和你算帳。」說著要穿了衣服往見西太后去。慌得瑾妃玉容失色，急急地阻攔道：「皇上病體初痊，正宜靜養，這事早晚可以解決的啊。況且當時臣妾所親見的，一旦鬧了出來，不是又累及臣妾麼？」光緒帝沉默半晌道：「俺既經得知了，若不給她一點厲害，以後還當了得嗎？現在就不去告訴太后，俺只把小德懲儆一下就是了。」說著便呼小監去召小德張來流瀛見駕，小內監去了。

那小德待瑾妃出去，知道已惹出禍來，便對隆裕皇后說道：「小妖此去，萬一皇上追究這事，須皇后包庇奴才則個。」皇后見說，不覺恨恨的道：「不知怎的會給狐媚子瞧見，那都怪自己太大意了。但上是和我不睦的，你未嘗不曉得，得知其要跟我認真，我也無奈何他的，恐怕我自己還保不定咧。」小德聽了做聲不得，只呆呆地立在一邊。正在這當兒，忽見小監來召小德。皇后曉得其事發作，便眼看著小德默默不語。小德沒法，只有戰戰兢兢的隨著小監，一步懶一步地往瀛臺而來。由小監引到榻前，小德見皇上怒容滿面的坐著，嚇得跪下慌忙叩頭，俯伏著不敢起來。光緒帝大聲說道：「你幹的好事，俺也不和你講什麼。」喝令內監捆打一百，送往太后那裡發落去。內監領了諭旨，將小德拉了出去。責打完畢，光緒帝隨手寫了小德無禮四個字，令內監押著送到西太后面前。

其時西太后已得了消息，正宣了皇后過去埋怨了一會，忽見內監押了小德來了，便回頭命皇后避開。小德一見西太后，就僕地跪了，眼中流著淚道：「求老佛爺饒恕！」西太后說道：「這可是你自己不好，我也不便專主。現皇上既令我發落，宮中自容不得你了。那麼你趕快收拾了出去罷。」小德只得磕了一個頭，起身去料理了些衣物，出宮去了。

當下光緒帝責打小德之後，心裡還是怒氣不息，又加病體危弱，經這一氣，病又增添了幾分了。從此那病症就天天沉重起來。到了這年的冬天，光緒帝已骨瘦如柴，神形懼失，看看已去死境不遠了。不期革命的首領孫文、黃興在暗中運動了越民，結連守備的軍隊，又舉起事來。他們的計劃，是從越南出兵，攻打鎮陽關，占了幾座炮臺，聲勢十分浩大。鎮陽關的總鎮張惠芝發電告急，李俊彥提督領了大兵，會同張惠芝，和革命軍血戰。到底清兵眾多，革命黨沒有後援，遷延時日，餉盡兵疲，被清兵殺得落花流水，各自逃命。孫文黃興見大事不成，又白送了許多性命，便大哭一場，亡命海外而去。然這音耗傳來，西太后很為憂慮。光緒聽得革命黨屢屢興兵鬧事，諒來如此鬧下去終非了局。因此心裡愈覺愁悶，病也越難好了。

一天的晚上，光緒帝忽然氣喘不止，漸漸地急促起來。瑾妃一頭替他按摩，一面叫小監飛報西太后。不到一刻，西太后已同了太醫來了。診斷既畢，太醫便奏道：「皇上的病，因元氣已傷，動了肝風，所以氣喘不住。倘然這般的不止，還須防昏厥咧。」一時七八個太醫，都一樣的說法。西太后見說，才也有點著急了。於是命瑾妃小心侍候，自己匆匆回到養心殿，立刻召軍機大臣連夜進宮議事。

這時張之洞已卸職，只有那桐一班人了。眾臣進宮見了西太后禮罷，西太后就將皇上的病勢對眾人宣布了；並說道：「如皇上有不幸，這大位是誰繼續呢？」慶親王奕匡奏道：「從前所立溥儁，現因端王遣成，那溥儁是不能入繼的了。但屈指算來，若承繼穆宗毅皇帝時，還是從溥字一輩上選擇。」西太后點頭說道：「我也籌思過溥字輩中，除了醇親王之子溥儀，恭親王之子溥勛外，其餘載洵既屬遠支，他的兒子更比溥儀等幼稚，而且載洵的為人，實不足付與大政。我以為就溥儀或溥勛二人中選擇一人罷。不過，眾親王的主見不知怎樣？」奕匡頓首道：「那是國家大政，自然是老佛爺宸衷獨斷的，何必諮詢親王們的同意。因一是宗族關係，和政事完全兩樣的，求老佛爺明鑒。」那桐也奏道：「慶王之言極是，奴才也是這個意思。」西太后說道：「話雖有理，但大權究屬皇上，我不過代主而已。今決然由我下命，將來不怕他們另起波折嗎?」奕匡忙道:「那可不必過慮,到了臨時再行解決不遲。」西太后正和眾臣計議,忽聽內監報說:「皇上昏過去了。」要知後事如何,且聽下回分解。

恨綿綿瀛臺晏駕　陰慘慘廣殿停屍

卻說西太后正和眾臣在那裡議善後的辦法，忽見內監來報，光緒皇上昏厥過去了。慌忙同了奕匡等一班大臣，到瀛臺來看視時，只見光緒皇上面色已和白紙一般，牙關緊咬，兩眼直視，瑾妃含著一包眼淚，嗚嗚咽咽的喚著。這時隆裕皇后也得報過來侍候，瞧見光緒帝這副模樣，也不免流下幾滴淚來。西太后坐在一邊，只吩咐他們不要心慌，說皇上是氣厥，等一刻自然會醒過來的，一面打發了小監速召太醫前來診治。奕匡等一班人，只在涵元殿外屏息靜候著。

一會太醫來了，內監們一齊叫道：「皇上醒了！」光緒帝在矇矓之間，睜眼見四面坐的坐，立的立，圍滿了人，不覺詫異道：「你們都來做什麼？」瑾妃低低說道：「他們來侍候陛下啊。」光緒帝說道：「我很好的，要侍候做甚？」說著長嘆一聲，轉身望裡去睡了。西太后在旁說道：「他是昏瞀初醒，神經錯亂；你們且不要去和他多說話。現在只叫太醫診一診再說。」於是由太醫院診過了，無非叮囑小心護持的話。太醫出去，立時配了藥來，瑾妃親自動手，煎好了藥，慢慢給光緒帝服下。西太后等皇上神色復了原狀，才起身回宮。皇后及奕匡等一班王大臣，也進內問了安，各自散去。

光緒帝見眾人走了，才回過身來，瞧著瑾妃問道：「他們已去了麼？」只問得這一句，早已喘得說不出話來。瑾妃忙伏在枕邊輕輕地說道：「陛下還請保重龍體，有什麼話待痊癒了再說。」光緒帝微微搖搖頭，表示不贊成的意思。這樣又捱了一刻，氣才覺平了些。便伸出他枯瘠的手來，握住瑾妃的玉臂，喘著說道：「俺的病症已是不起的了，今天卻要和你說幾句最後的話。」瑾妃聽了，那淚已同珠子般直望著腮邊滾下來。光緒帝揮著手，似乎叫她不要哭。又繼續說道：「以俺目下的境地，已沒有可以留戀；倒是閉了兩眼，一瞑不視的乾淨。但是俺沒子嗣，政權握在母后手裡，俺若一死，這大統是誰繼承，卻不曾知道，也不與我相干。不過我如一言不發就這般默默的去了，於我的心裡未免過意不去。想俺自入繼到如今，屈指已三十多年了，其中雖沒甚勛績，總算平平穩穩的過去。至於政權得而復失，怪俺太懦弱的緣故。然俺是自幼進宮，內無心腹之人，外乏忠良輔助，就是要想振刷精神，也無從下手啊。但戊戌變政，俺原想把舊制大大改革一番，重整旗鼓，再張銳氣，狠狠的幹他一下。誰知母后不諒，中途下手，將俺弄得如囚徒似的，這一次的打擊令俺著實灰心。所以從此於一切政事，不論對內對外，不再開口了。假使當初能依了俺的計劃，國家或不至於到目今地步哩。後來庚子拳亂，從西安回來，母后果然知道改過，可是遲了。總而言之，俺們清代江山，不久便是別人的咧。」

光緒帝說到這裡，又復喘起氣來。瑾妃忍著眼淚說道：「陛下少說些罷。」光緒帝止住了喘氣，大聲道：「今天不說，還等到幾時去呢？」當下叮囑瑾妃道：「俺有句要緊的話，聽不聽由著他們；俺若不說出來，卻很對不住祖宗皇帝。因為俺的身後，入繼的人雖不曾定局，終是這幾個人罷了。然而載洵少不更事，倘付與大政，守業尚不足，亡國則有餘，還有溥儁，曾立為大阿哥，其人呆呆，怎好秉政呢？如其溥儀入繼，他猶在稚年，不曉得長成了怎樣？但以孩子臨朝，當然須有人攝政。這攝政的人還不是醇王載灃嗎？他們父子之間果是盡心輔政，那可不消說了。不過載灃為人懦而無斷，也非定國之人，弄不好要把國家送在他手裡哩。以我的主意，溥字輩都在幼年，必得央旁人攝政，做那木偶的君主，不如就俺的輩中擇一人臨政，不是較為妥當嗎？不知母后怎樣辦咧」。光緒帝說時，眼看了瑾妃，說完之後，雙目發定，不住地瞧著瑾妃，要等她的答覆。瑾妃知道他的意思，便點頭答道：「待臣妾就這般告訴太后就是了。」光緒帝略略頷首，漸漸把眼閉上，氣越發急了。瑾妃想皇上的病已是凶多吉少，一頭嗚咽著一頭伏在床邊，乘光緒帝睜眼的時候，低聲說道：「陛下可覺清爽了些麼？」光緒帝微哼了一聲。瑾妃又道：「倘然陛下真有不幸，叫臣妾怎樣好呢？」光緒帝聽說，對瑾妃瞧了一眼，凝了一會神，才向瑾妃道：「你倒不必憂慮了。他們有我活著，一般的作威作福。我一死後，一朝天子一朝臣，他們也和你一樣了。那時節要想自顧也不暇，絕不會來同你做對，你倒比現在快樂哩。」瑾妃待要再問，光緒帝已神志模糊了。瑾妃見形色不好，寸步不敢離開。直等到天將微明，光緒帝已不能說話，唯拿手指著心日，瑾妃忙用手去替他託著。到了辰刻，隆裕皇后也來了。光緒帝一見皇后，睜著眼望了幾望，把拳頭在榻上槌了兩下，似乎很是憤恨。皇后一邊淌著眼淚，絮絮的問瑾妃，探詢皇上的病狀。又過了一刻，太醫來診過幾次，回奏病尚可以挽回，暗中已報給西太后，請料理皇上後事。

那西太后自昨天由瀛臺回宮，忽覺不快，雖經太醫診斷，兩日之中，病症也由輕變重，因此支援不住。及聞光緒帝病篤，西太后要待親往瀛臺，經宮監們勸住了，只令隆裕皇後代自己來慰問。這天下午，光緒帝只剩得三分氣息了。西太后自己雖也頭昏目眩，卻不能料理善後的事體，當下召軍機大臣那桐、世續等一班人入宮商議大計。其時慶王奕匡往謁東陵去了，所以不在朝中。世續、那桐等入見，西太后用碧帕裹著頭斜倚在床上。一見那桐等來了，便開口問道：「咱欲在這個時候立儲，你們的意見怎樣？」世續忙奏道：「皇上聖體不舒，太后正宜在此時早定大計。」西太后點點頭道：「咱擬在近支的親王中選一王子入宮，你們以為如何？」那桐默默不語，世續頓首奏道：「太后意在選儲，是文王擇賢之心，確極緊要的事。但為社稷萬世而謀，現值國家多故之秋，自宜擇其年長者，方能臨政獨斷，庶乎有望於將來，不至倚權於佐臣，這是奴才的愚意。」西太后聽了，拍床大怒道：「立儲是何等重大，你也得亂發議論。」世續嚇得叩頭不止。

西太后望著那桐說道：「你道怎樣？」那桐奏道：「那選儲是國家的大事，自聽太后裁處。」西太后說道：「那麼醇親王之子溥儀如何？不過他年紀太幼稚，輔佐的人卻不可不鄭重一下。」那桐知西太后意志已定，諒空爭無益，於是乘間道：「醇親王誼關父子，又甚賢明，就令之輔佐，是最宜沒有了。」西太后才霽顏說道：「既然這樣，你即去擬了詔書來。」那桐叩首道：「慶親王謁陵未還，明天決然可到，到了那時共同酌議進呈就是。」西太后沉吟了一會，揮手叫他們退去。

第二天，慶親王奕匡回朝，那桐、世續等便把太后的旨意說了一遍。奕匡說道：「為什麼又立一個稚童呢？如今的時世，國多變故，似乎宜立年長的人。」世續忙說道：「我也這樣的說，但太后因此大怒了。」原來世續的意見，正和光緒帝臨危所講的立儲之言暗合。可惜西太后固執成見，不肯聽從，結果將天下送掉，不是天數嗎？這是後話不提。

再說那桐等把草詔擬就，給奕匡攜帶入官，叫他在太后面前隨時諫阻，最好拿這成議打消，別立長君，奕匡滿口答應，便匆匆的進宮去了。奕匡進見時，西太后正昏臥不醒，只得靜候在外。等了一會，內監在窗外打著號聲道：「老佛爺醒了。」那一班宮監聽得呼聲，紛紛進去，遞水進茶的忙了一陣，才詔奕匡進見。奕匡慢慢的走到床前，叩頭既畢，西太后問道：「你已回來了麼？立儲的事他們可曾告訴過你？」奕匡忙奏道：「奴才已經知道了，現擬草詔在這裡，請太后御鑒。」西太后接過草詔讀了一遍，望著奕匡道：「你的意見如何？」奕匡是何等乖覺的人，平日本以迎合西太后為趨旨，世續還希望他諫阻，誰知奕匡始終不曾開口呢。當下西太后吩咐奕匡道：「那你可下詔，去布告天下吧。」

奕匡領了諭旨出來，即會同那桐等發詔頒布立儲，進宮去復了旨意，即召集內外臣工，宣讀詔書畢，著世續赴醇王府部，召載灃入宮。世續去不多一會，便和醇親王載灃進宮謁見太后。西太后對醇王說道：「咱現立你之子為儲君，你意下怎樣。」載灃叩頭道：「奴才悉聽聖裁。」西太后道：「你子尚在稚年，不可無教之之人，可命世續任太傅，你也同心相輔，毋負咱意」。醇王載灃謝恩退出。當由滿漢大臣捧了詔書，到醇王府去迎溥儀入宮。

不期醇王的太福晉抱住了溥儀，堅不肯放。大臣等再三的解說，太福晉大哭道：「他們把咱的兒子快要弄死了，卻又來要咱的孫子去嗎？這是我們萬萬不答應的了。」因為那太福晉是老醇王奕匡的妻子，也是西太后的妹子。光緒皇上乃老醇親王之子，和醇王載灃是親兄弟啊。所以溥儀的入繼，同光緒帝是叔侄並兼祧穆宗皇帝。但太福晉既不答應，一般大臣自然束手無策。後來醇王載灃在宮中等得不耐煩了，回到邸中來探問時，見太福晉不肯領旨，知道她痛惜孫兒，不由得也潸然淚下。於是由醇王跪著泣告，把太福晉苦勸一番，說諭旨不可以違逆的。太福晉無法，只得抱持著溥儀，親自送他上車。又哭了一陣，始含淚回到邸中。

這裡王大臣等擁著溥儀蜂聚似的，將他護衛進宮。腳步還不曾立定，忽聽得內監飛般的跑來，報導：「皇上已在瀛臺薨逝。」西太后聽說皇上薨逝，便長嘆了一聲，轉身倒在床上，半晌方才醒過來。這時王大臣等已都齊集榻前，聽候旨下。西太后草命了遺詔，一面令眾大臣等先扶持溥儀正位。由慶親王詔布天下，遺詔上令醇親王載灃暫照開國睿親王輔政例，為政事攝政王。一切大事均由攝政王擬定後，再呈御覽施行。諸事已畢，大臣等忙著料理光緒皇上的喪事。

正在這個當兒，忽報老佛爺病篤，速命眾大臣進宮聽受遺命。這樣一來，宮中立時紛亂起來了。隆裕皇后和壽昌公主，及一班親王大臣，慌忙到西太后宮中，見西太后已兩目緊閉，一言不發。眾人侍立了半天，隆裕后在床前立得近，西太后忽然睜眼問道：「溥儀已正位了嗎？」隆裕后答道：「今天正位的，已布告天下了。」西太后不語，又等了一會才吞吞吐吐的說道：「以後政事，你可和攝政王共同酌議行事。」又召攝政王載灃近床低聲叮囑道：「你既受著攝政重任，對於國家大事，須秉承隆裕后意旨而行，不可獨斷，致貽後來之患。」載灃頓首受命。西太后要待再說幾句，那喉間痰已上湧，舌頭髮木，話語含糊不清，只恨恨的捶床而已。

這樣的過了些時，眾臣鴉雀無聲的靜待著，忽見西太后從床上直跳起來，瞪著兩眼，形狀十分可怕。隆裕后慌忙上前和內監等竭力把她扶住。西太后兀是掙扎著，要掙脫了身子，任她去狂跳一會，才得舒適哩。這種現象是表示病人胸臆中非常難過，所以連睡也不安穩了。但倒底人多，終究把西太后按捺下去。

後來在場的內監對人說：當時西太后的氣力比什麼人都大。因西太后於沒病的時候喜歡習練拳術。每天清晨起身之先，坐在床上練一套八段錦的功夫。練好之後，內監遞上一杯人乳，西太后飲畢，又默坐一會，飲幾口參湯，才穿衣起身。待盥漱好了，再進一碗燕窩粥方始出去臨朝。天天這樣，自西安回宮後，從不曾間斷過，於是西太后的身體異常的強健，她在未死之前，只稍為冒一些寒，或不致於就死。但光緒帝殯天的隔日，西太后還命發遺詔，又親自過目，形色很是舒適，怎麼相去兩日，西太后也就死了呢？因此有疑她是服了毒的，又說她是吞金的，到底怎樣，後人也只有一種猜測罷了。

其時西太后和蚯蚓般滾撲了幾次，看看力盡了才倒頭睡下，倒抽了兩口氣，雙足一挺，隨著光緒帝到黃泉想見去了。西太后既死，她的身體都變了青黑色。人家說她服毒而死，這句話或許有些因頭咧。但西太后起病的緣由，實是鴉片煙的孽根。當道光壬子年五口通商，把鴉片的禁令從此廢弛了。那時不但宮禁如此，就是一般滿漢大臣，以及紳縉平民，都視鴉片如命，此時社會交際，拿鴉片做唯一的應酬品。凡是熱鬧的都會，無不設有煙土買賣處和吃喝的大煙間。不過宮中所吸的鴉片是廣東地方貢獻來的，那鴉片的氣味特別來得香一點。第一個發明的是廣東陸作圖。因他家裡那口井，水色碧綠，用來熬煎煙膏，香味比別的要勝十倍。廣東的人都曉得的。兩廣總督將這煙進呈宮中，西太后十分讚美。從此以後凡任兩廣總督的，照例要每年進呈煙膏若干。而西太后尚嫌不足，索性請了陸作圖入宮，專替她燒煙。陸作圖死後，他燒煙的法子只傳授他的妻子，西太后又命陸妻進宮，月給薪資二百兩，充了熬煙的女役。

當文宗登極，身體很為脆弱，不時吸著鴉片，借它助氏精神。洪秀全起義，其勢猶如破竹，清廷震駭異常，文宗焦思不安，一天到晚把鴉片解悶。時西太后還是貴妃，孝貞后每規勸文宗不要沉溺在阿芙蓉裡。文宗極畏懼孝貞，不敢公然吸食，便悄悄地到西太后宮中去吸，一連三天不曾出宮。孝貞后聽得，不覺大驚道：「國勢如此危急，皇上怎好這般糊塗。」於是親自到西太后宮外，叫太監朗誦祖訓。

照例，內監奉懿誦訓，皇上須要跪下聽的，所以文宗慌忙出來跪聽讀訓畢，匆匆離去。孝貞后見文宗出宮，便召西太后到坤寧宮；因坤寧宮是皇后行大賞罰的地方。文宗聽得孝貞后在坤寧宮責西太后，趕忙前去救護，孝貞不肯答應，說西太后蒙迹聖聰，罪當受責。文宗百般的央告，並說西太后已有孕，孝貞才恕了她。

咸豐庚申，英法聯軍進京，文宗出守熱河，心裡愈加憂急，簡直在鴉片煙裡度日了。西太后已生了穆宗，冊封為懿妃了，就伴著文宗侍候裝煙，也把鴉片煙吸上。穆宗繼統，西太后進位聖母孝欽皇太后，和文宗皇太后同臨朝政，便公然吸食鴉片了，而且命廣撫進貢廣煙。煙槍是文宗遺物，有人瞧見過，那煙桿已和紅玉一般了。

光緒戊申年，清廷鑒於鴉片的危害，決定再下禁令。西太后見滿族的親王吸菸的太多，怕一時不得實行，想拿自己做表率，先自戒起煙來。誰知菸癮已深，一旦屏除，如何吃得住呢？不到幾天，就感到不快。光緒帝病重時，西太后正在戒菸，第一次皇上病昏，西太后還勉強能支援，後來雖連得到光緒帝的病篤消息，西太后已然臥床不起了。以故，只令隆裕后替代著去探視皇上。光緒帝駕崩的隔日，西太后還想勉力起來，給內監們勸住。其時慶王奕匡也有鴉片煙的嗜好。他見西太后戒菸得病，就去弄了一隻金盒，裡面滿盛著煙膏，於進見西太后時從袖中取出來，進上去道：「老佛爺慈躬不豫，莫如開了這個戒罷。」西太后見說，把金盒往地上一擲道：「誰要吸這鬼東西？快與我拿出去。」慶王碰了一鼻子灰，就諾諾的退出。不到兩天，西太后就此薨逝。臨終的時候，還諄諄告誡著親王們，切莫吸食鴉片咧。要知後事如何，且聽下回分解。

亂禁闕再建晶園　爭封典兩哭寢陵

卻說光緒戊申的那年，皇上和西太后先後開升；算來相去只有兩天，可算得同歸於盡了。所以人家都說西太后是自盡的，這事連當時在場目睹的人也不曾弄得明白，我們局外只知道聽途說，自然更無從揣摸了。但是兩宮既同時殯天，當由親王大臣扶醇王之子溥儀登位；尊光緒后為隆裕皇太后，醇親王為攝政王。諸事草草已畢，才料理兩宮的喪事。其時宮廷裡面異常的混亂。西太后的屍首停在外殿，內監十餘人都拈香跪守著。西太后的身上只蓋著一幅黃幔，殿裡燈光慘淡，望上去很為冷清淒涼。直到次日的午牌時分，方有十幾個喇嘛到殿上來念經。這時香菸飄渺，才把陰霾之氣打掃乾淨。以西太后生時的威權，死後卻這般的慘淡，足證為人攘天奪地，無一不是空的。要最後的結果美滿，方好算一世定局哩。這是閒話，且按在一邊。

且說光緒皇后受了西太后遺訓，對於政事，想和西太后在日一般，照例也垂簾聽政。攝政王載灃因西太后臨終所囑，政事秉承隆裕后而行，於是凡遇緊要的事件，不得不請命於隆裕后了。當時，王大臣等，也為西太后瀕危所定，立溥儀為儲君。光緒駕崩，溥儀正位，年號改光緒為宣統元年，大赦罪囚，這是歷朝舊制，自不用重說了。那隆裕后既然做了太后，政事不論巨細，都親加批答。載灃雖做了攝政王，大權卻在隆裕后掌中，載灃簡直是有名無實。而且偶有不合隆裕后意旨的地方，便召進宮中飭。因此攝政王載灃和隆裕后的心上，未免各存了一種私見，所以內外政弄得一敗塗地，不可收拾了。但講到才德兩件事，西太后有才無德，是人人知道的。至於隆裕后呢？才是萬不及西太后，德行是更不用說了，還要處處學著西太后。自聽政實行，一時有垂簾西太后第二之稱。

隆裕后因西太后寵容太監李蓮英，也想用一個心腹內監，便把給西太后驅逐出去的小德張，命人去找他進宮，叫小德張做了內務總管，又使他偵探攝政王的舉動，報給自已知道。小德張東西攛掇，權柄立時擴大，儼然西太后的李蓮英了。

隆裕后又嫌頤和園景緻太熱，要待另造一個花園。小德忙去請了建築家，在四處打樣。過了些時，來奏隆裕后道：「奴才在各處園林中都打聽過了，只有大內的御花園的東首，有一塊土阜；那塊地方，德宗皇帝未升遐時，聽信江湖術士的話，不准建築舍宇。以奴才看來，那都是迷信之談，有什麼交待呢？倘在那裡造起來，四周開有池沼，再引玉泉山的水與池中相通，上面鋪了玻璃，可成一座水晶宮哩。」隆裕后聽了大喜。即命日夜加工，前去建造，令小德去監工，另選名畫家在宮中四周的窗上，畫了人物山水。宮內陳設，不問一幾一案，以及琴棋劍匣，一概用玻璃製成。正中置一大玻璃球，藏玻璃明燈一百盞，一到晚上，將燈一開，內外通明，真如水晶世界一般。小德領旨監工，逐日報銷費用，只就玻璃一項，索價七百五十萬元。其餘的一切建築雜物費用和工人等費，自不消說了。這水晶宮自宣統元年造起，至二年的冬季，還只造了一半。隆裕后親自題名曰靈沼軒。又把大內的祕室，重新修理起來。

原來這間祕室，共有十多間，是西太后所造。尋常的內監，也不知祕室的所在。因祕室有一道總門，唯西太后一人曉得。總門以外，望去都和牆壁一樣，無路可通。當庚子八國聯軍進京，西太后命內監把貴重的寶器一齊搬入祕室；及搬好以後，將這幾個內監一併推入池中，以為滅口之計。故辛丑回宮，各處對象一無留存，唯祕室內的東西卻一件也不曾少。西太后死後，這個祕室所在，逐漸發見出來。然已多年不住人，裡面的舍宇多半頹圮了。隆裕叫工匠依然把它修葺起來。

這祕室的門前，是一幅極大的圖畫，畫在粉牆上的，不知道的還當是真的石牆哩。那石牆的下面有一個機紐；但把機紐一撥，牆壁立時分開，變成一間房室了。進了這間房室，再用手轉動機關，由房室的中間，豁然開朗，又顯出一間客室來了。走進客室，照樣做去，客室又變做臥房了。不過這個臥室，還是一個預備的；西太后的正式臥房，還是照這般的轉進去，從客室變為天井，天井又變為書齋；書齋又化作天井，天井再變為客室。似這般的變化無窮，層層疊疊的進去，到最適中的一間，才是西太后的臥房哩。那臥房裡面的陳設，自不消講它，當然十二分的精緻，臥床的裡面卻藏著一隻空管，西太后睡時，把空管放在枕邊，百步以外的聲音說話，都歷歷如在耳邊。西太后生時，深怕有人暗算，因而備辦這樣東西。內監們也有瞧見過的，說這空管，是從前北惠出征的時候，得之緬甸王的宮中。那管子用獸角雕成，很為考究，只不知這獸是叫什麼名目罷了。隆裕后修這個祕室有什麼用處？讀者諒也明白，自不用做書的細說了。這樣的一來，隆裕的名氣，也漸漸壞了起來。

在這個當兒，卻弄出一樁事來了。因穆宗還有一位妃子，就是瑜貴妃。她的為人聰穎而有才幹，諸如琴棋書畫，沒有一樣不精。當穆宗立后的時候，以瑜妃是鳳秀的女兒，西太后欲冊她做皇后，孝貞太后卻不贊成。結果，召穆宗行己選擇，穆宗選了崇琦的女兒；鳳秀的女兒，便封做瑜妃。西太后心上雖不悅，但也無可如何。以是還常對穆宗說：「皇后太年少，瑜妃有才，你應當看重一些。」穆宗口裡微微答應，對於崇琦的女兒孝哲皇后，伉儷非常之篤。有這一緣故，西太后對於穆宗，母子之間不大親密了。西太后又因瑜妃不得立為皇后，便特別優遇她一點。穆宗殯天，德宗接位。瑜妃依然侍候著西太后。因她生性活潑，言語應對都能稱旨，西太后越發的喜歡她了。

那時，隆裕皇后雖是西太后的侄女，現代的皇后，而寵遇上頭反遠不如瑜妃。有時隆裕后妒忌瑜妃，於話說中諷刺她，瑜妃就去哭訴西太后。西太后大怒，立召隆裕后責問道：「你是堂堂皇后，瑜妃已是寡鵠了；無論何人，要可憐她的。你是我的侄女，於我心愛的人，自宜分外看待。不期你轉仗勢淩人，叫她一個寡婦嘸得下嗎？即使別人欺她，你也得幫助她哩。」隆裕后被西太后一頓申飭後，從此見了瑜妃，連正眼也不敢瞧一瞧了。

瑜妃於西太后在日既這般的得寵，她的性情也自然一天天驕傲上去，差不多的宮嬪妃子，毫不在她眼中，只有對光緒帝的瑾珍兩妃，倒十分要好。當庚子拳亂時，西太后把珍妃逼死，瑜妃在無人的地方，也常常痛哭。每見隆裕后傾軋瑾妃，瑜妃終在邊幫襯著。說她們姊妹兩人一同進宮侍候皇上，現今恩未受著，倒把一個珍妃活活的弄死了，我們再去捉她的差處，真是於心何忍呢！隆裕后給瑜妃一說，不好意思再事苛求了。瑾妃得瑜妃的暗中援助，要少吃無數的痛苦咧。但瑾妃自己，卻絲毫不曾知道啊。自光緒帝薨逝，西太后也隔不兩日昇仙，由溥儀入繼大統，封隆裕皇后為皇太后，瑾妃也晉了太妃。獨有瑜妃因為是穆宗的妃子，所以不曾加封。照例妃子進見太后，自己要稱奴才的。瑜妃和隆裕皇后原是並輩，西太后時，瑜妃不但和隆裕后比肩，寵容還過於隆裕后咧。現今叫她去對隆裕后稱奴才，不是太說不出去嗎？以是瑜妃不願去見隆裕后，雖經宮嬪的苦勸，瑜妃死也不肯去，只得罷了。過了幾天，恰巧到了謁陵的期上。這天因去謁西太后的寢陵，自宣統帝，攝政王以下王公大臣，以及隆裕太后，上下嬪妃等，一齊都到那裡。大家行禮既畢，瑜妃同了縉妃瑾妃當時也在其間，瑜妃見親王大臣，已齊集在一起，便走了上去，正色問醇王道：「皇上入繼，是隻繼德宗皇帝，還是兼祧穆宗皇帝？」醇王突然給瑜妃一問，倒也呆了一呆道：「自然兼祧穆宗皇帝。」瑜妃決然道：「那麼穆宗孝哲皇后，今已殯天，所留不過我一人了。皇上既兼祧的，為什麼隆裕后稱得母后，我卻還做奴才呢？」醇王聽了，瞠目不能答。瑜妃便跪在西太后的陵前，放聲大哭起來。當由醇王再三勸諭，令回宮後再行計議，瑜妃才收淚登車。醇王等既回京，又把這事漸漸的淡忘了。

到了第二次謁陵時，醇王因有事不去，派載振做了代表。宮中嬪妃，依然都到。那天的瑜妃，仍提起這件事來，要求載振立刻解決。載振不敢作主，也拿醇王回去再言一句話搪塞。誰知瑜妃以為醇王前次失信，是有意瞧不起她，今番須要定奪，不然就死在陵前，說罷望著龍柱上一頭撞去。嚇得縉瑾兩妃慌忙把她拉住，用好言安慰著。一面由載振進京，與醇親王等商議。於是才算議妥，立即齎了詔書前往，封瑜妃為太妃，進謁太后不稱奴才，並排半副鑾輿，迎接入宮。瑜妃才沒有說話。其實隆裕后在禁中也沒有一樣不做，所以瑜妃很看輕她，不肯自稱奴才，多半為這個緣故。

當西太后時，宮中常常演戲，隆裕后也侍候在側。這時每逢時節，照舊召伶人入宮演戲。親王的福晉格格們一遇大內演戲，自然循例進宮。從前伶人之中，不是有個唱武生的柳筱閣嗎？他因得西太后的寵遇，妻子和女兒都曾入大內侍候過太后。柳筱閣自己也仗著勢兒，居然也進出禁宮了。自西太后死，柳筱閣的妻子女兒只得出宮回家。隆裕后雖也相信瞧戲，以居著大喪，究屬礙於禮節，不便公然行樂。後來日子久了，大家有些忘記下去，隆裕后也天天命在宮中演戲，伶人柳筱閣也被召入內。他的武戲原是很不差的，西太后時，常常做戲受賞。隆裕后要顯出自己的尊嚴，每演一齣戲，即令每個伶人賞一百兩。柳筱閣因做戲出力，額外蒙賜。這樣一來，卻有一位福晉，就看上了柳筱閣了。但在滿清末季，王公大臣的妻妾同伶人們勾搭，本是一件極平常的事，有什麼希罕呢？不過這結識柳筱閣的福晉不是常人，卻是醇王的大福晉，也就是溥儀的生母啊。在起初的時候，大福晉和柳筱閣只是眉來眼去，到了後來，漸漸地兜搭起來了。

可是在宮庭之間，究不比別的地方。第一是耳目眾多，二人做那鬼戲，自覺得有些不便。當下大福晉借了一個空，悄悄跑到太湖石邊等著，不一刻工夫，柳筱閣也來了。大福晉笑著說道：「你的戲唱得真不差，咱倒很喜歡瞧你的戲呢。」柳筱閣忙謙虛道：「承蒙福晉過獎了。」大福晉又道：「這裡人口很雜，我們不便多說話，你如其有空，可到我們邸中來玩玩。我們的王爺每天清晨要上朝的，到午後才回來，你就在這個時候，到我們邸中來，是不妨事的了。」柳筱閣原是個淫伶，一聽有這好機會，怎肯錯過呢？連連答應了，便匆匆的自去。這裡大福晉待戲完畢，也謝了恩回去。

第二天清晨，柳筱閣大踏步的往著醇王府來。到了門前，見警衛森森，不敢進去，只在大門外望了一會，卻始終不敢進去。這樣的呆立了一會，柳筱閣忽然福至心靈；暗想前門既這般嚴禁，後門怕未必見得如此罷。於是便匆匆地往後門進來。原來醇王邸中，後面是一個很大的花園。柳筱閣轉到門前，只見一個小宮女笑嘻嘻的立在那裡，一見柳筱閣就招呼道：「你可是柳大官人麼？」柳筱閣見問，忙應道：「正是，正是！」那小宮女便道：「福晉叫咱候得你久啦。」說著微微地一笑，當下領了柳筱閣往花園內彎彎曲曲的走進來。轉了幾個螺旋彎，到了一個所在，只見重樓疊閣，好一座樓臺。小宮女說道：「官人在這裡稍等一下，待咱去給你通報去。」說罷三腳兩步的去了。過了一刻，那小宮女出來，笑著對柳筱閣說道：「請你裡面略坐一坐，大福晉快就來了。」柳筱閣點點頭，走進那座樓臺裡面，卻是一個客室，陳設得非常的幽雅。小宮女端上一杯茶來。柳筱閣喝著閒看了一遍，見室中琴棋書畫，沒有一樣不全。

正瞧得出神，忽聽得腳步聲音，回頭看時，來的正是大福晉，操著純正的京話笑著說道：「好呀！你怎麼到這時候才來呢？」柳筱閣忙笑答道：「這是小人不識路徑，走錯了的緣故啊。」大福晉道：「此地很不便的，我們再到那裡去坐。」說時同了柳筱閣往東邊的一帶房舍走去。到了裡頭，卻又換了一副氣象，所擺的東西都是寶貴的古玩。大福晉令柳筱閣坐了，大家慢慢地寒暄起來。談了半晌，大福晉吩咐小宮女去把內室的菊花酒拿來，小宮女去了。柳筱閣便問大福晉道：「王爺此刻不曾回來嗎？」大福晉說道：「平日是早已回邸了，今天因太后有旨，進宮去議大事，大約須晚上方得脫身哩。」

正在說著，小宮女已笑盈盈的提了一個食盒，一手提著一個玻璃瓶子，跑到案前，把食盒開啟，取出幾樣精緻的餚饌來。又將兩雙白玉箸子，一對白玉杯，一一擺好了，拿玻璃瓶開啟，滿滿地斟上兩杯酒，才放下了瓶，垂手立在一邊。柳筱閣覺得杯中的酒味馥郁馥芬，異常地香美，真正生平所不曾飲過；忍不住拿起杯來喝了一口，清涼震齒，那香味從鼻管中直衝出來。因問大福晉道：「這是什麼酒？卻有如此的香味，吃在口裡甘美極了。」大福晉笑道：「這酒還是老佛爺御賜的咧。從前高麗的國王不是年年來進貢的麼？當高宗皇帝萬壽時，高麗王遣使貢禮物到本朝，內中就有十瓶酒。據他的使臣說，這酒是高麗王妃親手釀的，用了五色的菊花浸在蜜裡，蒸哩曬哩，著實下一番手續，才把它釀成；所以叫做菊花冰麟酒。飲了這酒可以益壽延年，壯精健骨；高宗時遺傳下來，現在十瓶只剩一半。有一天上午，西太后忽然想了起來，命內監去拿出那五瓶菊酒，賜與醇王兩瓶。醇王看得很為寶貴，非在佳節，不肯亂飲，現還有一瓶沒有啟蓋呢。」柳筱閣所飲的，是醇王飲餘之物啊。

福晉說畢，也將酒飲了一口，兩人飲酒談心，漸漸投機起來了。小宮女立在旁邊，只顧一杯杯地斟著。柳筱閣因酒味甘芳，不免多飲了幾口，已有些醉意了。大福晉也面泛桃花，有點情不自禁了。二人說一會，笑一會，吩咐小宮女收去了殘餚，大福晉便攙了柳筱閣的手一同走入內室，遂他們的心願去了。從此以後，柳筱閣居然出入醇王府邸，邸中的宮人僕婦以及當差等等，沒有一個不知道的了。

但是世上的事，往往有出人意料的，柳筱閣出入王府，無非是用錢把內外僕人都塞住了口。誰知還有一位王府的管事老九，和柳筱閣暗中鬥起醋勁來。這個老九，也同大福晉有過曖昧的事。近來見大福晉私下有了柳筱閣，自己刮不著油水，倒讓柳筱閣去穿綢著緞，心上如何不氣。所以乘柳筱閣清晨進邸的時光，老九等在後門，必要向柳筱閣借錢。柳筱閣起先是不得不應酬，後來次數多了，便不答應了。老九見柳筱閣不理他，早已大怒，恨恨的說道：「咱去告訴了王爺去，看你們怎樣？」要知後事如何，且聽下回分解。

保家聲醇王忍小節　㪨國脈宣統讓大位

卻說那柳筱閣自結識了大福晉，一切的舉止上，頓時豪放起來，凡吃的穿的，自異於儕輩，就是他妻子頭上插的，手上戴的，也大半是貴重品物。柳筱閣倒底是個優伶，能有多大的進款，卻能備辦這些貴重物來。況且有許多東西，還是外邦進貢來的無價之寶呢！休說是伶人不應有的，即使一二品大員家裡，也未必拿得出咧。至伶人進宮唱戲，無論受特等恩賞，也決必不會有賞這種貴重東西的。西太后那樣奢靡，賜給伶人至多是金銀綢緞之類，沒有聽得賞寶物的。柳筱閣和大福晉的勾搭不清，人家就形式上已測度到了。柳筱閣又不知自斂，還時時拿些世上稀有之珍去炫視同輩，一班伶人誰不眼熱呢？這樣一來，豔羡他的一變為妒忌他的了。日子長久了，柳筱閣和大福晉的關係漸漸傳入大眾的耳朵裡，巷議街談差不成了一種新聞哩。

在這當兒，恰巧醇王府裡的老九要和柳筱閣為起難來。但老九在王府中本很具有勢力，他與柳筱閣做對頭，原是吃醋問題。所以藉著竹槓名目，想難倒了柳筱閣，令他不敢再渡蘭橋，自己好和大福晉重圓舊好。柳筱閣如其知機而退，也不至弄出事來了。偏偏他色心正熾，不肯甘心讓步。老九便不時向柳筱閣索詐，由三百元而五百元，多至一千元，終難填他的欲壑。其實老九何嘗需這點點小數目，總而言之，要攆走柳筱閣罷咧。後來老九差不多天天向著柳筱閣借錢了。好在老九是住在王府內的，柳筱閣進出，日日要碰見的，自然避免不了。

柳筱閣給他纏的慌了，便告訴了大福晉，將老九逼迫的情形一一說了。大福晉怒道：「我們因他是多年的當差，才到今天的地位，倒也很瞧得起他。不料這奴才如此無禮，咱叫王爺攆他出去就是了。」過不下幾天，醇王果然吩咐老九道：「你跟俺已多年了，也不忍令你他去，但福晉很不滿意於你，你就隨俺到別墅裡去過幾時罷。」老九不敢違背，只好唯唯退去。到醇王的別墅中去了。

老九走後，心上十分忿憤，暗想這不是大福晉聽了柳筱閣那廝的鬼計嗎？咱現在拼著不在王府裡當差，還是要和姓柳的見個高下。於是便去糾集了許多當差的同黨，大清早來醇王府的後門守候。不多一刻，已見柳筱閣大搖大擺的來了，老九就拿出往日敲竹槓的手段，要和柳筱閣借錢。柳筱閣已知道他不在府中當差，自然不怕他了，二人一句吃緊一句，不免實行武力解決。老九本想痛打柳筱閣一頓的，只要柳筱閣動手，便一聲暗號，當差的一擁上前，都望柳筱閣打來。誰知柳筱閣是唱武生的，膂力很是不小，一瞧眾人手多，即刻放出本領，施展一個解數，退到了空地上，顯出打慣出手的武技，把眾當差的打得落花流水。老九的左膊也吃柳筱閣打折了。一場武劇做完，老九領了眾人四散逃走。柳筱閣依然大踏步進王府去了。

但老九吃了這一場大虧，如何肯了結呢？自思潛勢力又不及他，打又打不過他，這樣就不圖報復嗎？他想了一會，只有把柳筱閣的事去報告給醇王知道。可是醇王曉得大福晉和他不對，若是直說，一定要疑心他有意攛掇。倘醇王回邸去一問，被大福晉花言巧語輕輕的把這事瞞了過去，打虎不著反要喪身哩。所以那報仇的計策，只有等柳筱閣等不防備，突如其來的進去，看他們遁到哪裡去？老九主意打定，便靜候著機會。

一天，醇王朝罷，正向載振邸中走去，老九故意氣急敗壞的，趕過醇主的輿前。醇王瞧見，在輿中問道：「老九！急急的往哪裡去？」老九假做吃驚的樣子，很遲疑的答道：「奴才在別墅中，不是王爺來召喚過的麼？」醇王詫異道：「咱幾時著人召你的？」老九說道：「剛才有一個小內監來說，王爺今天請客，是專誠款待柳筱閣的，此刻命奴才到聚豐樓，去喚一席頭等酒席哩。」原來，老九打聽得柳筱閣在醇王府中和大福晉飲酒，以是敢揑造出無中生有的事來。當下醇王聽了怒道：「咱何嘗請什麼客，就是請客，也絕不請一個下流戲皮子，你不要胡說罷。」老九正色說道：「奴才也在那裡疑惑，王爺怎請起戲子來呢？真正笑話了！但喚酒席是小太監說的，奴才聽得是王爺的命令，不敢怠慢，因此急急地跑去，聽說立刻等著要吃咧。王爺既不曾有這一回事，那又是誰說的呢？斷不是無事生風的罷。」

醇王給老九一言提醒，不覺頓了一頓，心裡著實有些狐疑起來。因為平日對於柳筱閣的行為，也有點聽在耳中。當西太后在日，柳筱閣出入宮禁，時有不安分的舉動看在眼裡，今天突然觸起他的名兒，自覺有些疑心了。私下忖道：莫非我們府中也有和柳筱閣這廝糾搭的麼？咱聽知這姓柳的戲皮子專門和王公大臣的內眷們不清不楚，我們不要也演這齣戲呢？醇王想了半晌，也不往載振那裡去了，只叫轎子往自己邸中來。老九見計已行，忙在轎前開路，一面暗令同黨，去把王府後門鎖住。自己隨著醇王，一路回邸。轉眼到了邸門前，照例當差的要齊聲吆喝一下，因這天預先得著老九的暗示，大家便默默不聲，故此裡面的人一點也不曾察覺。大福晉其時正和柳筱閣歡呼對飲，不料醇王會在這個時候回邸，就是偶然早歸，外面全班喝道，府中人早已聽得了。王府裡房屋多大，柳筱閣一個人何處不好藏躲呢？只消避過了風頭，由使女悄悄地從後門放了出去，可算神不知鬼不覺哩。這樣的做過幾轉，大福晉和柳筱閣的膽子，也一天的大似一天了。這天照常在後花園亭上，放膽飲酒說笑，一點不提防別的。

那個花亭是醇王在炎暑時憩息之所，亭的裡面，除大小書案之外，古董珍玩不計其數。又有幾樣值錢的寶物，一樣是劍，青魚為鞘，上嵌碧玉，一經啟視，光鑒毛髮。據說此劍一名湛盧，是從前歐陽子所鑄。歐陽子一生只鑄得六劍，除了雌雄兩劍，一名巨闕，一名青虹，一名太阿，還有一口，就是這湛盧了。講到這口劍的好處，吹氣能夠斷髮，殺人不見血。砍金銀銅鐵石壁，好似腐草一般。當聖祖收大小金川，醇王的高祖也相隨軍中，一天夜裡巡營到一個地方，見火光燭天，醇王的高祖恐有埋伏，忙令小卒前去探視，回說：只有一口枯井，那火光是從井裡出來的。醇王的高祖識得其中有寶物埋著，喝令竭力望井中掘下去，就得到這口寶劍。醇王府中遺傳下來，當他是件傳家之寶。此劍風雨之夕，自能戛然長鳴。佩帶之人如中途逢著暴客，也能作響報警。倘府中有賊盜凶事發生，劍就會跳出鞘外三寸，錚錚有聲。光緒帝入繼之時，劍曾叫過一次。所以太福晉已知凶多吉少，不肯放光緒帝進宮，就是這個緣故。

還有一樣，是一張瑤琴。這琴是周幽王時大戎主所進。琴上綴有石玉金紋，聲音異常嘹亮，當月白風清，樂手鼓起琴來，悠揚之聲可聞數里，真有空山猿嘯，天際鶴舞之概。醇王把一琴一劍視做第二生命一樣，輕易不肯供人玩視的。王府之中以前有一個侍姬能操此琴。大福晉很愛這琴，因請那侍姬指點學琴。後來福晉才學得一半，那侍姬已然死了。以是醇王見物思人，益發珍視那張琴了。現在除了大福晉能奏幾曲之外，無人能彈這琴了。

這天，柳筱閣和大福晉在花亭上對飲，柳筱閣忽然指著那張琴，笑對大福晉說道：「福晉能操這琴的麼？」大福晉笑答道：「咱曾叫府中的侍姬教過，但沒有學得好，那侍姬死了，直到如今，不去弄它咧。」柳筱閣笑道：「我知道福晉很好這個，今日倒還有興，請福晉彈一下子，也使我清一清濁耳何如？」大福晉笑道：「咱這點拙藝是很見笑的，不必彈罷。」柳筱閣一定不依，逼著大福晉彈一曲，大福晉不好過於推卻，便一頭笑一頭把那口琴取來，拍去琴上的塵埃，先和一和宮商，亮了一亮弦子，然後端端正正的坐下去，輕舒纖指彈起琴來。首段彈了一曲《平沙落雁》，二段是《劉備嘆靈》，三段是《風送松聲》，四段是《景陽開泰》。福晉彈到這裡，把琴聲突然止住，笑問柳筱閣道：「如何，不是很見笑吧？」

列位須知琴這樣的東西，原有七忌七不彈的規則。他規例上第一個就是不遇知音不彈。俗諺不是有句對牛彈琴的話說嗎？彈琴給牛聽，明明說是聽的人不懂什麼，簡直和牛差不多一句比較閒話啊。柳筱閣是個伶人，相處的都是下流社會，他懂得什麼琴不琴呢？僥倖給他唱戲唱紅了，西太后召他進宮，也居然出入宮禁的。自大福晉和他結識，常常在花亭上飲酒，才得瞧見這風雅東西。不是取笑他，在平時柳筱閣全不懂得，只覺叮叮咚咚罷了。福晉問他，他也只有瞎讚了幾句，便胡亂說道：「這琴聲還似乎欠熱鬧一些。」大福晉笑道：「要熱鬧嗎？咱就彈一段《赤壁鏖兵》罷。」說著又和起弦來，指彈手挑，直彈得刀槍震耳，金鼓齊鳴，側耳細聽，真有金戈鐵馬之聲，確實彈得好琴。大福晉彈畢，對柳筱閣一笑。

柳筱閣實在苦於不識，又瞎稱讚了幾句。他忽然想起戲臺上鑼鼓，有什麼《十面埋伏》的敲法，不知琴中有這個調子嗎？想了一想，就開口問大福晉道：「這琴裡也可以說什麼《十面埋伏》麼？」說了一句，把兩眼一攢，做了一個鬼臉，似乎怕福晉笑他外行似的。大福晉見問，點頭笑道：「調門是有的，只不過很不容易彈得好，咱還不曾習得精明哩。」大福晉說這話，是因柳筱閣講得出調名，疑他也研究過的，恐自己班門弄斧，貽笑方家呢。其實柳筱閣哪裡是懂這宮商角徵羽的玩意兒，可憐他不過重演《九敗章邯》中，楚霸王發表趟馬的時候，鑼鼓打《十面埋伏》的調門，所以他這時亂猜一下，預備猜錯時給福晉一笑而已。哪知恰被他猜著，大福晉還當他是內家啦。但是若沒有這一猜，也不至於弄出事來了。

其時柳筱閣已猜中了，自然要充內行到底，逼著大福晉再彈一曲《十面埋伏》。大福晉更不推讓，就重整絃索，再和宮商，彈起那《十面埋伏》的亂聲十八拍來。柳筱閣雖是一竅不通，也覺得十分熱鬧。只見大福晉手忙得碌亂，顧了彈又顧拍，撥挑按捺，十指齊施；悠揚處如泣如訴，剛勁處如虎嘯龍吟。可惜彈給柳筱閣這不識貨的聽，冤屈了福晉的好琴了。因為大福晉的琴技，北京很有名望，休說是滿族中算得名手，就是我們漢人中也未必有勝於她的呢。偏偏這木偶式的柳筱閣倒有這樣的耳福。倘然把當時琴聲用收音機收著，放到如今，不是成了絕響嗎？大福晉似這般的彈得珠汗盈頭，柳筱閣也依然是木不通風，全不知道好壞，真可算得是鮮花栽糞土，脂粉饋無鹽了。

大福晉正彈得起勁，卻一位知音客從外面來了。這知音客是誰呢？自不消說得，便是那位醇王爺了。原來醇王聽了老九的一片鬼話，心上疑惑起來，也不到別處去，竟同了老九一直回轉王府來。那些王府中的當差預得老九的知照，也一聲不吱地接了王爺進去，只依例上前請了一個安退去，在一邊瞧他們演活劇。當下醇王走進邸中。平日總是先到內書房，看了些各處來的公文請單及外吏內臣送給他的許多禮物單；一樣樣的過了目，然後到上房和大福晉談些閒話，在福晉房裡用了點心，才出來再理公事。這個時間，大約已是下午三時多了。因醇王從朝裡回來，終在這個時候了。那時柳筱閣已去，萬萬不會撞見的啦。習慣成自然，是百無一失的啦。豈知今天醇王回來得特別早，逾了往時的定例，大福晉是做夢也不防的。她不曉得還有一個冤家老九，在那裡攛掇著是非呢！

這天醇王有老九領了路，也不照例到書房，卻一直轉入後堂，望著園中來了。但此時如無老九作伥，醇王就逾了時間早歸，他必定先到書房，邸中侍女瞧見了，忙去通知大福晉打發柳筱閣溜走，還正來得及哩。現在老九一作梗，醇王也忘了所以，便一直往前的走到花園裡去咧。當醇王踏進後堂，已聽得琴聲嘹亮，知大福晉彈的，因府中無第二人會這玩藝的呀。醇王剛待跨入園門，老九就止住了步不走了。醇王見老九退立一旁，心裡愈不安了，想其中定有緣故，那疑雲更陣陣上來啦。這許多地方，是老九的奸刁處。他似這般一做作，明明是提醒醇王，叫他注意的意思。在這當兒，一個侍兒手中提了一把酒壺從花園中出來，一見醇王，慌得倒縮回去。醇王見這侍兒一種鬼鬼祟祟的樣子，更令他增添疑惑了。於是就喝住那侍兒，不許他回轉，自己便順著琴聲走來。醇王在自己邸中，一望已明白了，知道大福晉是在花亭上彈琴，所以也向花亭而來，走到亭畔，聽得琴韻悠揚，不由得喝一聲彩。

這喝彩聲把亭上的琴聲立時打斷，大福晉聽見是醇王的聲音，早吃了一驚，慌忙將琴一推，待探首出來望時，醇王已走上了花亭，瞧見柳筱閣坐在那裡，大福晉呆立在窗邊，兩眼直望著自己發怔。不覺大怒道：「反了，反了！真會有這件事的嗎？」柳筱閣一見是醇王，也不免嚇了一跳，他一時情急智生，待那醇王立在亭門口時，便忽地直立而起，衝到醇王面前，乘他不曾提防，只飛起一腿把醇王直踢下亭去，自己就拔步一溜煙的逃出花園去了。這也是柳筱閣淫罪未盈，不該絕命。老九怕做大福晉的冤家，中途見大功告成，便退出外面去了。但一個王府之中難道會沒有一個當差的跟隨嗎？因花園是醇王內府，遊玩的都是眷屬。當差的不奉召喚，不能進入後堂的，何況是到花園裡來了。那老九到園門退下，也是這個意思。醇王給柳筱閣踢了一個跟頭，已然頭暈磕銃，哪裡還能叫喊呢？不然，只要他一聲高呼，柳筱閣就是生了翅膀，也飛不出這個王府啊。那管園門的見柳筱閣很急促的跑出來，本要攔住他的。後想他是大福晉的紅人，雖有老九的命令叫他將園門守住，卻不曾吩咐他捕人。況老九的勢力到底不能和大福晉比較，自己做個管門人，敢與福晉作對嗎？想到這裡便任那柳筱閣出去了。

醇王跌在地上，由大福晉扶他起來，一面替他拍著塵埃，一頭淚汪汪的跪在地上認罪。醇王起初是怒氣勃勃，恨不得把劍拔出來，拿大福晉一砍兩段。繼又想自己是個攝政王，這事如聲張出來，反於名譽有關，滿朝文武得知，必看輕了自己。且與大福晉多年的夫婦，也有些不忍。她終不好，現在兒子溥儀做著皇帝，說不定存太后希望哩。倘一經揭穿出來，也須累及兒子。醇王想到這裡，氣早乎了下去。只長嘆一聲，吩咐大福晉，下次不准和柳筱閣來往，否則須小心腦袋。大福晉含淚應允，且按下了。

再說革命黨幾番起事不成，倒犧牲許多生命，如何肯甘心呢？這次卻暗中運動了軍隊，在武昌起義了。風聲所播，各地都響應，清廷聽得消息，頓時手足無措，平時又沒防備，萬不能和民軍打仗。因此溥儀只好讓位。要知後事如何，且聽下回分解。

喪心病狂大辮兒復闢　衣香鬢影小皇帝完婚

卻說那革命黨幾次鬧事，幾乎把清政府鬧翻。終算有的覺察得早，乘他們熱焰未成的時候，興兵撲滅。但內中的潛勢力依然不住的膨脹開來，不多幾年，已漸漸成熟了。到了宣統的三年上，攝政王載灃要想把鐵路收歸國有，在這個上頭，很引起了人民的反對。革命黨首領孫文黃興等，趁舉國沸騰之時便在武昌起義，協統黎元洪聽得軍心已變，槍炮不絕於耳，嚇得鑽在床下，一句話也說不出來。外面兵丁將衙署圍住，逼著黎元洪承認都督，黎越發恐慌了。這時黎元洪的二夫人危氏倒很有見識。她見大勢已在急迫，若不承認，即刻有性命之危，當下代傳命令出去道：「都督已承認哩，你們快去分頭進行。」這令一出，眾人齊呼萬歲，就去攻打鄂撫的衙門去了。

那鄂州革命成功的消息，紛紛開去，各省都響應起來。這一下子把個清政府慌了手腳，平時本勉強支援殘局，一旦有事，簡直無法措置了。其時，清廷的大臣如世續、瞿鴻機、盛杏蓀輩，都是奉命謹兢而不能做事的人。清廷萬分不得已，把去職的袁世凱重行起用，著他帶兵去拒兵軍。

講到袁世凱的為人，足智多謀，胸負大志。他原是項城人，是個監生出身，仗他老師李鴻章的引挈，也做過朝鮮委員。當袁世凱幼年的時候，他的老子袁甲三本在李鴻章的幕府。袁世凱謁見鴻章，還在髫齡時期。李鴻章見他一舉一動，便嘆謂幕友們道：「此子功名富貴將來遠在老夫之上，你們不要輕視他。」所以，袁世凱在李鴻章的幕下足足守了十二個年頭。一天，有一個僕人和廚役吃醋爭風，二人便私鬥起來。廚役持刀追殺僕人，那僕人無處躲避，跑到李鴻章的書房裡來，廚役也緊緊地追趕著。李鴻章正在看書，袁世凱侍立在一旁。這僕人逃進來時，李鴻章只做不曾看見一般。廚役追到了書房，竟把僕人拖了出去，用刀將他砍死。事後，有人問袁世凱道：「李老師的不管閒事，是他平素的脾氣，你在旁邊，為什麼也見死不救呢？」袁世凱笑答道：「你們見廚役持刀殺人麼？那麼僕人一樣有兩隻手的，何不拿刀對抗的呢？他卻聽人吹死，連手也不回一下，顯見那僕人，是個極無膽量和毅力的人。這種沒用東西，留在世上做贅疣，不如任他去死了的好。李老師不去喝止救援他，也是這個意思，我何必去保護這無用人呢。」袁世凱這段話，有人傳與李鴻章聽了，李鴻章拈鬚笑道：「孺子真知我心也！」因此把袁世凱漸漸的重用起來，不上幾年，做了駐朝鮮的委員了。

原來李鴻章的遇人，好獎勇擯弱，對於部下的私鬥，誰人膽小吃虧來訴苦時，反受責斥說他沒用咧。而勝了的人，轉得蒙賞。因此，李氏部屬每逢到戰鬥，無不勇往直前，沒有退後的，就是這個道理。

至於袁世凱呢，也是清代歷史上的重要人物，故此不得不細述一遍啦。袁氏自朝鮮卸職回來，便受知於榮祿，令他為小站練兵督辦。袁世凱在這時，乘間培植他自己的勢力，收了些有本領的將領。那陸軍四傑如馮國璋、段祺瑞、王世珍、張惠芝等，一時是很有名的。戊戌政變，拳民起事，袁世凱已做了山東巡撫，辛丑迴鑾，薦任直隸總督。光緒末年，兩宮殯天，溥儀入繼，醇王載灃攝政，把袁世凱免職閒居。但袁世凱雖然在家閒散著，他常常對家人說：「清廷不識人，現將我去職，我知他們不久就要起用我的哩。」及至革命在武昌起義，時在宣統的辛亥年，袁世凱在家聽得這個消息，便跳了起來道：「我的出山時期到了，你們快把我應用的衣物一齊收拾好了罷。」家人還都笑他是空想咧。不料到了第三天上，清廷果然下旨召袁世凱進見，訓勉了幾句，加上他的官爵，把全國的兵權都歸袁世凱指揮。袁世凱是何等角色，一見時機已至，故意搭起架子，遲遲不肯進兵，又經清廷下了特命，將袁世凱當作洪楊時的曾左看待，滿望他支住殘局，把失地恢復過來。

袁世凱一得大權，一面暗中布置局面，一頭派馮國璋出兵和民軍開戰。馮氏在當時，他手下的鎮兵，也很有善戰之名，他和民軍交鋒，民軍究屬未經訓練的多，因是給馮國璋殺得大敗。可是這時的民軍勢力已成，各地紛紛響應，只仗馮氏一旅之師，也休想成功，不過令兵民多流些血而已，況且孫文已在金陵，被選為臨時大總統了。天下民意均歸向共和，單靠袁世凱一人，也是獨木難支。袁世凱察風觀色，也知自己用強是不行的了，於是就按兵不動，等待時機。民黨一方面呢，以袁氏擁有重兵，也不能不有所顧忌。這樣的兩下一併，你礙著我，我畏著你，不是成了僵局嗎？結果，終至於雙方講和了。

這時，清廷的攝政王載灃當夜進宮去見隆裕太后。即由宮中召集瑾太妃和滿族親王大臣載振、載洵、世續、陸潤庠、太傅等，開了一個御前大會議。以為袁世凱擁兵不進，各省皆舉白旗，端午橋輩且以身殉，張彪夜遁徐州，張勳退出南京，清朝的大勢已去，就是強做，也得不到什麼便宜。各地旗人又遭民兵殺戮，報復進關的仇恨。一朝兵敗將亡，滿族很是危險。所以決定和民軍講和，由清廷下詔遜位。當下就規定了清室優待條件，一例不加殺戮，並由民國政府正式成立，每年賜給清室優待費三百萬元。這樣一來，清代役使漢民至此告終。自吳三桂迎清兵入關，多爾袞定都燕京，以攝政王開基入主中國到現在，也以攝政王終，共傳三主，所以稱滿清十三朝，就是這個緣故。這且按下。

再說清朝既已遜位，孫文見大事成功，便引身而退，把個總統的大位讓給了袁世凱做了。講到袁世凱，他在第二任國會選舉中，

連任了總統，黎元洪任了副總統。民國開始到如今，直亂到現在，正副總統齊產生。政府裡一點也不曾殘缺，真是整整齊齊。民國在這時，很有些太平的氣概。袁氏之後，並大總統也幾次非法產的，休說是副產的了，至今依然是不曾有哩。當袁世凱掌權的辰光，於清代的舊將，也都引用，如張惠芝、張勳、倪嗣沖輩，一般授著要職。張勳坐督徐州，野心勃勃，時時轉著復闢的念頭，只是懼怕袁世凱，不敢發動罷了。所以人家說袁世凱倒有用人之量，能壓制部下，不敢遽明異志，這就是他的才能咧。可惜他一時也鬼迷心竅，也想恢復帝制，做起皇帝來了。於是仗著他的威權，便籌備起帝制來，改民國為洪憲元年，自己備了冕冠龍服，以便祭天。

其時，蔡鍔和唐繼堯口上贊成帝制，暗中劇力反對。蔡鍔被袁世凱監視著，就改裝出京到了雲南，立時宣布獨立。各省的督軍見民氣傾向共和，也紛紛獨立起來了。袁世凱得到這個消息，這一氣非同小可，幾乎昏了過去。又兼他老病再發，如何吃得住呢？因之不多幾天，便一命嗚呼了。一個人到袁世凱那麼地步，也非容易的。誰知弄到身敗名裂，一念之差，失足已成千古恨了！

袁世凱既死，自然由副總統黎元洪扶正，做了民國的大總統，推翻了袁氏的帝制，再建起共和旗幟來。但黎氏的為人是樸誠少謀，臨危無斷的人。那些野心家張勳等輩，如何把他放在眼裡呢？袁世凱死

後，這班人去了一個壓制的人，登時如釋重負，就在徐州密議，實行他們復闢的陰謀。這時那自號保皇派的康有為、梁啟超輩也開始活動，暗裡和張勳結合，準備推倒共和，請溥儀發表，重複清朝的舊制。一時贊成這個議論的督軍，以及在野名流，如徐世昌、金梁、世續、耆善、李梅庵、瞿鴻機等，倒也很不乏人。清室在此時受著民國的優待，猶心不足，欲萌違天之行，可算是自不量力。然一半也被群小包圍，不由自主，一半是民國人民，當初談和之際，大覺疏忽，不曾將帝號廢去，把帝孽趕走出宮，仍讓他關門做小皇帝，才弄出這種活把戲來。在這當兒，清廷隆裕太后已死。她臨死的時候，世續在病榻待命，隆裕太后垂淚道：「我們如今好算得是寡母孤兒了。先帝早薨，留此子餘之身，目睹國亡家破，能心不慘傷嗎？祖宗創業維艱，卻不道輕送在我們孤兒寡母之手，不是千古憾事嗎？我們不自修改，貽誤大事，坐失江山，何顏去對祖宗先帝哩！但事到如今，說也無益。」說畢命召小德張，內監回報已在兩日前不知去向了。隆裕后聽了不由得一聲長嘆道：「小人無良，一至於此。咱自己盲目，差用了人，夫復何說！」世續在旁奏道：「請太后下諭，令警廳緝捕就是了。」隆裕后搖手笑道：「今日不比從前，國亡勢失，誰來聽你們使喚。即國民官吏能額外盡力，也徒遺口舌於人，這又何苦來呢。罷、罷！造化了這奴才吧。」世續在側，一語不發。

因為自溥儀遜位後，瑾妃以太妃資格大權獨攬，一味的收拾人心。宮中嬪妃宮人內監們都服從瑾太妃，而攻訐隆裕太后，正應了光緒帝臨終之言，說瑾妃不至受苦，別人反要受制於她，這語言猶在耳。昔日隆裕后在西太后面前，攛掇瑾妃的壞處，吃盡痛苦，不料今日，隆裕后轉為瑾妃所制。天理報應，可謂不爽，而人的厄運，也有變泰之時！所謂說不到底，做人看不煞咧。隆裕后因人心背向，宮中大半和她不睦，背後更多怨謗之言，以是鬱鬱不歡，終至一病奄奄。垂危之頃，除世續耆善兩人外，只有宮人一名，內監兩名，侍候在側而已。一種淒涼慘淡的情形，比光緒皇上死時，愈覺得可憐。

當溥儀來視疾時，隆裕后尚能說話，便顧著溥儀說道：「我們國已亡了，回想昔日繁華，今日如夢。現宮廷荒涼淒清，咱的魂靈不知到什麼地方去是安頓之所呢？你生在帝王之家，稚年繼統，一點事也不曾有為，已經是國亡家破母死。這樣可悲可痛的境地，你雖過著了，卻是不懂得什麼苦處。將來你自有知曉的一日。咱現今要和你分別了。咱死之後，無論把咱拋在深溝孤井，悉聽你的處置，咱也顧不了許多啦。」隆裕后說完，淚隨聲落。一般內監宮人，也都痛哭起來，世續大泣不可抑。這樣的過了一刻，只聽得隆裕后大聲道：「早知今日，悔不當初！」說了這兩句，身子望裡一翻，雙足一挺，就追隨光緒帝和西太后去了。這且不在話下。

再說張勳和康有為等主張復闢，已不是一天兩天的事，密議得已不知幾次了。講到張勳，他在清末不過是一個總鎮；光復之前，擢他做了提督。他的為人是好色貪淫，是個極不安分之徒。起初弄了個小毛子做妾，後來在天津看上了女優王克琴，就一半強奪，一半價買，把她弄了過來。小毛子自王克琴進門，便失寵了。於是過不幾時，就跟上了一個當差的捲包逃走。張大辮因有了王克琴，也不去追究她了。這張勳行為雖如此，卻死忠於清室。身為民國督軍，他那腦後的豚尾，依然不肯割去，是表示不忘故國之意，所以人家都叫他張大辮兒。他在民國，握了兵權，幾次要想復闢，只為畏懼著袁世凱，不敢耀武揚威。他那些大辮兵，在光復時被浙江臺州兵在南京打得落花流水。此時做了督軍，坐鎮徐州，想把以前的勢力慢慢地恢復轉來，以便乘機而興。

恰巧袁世凱死了，黎元洪繼任，張大辮見黎氏懦弱可欺，就百般的要挾，黎元洪怕他專橫，真是百依百順。張大辮以時機不可失，一面私下調兵進京，一頭和康有為等定計，藉著三頭會議的名目，自己便乘專車進京。黎元洪不防他會復闢，還派人歡迎他咧。張勳進京後，連夜同康有為等在六國飯店密議，次日即進謁遜帝溥儀，述明復闢之舉。金梁等便上本勸進。這件事被瑾太妃聽得，大驚說道：「那不是玩的啊！我們受民國的優待，在國亡之日，不損一物，不死一人。就這樣的年年拿一筆優待費，大家吃一口安穩飯，也是心滿意足了。還去做什麼復闢不復闢呢。況且天下人民共和已久，民心傾向民國，於我們清室早已置之腦後了。如今一旦舉事，全國駭怪不安，必至弄巧成拙而後已。倘若再失敗下來，不但優待費無著，怕有滅族之禍哩。」瑾太妃說著，瑜太妃也說：「溥儀年輕，不知世故，你們應當教之入那正軌，才是道理。」瑾妃對太傅世續說道：「溥儀孺子，不識利害，他們雖然愛之，但這樣一來，反是害他了。請你們三思而行。」

這時兩太妃終竭力地反對，怎禁得世續等復闢的念頭正熾，想外援有張勳及各督軍，內有康有為金梁等，大事在舉手之間就可以成功，何必多所疑惑，以至坐失時機呢。於是由世續、聯芳、梁敦彥、陳寶琛、辜鴻銘輩一班舊臣，預擬草詔，布告天下。准漢民辮去不究，留辮與否悉聽自便。授徐世昌為弼德院正院長，康有為副之；張勳授大將軍，陳寶琛、辜鴻銘、瞿鴻機，均加三級為北洋大臣，載洵貝勒，都以王入值軍機。諸事定妥，由張勳率領大辮兵，佩手槍入迫黎元洪下命令讓位於清室，自願上疏稱臣，奏牘手本，一概擬就，只要黎元洪署名就是了。這樣迅雷不及掩耳的手段，弄成復闢的怪象，也是民國人民放棄應有監督之權，兼之黎氏柔而無剛，才被宵小所乘。

當舉事的一天，瑾太妃堅執不從，她說：「與其看清室滅族，不如自己先死，免得無顏去見先帝。」後給眾臣和內監勸阻，張勳力保無他，瑾太妃終是不聽，大罵康有為逆賊，誤了先帝，如今又要來弄溥儀入圈套了。他害得清廷內部骨肉離異，心還不足，必要弄得滅族，才肯放棄呢。瑜太妃也再三的解釋不應復闢的利害關係。然那些喪心病狂的張大辮等，早已把木造成真相了。其時北京城內，重複龍旗招飄，立時呈現滿清舊時的氣象來。這消息傳到各省，一般督軍也有事前已贊成的，有口裡附和的，有不出口而默許的，也有看風頭做事的，騎著牆看誰勝，就望誰那邊倒，也有幾個反對的。其時倒惱了一位在野的人。此人是誰？就是清代陸軍三傑之一的段祺瑞了。他在袁氏總統上任，也做過內閣總理，因不給輿情，被人轟走。他身雖在野，威望尚在；於是便在馬廠誓師，聲討復闢黨張勳。

通電全國，馮國璋首先響應，李純等和之，聲勢浩大。當下段祺瑞率兵進京，把張勳的辮兵打的四散奔逃，張勳也躲入荷蘭使館；溥儀由英文教習莊士敦保護入德國使館。一場好事，又復付之流水了。

這樣的又過了幾年，已是民國十一年了。人民把復闢的事也逐漸的忘懷，清室也向民國政府宣告：前次的復闢，完全出於臣下的主張，的確非出清室主意。民國政府也大度寬容，不加深究。溥儀因得恢復自由，並在這年的冬季，實行大婚。但一個廢帝結婚，又有什麼輕重呢？不知當此文明日進，去古日遠，這種皇帝大婚的禮節，可不復再見了。所以倒也是一種古禮上的紀念，很有記它的價值。然在溥儀婚時，很有一般人在輿論上極力反對，說民國時代不該有這樣舉動。其實他們婚姻禮節於政治有何關礙呢？要知怎樣大婚，且聽下回分解。

封閉清宮溥儀走天津　暢談風月全書結總目

卻說這年的陽曆十二月一日，是舊曆的十月十三日，上午十時，為遜帝溥儀的大婚吉期。到了這一天上，一班忠心耿耿的舊臣，自然是十二分的忙碌了。當時，在那天的三更時分，即內監傳命，以鑾輿往迎新人。去的時候，從東華門出去，走北池子景山東街，過地安門，沿途都有軍警保護著。那觀看的人當然是人山人海，不消說的了。鸞輿出發之前，有馬巡保全隊，遊緝隊，是開路的先鋒。後面是一大隊京師的憲兵，都騎著高頭大馬，一嶄齊的行走著。憲兵過去，便是步兵一大隊，皆全體武裝，一個軍官率領著，也徐徐的過去。步兵的後頭是武裝警察，是京師警察總監處派來的。又有一大隊警察廳的軍樂隊，繼之以總統府的軍樂隊。一切的服裝，都很鮮豔華麗。軍樂的後面就是清室的宗人，都翎頂輝煌，蟒服朝珠，隨著軍樂隊步行。

在這個時候，就有一乘十六人抬著的彩輿，輿夫一律繡服，輿後是黃緞金頂馬車，車上綴纓絡無數，光明耀眼，真是美麗極了。車過，又是幾十個內監分乘駿馬，慢慢地走著，算是儀仗前的頂馬了。這馬隊之後，是一面繡金龍的大旗，足有三丈大小，旗後是金瓜銀鉞，一對對的排列著，這就是古天子鑾駕中的儀仗了。後面是大黃羅傘一頂，方傘一對，雉尾扇一對，絳幡兩對，五色金龍麾，翠華幢，黃龍繡旗、黃緞蓋、曲柄五色翠蓋、大紅龍鳳蓋、華蓋、繡金曲柄銀龍旗、五色曲柄龍鳳傘、大黃緞金秀蓋、曲柄鳳麾諸般儀仗。一對對的走過，便是滿旗親王，朝衣三眼翎，冠寶石頂，騎馬執金節。內監數十人護衛著親王。後面又是宮監，列成雁行的樣兒，第一對是八角明燈，第二對是金龍燈，共是八十一對，也排著過去。燈過是提爐的宮監，金爐裡面香菸縹渺，很顯出嚴肅的氣象來。提爐內監之後是宮中細樂，如笙簫管笛，沒有一樣不全的。細樂後是大樂，凡鑼鐃鼓鈸，也無一不有。這樣之後，是步行的王公大臣，專代表親迎的責任，也穿著朝衣翎帽，排班在鑾輿前引導。

這時鑾輿來啦！但見那鑾輿高可一丈餘，上面的頂是一隻很大的金鳳；四圍珠珞丁咚，繡幔四垂；角上都含流蘇。抬鑾輿的共三十二人，一例穿紅綢繡衣，紅纓帽上拖黃翎，很齊的抬著走過。鑾輿後是執長纓槍的侍衛，騎著駿馬，蟒袍金冠，更見得威武了。侍衛之後，是一班忠清的大臣，也朝靴朝帽，有穿以前欽賜的黃馬褂的大臣，都跟在鑾輿的後頭。此外是衛戍司令王懷慶，警察總監薛大可，也穿著制服，在後壓隊。這樣的迎著新人，從皇城沿，走安定門，過十字街，進東安門，再入東華門。軍警前導，到東華門止住，軍樂依然隨著。鹵簿直到了乾清門外，也停止了。鑾輿直進乾清宮，方才停下來。

這時，自乾清門到大殿，都用紅緞毯鋪地，殿上燈燭煌燦，自有說不盡的華美。宮門外面，侍衛十六人，都執長纓槍和指揮刀，站立門前。殿旁列著大鐘巨鼓，以及古時帝王祭太廟的樂器，器上盡扎綵綢。樂工數人也穿著繡衣，侍立奏樂，鐘鼓的上一排，就是笙簫管笛等細樂。殿階之下，二人著黃緞衣服，手裡各拿著金編戲鞭一根，樂工的奏樂止樂，悉瞧戲鞭的動作，戲鞭交叉時，就樂聲大作；戲鞭分開時，樂聲便立刻停止。還有戲鞭上合作大樂，下垂鳴細樂的分別。又有黃衣黃帽的內監兩人，各執靜鞭一枝，靜鞭這個東西是古時天子上朝或升殿所用的。舊小說上不說過「靜鞭三下響，文武兩邊排嗎」，就是這意思啊。因天子升殿，一經靜鞭鳴過，無論什麼人，都得肅靜無嘩，連咳嗽也不敢咳一下哩。中正殿上又放著黃緞的華蓋，這華蓋的起落，是表示天子出殿之意。

這個當兒，那黃蓋便張了起來，靜鞭三鳴，內外肅然。其時贊引官徐喝禮節，階下戲鞭下垂，細樂悠揚齊奏；大禮官引溥儀就位。行敬迎禮，樂聲三奏，戲鞭上合，大樂齊作，溥儀退入。於是，由載洵載振兩王的福晉，鞠躬而前，贊引官唱新人降輿，大小樂並奏。靜鞭又鳴，樂聲都止，兩福晉引新人就位，大禮官贊禮，謝敬迎禮。禮畢，樂聲隨行禮而作。樂止贊禮官曼唱禮節，贊引官同了八個內監，都提了明燈和金爐，引新人就位，那面也由大禮官用明燈金爐引溥儀就位。大禮官唱禮，溥儀夫婦並立，行天地禮，奏樂。樂止行祖宗禮，仍奏樂，樂止又由大禮官曼唱行皇婚禮，加冠，大小樂奏三次。冠加畢，大禮官又唱，贊引官引溥儀夫婦就位，行君臣禮。到了君臣禮行定，才行夫婦交拜禮。禮畢，溥儀夫婦正位，受大臣大王們的朝賀禮。這時，滿族親王在第一起，依著三跪九叩首的舊規，朝拜過了，就是些親王福晉等，也均由贊引官引導，大禮官讚著禮，一一行禮畢，才令滿漢大臣列班一一朝拜。大臣之後便是些太監宮女，也都齊齊的叩拜。朝禮既畢，由大禮官喝退班禮，四班宮監六十四人，各掌著明燈，送溥儀夫婦進宮。一路香燈氤氳，氣象嚴肅，似神佛進座似的，踏著緩步望宮中去了。

第二天是溥儀接見外人的日期，這天的上午，禮節也和昨日差不多，靜鞭響處，戲鞭再合；曲蓋傘既舉，溥儀夫婦同開大殿。這時溥儀在黃緞的繡服，嵌金大褂、雀頂金翎、神采奕奕。溥儀夫人也衣黃緞繡袍，頭上戴著緞髻，鳳釵銀鈿，益顯出她的龍鳳之姿來。夫人的後面，是洵振兩王的福晉侍立在側。當樂聲齊奏時，外賓分排入賀，溥儀一面微笑著，並操起很純熟的英語說道：「我們今天和諸位同在一堂，非常的榮幸！又承諸位相賀，咱也是很感激！願諸位今後共享安寧的樂趣！」說著便手把酒盞微微地飲了一口，又和外賓一一握手，各國公使始興辭而出。外賓既去，又是些清室忠臣如陳寶琛、梁敦彥、聯芳、世續等，也列著隊，就殿階下叩拜。辜鴻銘因來得遲了，乾清宮侍衛不放他進去。辜鴻銘沒法便跪在乾清宮門口，叩頭大哭了一場，方才自去。他這舉動，似乎自己一片忠忱不獲知於故主，所以一腔悲憤無可發洩，只得叩頭大哭了。溥儀這場婚禮，事前雖不曾通知各處的，但事後卻哄傳遠近，而且有詫為奇觀的。民國的時代，能再睹這君主結婚盛典，也是歷史上一種紀念啊。

光陰荏苒，轉眼是民國十四年了。在十三年的冬天，因為曹錕做著賄選總統，吳佩孚和張作霖在那年戰過一次，張作霖大敗出關，從此便養精蓄銳，一心要報前仇。到了去年的秋間，盧永祥在浙江發難，和江蘇齊燮元苦戰了兩個多月，張作霖就調兵進關，響應盧氏。吳佩孚也傾全國之兵，同張氏決戰。這個當兒，國民軍首領馮玉祥，他受了吳佩孚的密令，出兵熱綏。不料馮玉祥面上答應了，暗中卻和奉天張作霖通了聲氣，就與國民軍師長胡景翼、嶽維峻、孫嶽等一班人私下結合好了，但等吳佩孚出京，進兵督戰的時候，馮玉祥便由熱河回軍，圍住北京，囚了曹錕，截斷了吳佩孚的後路。這樣的一來，吳氏不得不敗退天津，甚至隻身走嶽陽，度他兵艦上的生活去了。

馮玉祥既倒戈進京，在這當兒，卻實行起封閉清宮來。他的意思，以為民國成立將十四年了，清宮依然存著，而閉門做他的小皇帝，仍舊亂贈諡命，濫加封典，那不是笑話嗎？況現已五族共和，溥儀雖是滿人，也同是中華民國的人民，帝位既除，就是平民，一樣有選舉之權，是漢民同等的待遇，怎麼任他妄作妄為，在那裡做小皇帝呢？這是應該剷除的了。加之清宮裡的器物，都是人民公有之品，如今專制已沒有了，這些公有物應得還我們人民。至於清室的私物，自然檢出來任他們取去。可是清宮裡的什麼珍寶雜物，何只幾十萬件，既要分出公物私物，勢所必然要大大的檢查一番。這一場舉動，把清室的一班族人，嚇得手足無措了。如世續、耆善等紛紛四面運動，要想取消封閉清宮的成議。

哪知馮玉祥以迅雷不及掩耳的手段，派旅長鹿鐘麟率領衛隊，迫令把清宮封閉，限日組織清室善後委員會，檢查清宮對象。一面限令清宮嬪妃內監即日遷出。於是清宮大起恐慌，別的不講，單說二千餘的太監宮人一時也沒處安插哩，倘別處去賃房屋，也沒這般寬敞宏大啊。然因國民軍催逼緊急，只得由世續先把外府的太監五百人，給資遣散。可於倉忙之中，有些內監不及收拾物事的，空身走了出宮。遣散費每人不滿十元，這班太監既成了殘廢之人，平日是坐吃不工作慣了的，一沒地依身，叫他們去幹什麼呢？因此，有百多個太監立在宮門前掩面痛哭，形狀很是悽慘。那些宮女，倒出去可以配夫成家，不比太監們無可容身的困苦咧。

其時，溥儀見國民軍要封閉宮廷，慌得不得了，當由他的英文教習莊士敦僱了一輛汽車令溥儀扮做日本裝束，在汽車裡，如飛的望德國公使館來。恰德公使不在館裡，莊士敦又令汽車，馳往法國領事館去，法公使卻拒絕不收。莊士敦不得已，只好到日本領事館裡，又逢著日本領事公出。溥儀見幾個不討巧，心上著急了起來。莊士敦又替他設法再到日本兵營裡，當由書記官打電話給芳澤公使，芳澤公使便乘車到日本兵營，親自接了溥儀到使館裡，並收拾一個房間與溥儀居住。芳澤公使答應保護溥儀的安全。第二天上，又把溥儀夫人也接了來同居。那時，世續等一班舊臣到日本領事館裡，叩頭給溥儀請安。

過不上幾天，適逢溥儀的生辰，聯芳、梁敦彥、耆善等一齊乘了汽車，去給他們的故主拜壽。溥儀雖為遜帝，但他若很安分的，就在北京城裡，也不至於惹人注目。偏偏那些故日的臣子，上奏疏哩，求封典哩、叩賀哩，弄得烏煙瘴氣，溥儀不安起來，一有些風吹草動，就要逃走躲避。其實他也不過一個平民，誰去害他？有甚危險呢？但給這一班舊臣痛哭流涕的一來，轉把溥儀身價抬高，依然放出皇帝的場面來啦。當溥儀到日本使館時，國民政府質問他為什麼要逃走呢？清室回答：恐怕有危險。但溥儀遷居，由國民軍衛兵在門外保護，他覺得很不自由，而且起了疑心，所以逃往使館。不過北京的謠言一天盛似一天，都是不利溥儀的謠言。溥儀身居日本使館，心裡兀是不安。於是和日本領事商量，請他保護出北京。芳澤公使允許了，即命日本書記護衛著溥儀，乘了火車出京。一聲汽笛長鳴，故國幼主也隨著汽笛聲音，風馳電掣般的直往天津去了。

這裡國民軍迫著清宮遷出。那清室的瑾瑜兩太妃死也不肯出去。瑾太妃大哭道：「我們國亡家破，連一點宮室都留不住嗎？咱願死在宮中，不出去的了。」清室族人王公大臣等一齊來勸著道：「這是民國政府的命令，現在暫為遷出去，將來仍要進來的。」瑾太妃怒道：「無論以後怎樣，如今要咱出宮，是萬萬不成功的。」瑜太妃也是這樣的說法。好容易給皇族們再三的勸慰，終算把瑜太妃勸轉了。但不願單身出去，必得和瑾太妃同走。這時大家又去勸那瑾太妃，百般的解釋，連騙帶哄才把瑾太妃也說醒了。當下就擇了一個吉期，準備遷移出宮。清室至此，就算根本劖除了。

清宮十三朝演義，權謀盡現風雲變：

江山易主情難絕，後宮深閨夢已碎

作　　者：許嘯天
發 行 人：黃振庭
出 版 者：複刻文化事業有限公司
發 行 者：複刻文化事業有限公司
E-mail：sonbookservice@gmail.com
粉 絲 頁：https://www.facebook.com/sonbookss/
網　　址：https://sonbook.net/
地　　址：台北市中正區重慶南路一段六十一號八樓 815 室
Rm. 815, 8F., No.61, Sec. 1, Chongqing S. Rd., Zhongzheng Dist., Taipei City 100, Taiwan
電　　話：(02)2370-3310
傳　　真：(02)2388-1990
印　　刷：京峯數位服務有限公司
律師顧問：廣華律師事務所 張珮琦律師
定　　價：330 元
發行日期：2023 年 12 月第一版
◎本書以 POD 印製

國家圖書館出版品預行編目資料

清宮十三朝演義，權謀盡現風雲變：江山易主情難絕，後宮深閨夢已碎 / 許嘯天 著 . -- 第一版 . -- 臺北市：複刻文化事業有限公司, 2023.12
面；　公分
POD 版
ISBN 978-626-7403-72-3(平裝)
857.457　112020281

電子書購買

臉書

爽讀 APP